U0104256

城堡風華錄

——全國高職與高苑網路文學獎專集

黃連忠　編

萬卷樓圖書股份有限公司　印行

城堡風華之光——序高職與高苑網路文學獎作品集／廖峯正（高苑科技大學校長）

2010/6/24

本學年適逢本校創校二十週年，「二十歲」正是美麗青春與朝氣蓬勃的年華，二十年來鄰近高雄科學園區的本校，從專科學校逐漸發展成為一所師資設備完善的科技大學，目前本校有四個學院、八個研究所與十六個系，本校是以「科技與人文並重」及「學術與產業結合」為辦學理念，尤其是近年來建立了數位資訊、光機電整合、綠色技術與重視人文素養提昇的教育目標為本校經營發展的特色。其中，結合通識教育中心國語文學習網而舉辦的第一屆至第三屆的「高苑科技大學網路文學獎」，以及今年本校主辦的「第一屆全國高職學生網路文學獎」，正是本校重視人文素養與文學藝術的具體表現，如今這一本得獎作品結集的文學專集，終於要正式出版了，我內心充滿了喜悅與感恩的祝福，也向所有參與得獎的同學們，表示恭賀之意。

積沙可成高塔，積水能為大海，經由不斷的努力，文學的創作亦如藝術的精巧。雖然本校以理工商管的科系為主，但是潛藏在校園中，仍有許多同學懷抱著文藝創作的理想，我們也願意每一年都編列相當可觀的預算，培植孕育與提供管道，讓學生有不斷成長學習的環境與機會。特別是通識教育中心國文組的老師們，建置了「國語文學習網」，主要是設計一套網路資料庫的學習系統，讓本校的學生能夠經由這個平台，得到閱讀課外優良圖書與提昇國語文表達與溝通的能力，特別是近年來逐漸擴大規模，從閱讀課外讀物的「高苑愛讀本」與自我學習的「國語文線上測驗」，再增加「線上作文」、「線上自傳」的批閱系統與舉辦「網路文學獎」等總共五項整合平台的功能，讓本校學生皆能在就學期間提昇國語文的學習興趣與程度。其中，本校文學獎正是以「網路文學獎」為特色，全部作品的投稿與評閱，皆在網路資料庫中運行，此舉不僅符合與時俱進的時代特徵，也是積極實踐環保意識的作法，能在網路世界中分享成果與得到不受時空

限制的交流，更引領網路文學創作的風潮，這是本校舉辦文學獎最大的價值與意義。

上學期，本校秉持舉辦三屆高苑文學獎的經驗與心得，另外提供全國高職學生參與投稿文學獎的機會，於是舉辦了「第一屆全國高職學生網路文學獎」，凡全國各綜合高中各系科與所有高職學校的學生，皆能投稿參加，結果網路註冊與投稿人數竟達二千三百多人，其中新詩類別一項的投稿篇數就有一千一百三十篇，全部作品都經過初、複、決審三階段的公正評閱，最後能夠獲獎的作品，都是極為優異的一時之選，相信這些同學假以時日的不斷努力，必然會在文壇中大放光芒，展露文藝創作的過人才華。

本書定名為「城堡風華錄」，主要是取象於高苑的建築特色，如同風華絕代的城堡，同時顯現大學殿堂的巍峨氣象與開闊學風，亦如人生的城堡，具備人文藝術的美學與生命的丰采。

最後，我要感謝所有校內外參與評審工作的教授與專業作家付出的辛勞，感謝國文天地雜誌社與萬卷樓圖書公司的贊助與協助，感謝所有投稿同學們的熱情參與。本人欣見此書付梓，樂為之序。

放肆而鮮豔——序高職與高苑網路文學獎作品集／宇文正（聯合報副刊主任）

2010/6/11

我住在台北，卻連續擔任了三年「高苑科技大學網路文學獎」與「第一屆全國高職學生網路文學獎」的評審，因緣際會地見證了這個獎從萌芽到漸漸有了基礎（假設沒有「網路」的發明，我大概是辦不到的吧？）。我與高苑的黃連忠教授至今未曾見過面，每年他把參選作品 email 給我，我在電腦上閱讀，一篇篇寫下評語、打上分數，再上傳給他；自然我也見不到任何一位參與的同學。這跟台下坐著滿滿一室參加學生，眼睛盯著你如何給分、如何講評，甚至舉手發言，直接挑戰你的觀點的眾多大專院校文學獎，是截然不同的評審模式。這方式卻使我產生奇異的聯想……

多年前，我在電台主持一個音樂節目，那節目是預先錄製，因此我只要每星期去一個下午，把一週的節目錄完，其餘時間都在家專心寫作。我學會自控儀器，便可以自己一個人在錄音間裡邊「玩」，想像著有人在旁邊聽，好像我寂寞的童年，和假想的玩伴玩著家家酒一樣。自說自話，然後播放樂曲，我在密閉的播音室裡形單影隻，但是聲波將從雷達向遠方傳送。那是十幾年前的事了，那時候網路才剛剛起步而已。參與高苑文學獎的評審，卻勾起我久已遺忘的這些記憶。面對網路，對我來說是極為相似的感覺。

「網路」的精神當然不只實踐在這特別的評審方式上，更鮮明的是作品的特色，尤其是小說類作品，天馬行空，異想連翩，卻頗能回復小說「說故事」的最原始本質；但又往往是錯字連篇，格式凌亂，把小說當詩寫（一句一行、一行一個段落）——這大抵是網路小說展現的主要特色，而我在這裡看到的作品，普遍正有著生猛的活潑想像，像滿山野花，放肆而鮮豔。我可想像寫作者面對著無垠的網域，一如我當年對著播音間裡的麥克風，聽眾／讀者太虛邈，索性自己快樂地「玩」吧！

如今匯集了三屆高苑文學獎與第一屆高職文學獎的得獎作品出版，脫穎而出的作品與評審者的講評觀點，必將成為未來這個獎的某種範例或暗示，對於過度凌亂、與文學距離太遠的書寫，或可能拉回來一些，更向文學靠攏；另一方面，好的作品，特別是充滿青春氣息的作品，總能刺激閱讀者也產生書寫的慾望，下一屆、下下屆學生，活潑奔放的想像，會被前行者誘發出來，把這個獎發揚光大，而「傳統」便是這樣逐漸形成的。祝福這個別具一格的文學獎，在未來更能得到校方與學子們的重視，它的傳統，需要眾人一同建構！

目錄

【第一屆全國高職學生網路文學獎——散文類組】

第一名／國立新竹高級工業職業學校／室內設計科／謝怡萱

〈外婆家的後院〉

外婆家的廚房有一扇小小的矮鐵門，穿過鐵門，就會看見一座小小的庭院，庭院裡頭有許多小盆栽，盆栽裡都有各種不同的花花草草；可能因為是鄉下地方，有時候在一大清早或是接近黃昏的時候，都會聚集一些小鳥，彷彿開著演唱會般的吱吱喳喳哼著樂曲；有的時候外婆會在這裡澆澆花，或是搬出藤桌藤椅和茶具泡泡茶；而每每媽媽回娘家時，我最期待的地方就是這小小的後院。

小的時候一家人還住在高雄時，幾乎每個週末都會到外婆家來玩，媽媽和幾個阿姨會跟外婆坐在庭院的藤椅上喝茶聊天，因為外婆是本土的台灣人，所以講話都是台語，就連和我或是哥哥說話也都是說台語，每當發現我們一頭霧水的時候，她就會傻傻的笑著說出一口標準的「台灣國語」。那時候的我和哥哥非常不喜歡去外婆家，因為聽不懂大人的談話內容，再加上外婆家沒有什麼玩具，而外婆總是習慣嘟囔著一大串說是「為你好」的一番言論，每次一聽媽媽又要回娘家去了，我和哥哥也總是哀聲連連。

一直到了國中的時候，一家人搬到了嘉義去住，距離上的關係使得媽媽不能再像以往一樣如此頻繁的到外婆家去，一年之中能夠回娘家的機會不是外婆生日就是逢年過節，而跟著媽媽回外婆家的我，卻開始迷上了那小小的卻充滿了一盆盆花草的庭院。

還記得那天是國二的年假，我和媽媽到了外婆家。按照慣例，媽媽一到外婆家總會拉著外婆問說有沒有什麼地方需要幫忙，而我就會趁她們母女倆敘舊的時間到庭院裡坐坐。每次一到庭院裡，我就會開始觀察每一盆盆栽裡花草的成長速度，有的上次來還沒開花，這次來卻結了果實！每一次的觀察都會讓我為植物的變化感到相當驚喜，常常在這裡東看

看西看看，時間就會這樣悄悄的溜走，一直到我聽見媽媽叫著吃飯了的聲音。

年假的那天，我就像往常一樣的在這裡看著盆栽，可是情況卻有些不一樣，因為我聽見鐵門緩緩拉開的聲音，接著，我便看到外婆駝著背一小步一小步的走了過來。「在看花啊？」外婆又傻傻的笑著。我分析了那句口音很重的國語，稍稍了解意思之後有些不習慣的點點頭。「妳知道那盆花是什麼花嗎？」聽了外婆的話，我看著花盆搖了搖頭。我從來也就沒有注意過這裡的花是什麼花，我注意的就只是它們成長的變化。我的心裡一直覺得很奇怪，外婆怎麼會出現在這裡，而她又是為什麼要問我這些問題，一直到我看見外婆坐在藤椅上，看著那一盆盆花草，很懷念的說：「妳那盆花叫做茉莉花，是妳阿公最喜歡的花。」

外公。聽媽媽說過，外公曾經打過仗，在他的肚子上甚至還有彈孔烙下的傷痕，媽媽說外公很疼她和她們兄弟姐妹，只要外公在，外婆就不會叫她們去做任何家事，也不會碎碎唸一些瑣碎的事情；只要外公在，他們兄弟姐妹就會是比幸福更幸福的孩子。可是，外公很早就過世了。外婆在很年輕的時候就守寡了，唯一陪伴著她的，就是一張外公的相片，由於外婆太過於思念外公了，所以那段時間外婆總是看著外公的相片在房裡哭泣，一直過了好多年外婆才逐漸走出陰霾，雖然我從來沒有見過外公，可是聽媽媽的敘述，外公一定是個好爸爸，也是個好先生。

「妳阿公吼，他最喜歡在這裡泡茶看花，每一盆花他都很細心在照顧內！」外婆坐在藤椅上，很懷念的語氣。而此時，我彷彿看見了一對夫妻坐在這裡泡茶談天，雖然是一幅早已泛黃的畫面，卻是如此讓人感到沉醉。「妳知道為什麼妳阿公喜歡這個花嗎？」我看著外婆小小的、濕濕的眼睛，有些心酸的搖了搖頭。「因為他很喜歡這個味道。」我靠近花盆聞了聞茉莉花的味道，這種味道不是那種很香的香味，而是淡淡的香、令人回味的香。這種香味的感覺就像外婆和外公相處的關係一樣，總是維持著互相照顧的那種平凡幸福感，雖然是再平凡不過的幸福，卻是如此的讓人感到心暖。

外婆說，外公從來不會發脾氣，對每個人都好，對小孩更好。有一次外公騎車被撞到了，手臂骨折了，他也不怪對方。就是因為外公這樣的好脾氣，所以夫妻倆結婚以來從來沒有吵過架。一說到外公的好脾氣，外婆就會很懷念的笑著跟我說：「妳阿公吼，真的是一個很好的一個好人內！」那一天，我就這樣坐在庭院，聽著外婆說著外公的種種，聞著一道道茉莉花的陣陣飄香。

之後回到了家裡，我才知道那天媽媽和阿姨們出門去了，外婆因為腳不舒服沒有跟出門，所以才會到庭院和我聊天。媽媽說，其實每次一群人坐在那裡聊天，聊的幾乎都是和外公的許多回憶。我問媽媽外婆是不是還很難過？只見媽媽露出了像外婆說著外公是個很好的人時一樣的笑容說：「妳阿公人真的很好很好，阿嬤當然會難過。可是妳看她那麼細心的照顧那些花草，就可以知道，阿嬤依然還是阿公的好老婆，因為她很堅強。」

我才知道，那開花結果並不是植物快速的成長變化，而是外婆點點滴滴的細心照顧，她對外公的思念，也像滿庭院的花草永遠的飄香。外婆家的後院，那充滿鳥語花香的小小空間，每當我再次拉開那扇矮小的鐵門，我總會聞到一股充滿茉莉香的思念，卻也看見了外婆的細心和堅強，以及一家人和樂融融的那種，令人心頭暖洋洋的幸福。

（宇文正老師講評：從茉莉花寫起，表現外婆對外公的思念，很真誠，文字可再求精簡。）

（卓福安老師講評：本文內容借由外婆家後院的景象勾勒出外婆對已故外公的思念，文字流暢，難得的是內容平淡中見真情。）

（郭正宜老師講評：由花懷人，述說家人情感與懷念，非常有見地。）

〈秘密〉

第二名／高雄市立高雄高級工業職業學校／圖文傳播科／呂瑋倫

那是一個禮拜天的早晨，我把一大疊塞在抽屜很久的講義、考卷、計算紙之類的全都搬了出來。天氣暖得不像一個尋常的冬，我敞開窗，索性連紗窗都打開了。窗外是一株與我齊高的桔子樹，這顆桔樹一年四季不開花，更別說結果子了，那是不可能的事。

我轉身，赫然發現尚有一張白底黃線的紙夾在兩層抽屜之間，我將它抽開，它是一張信紙。依那紙上的筆跡，宛然便是我小學中年級時候的字體了。信是用鉛筆書寫的，幾個字已經因為摩擦而淡去，但我依稀可以分辨得出來內容是這樣子。

媽媽：

並不是我不願意幫你，只是我的年紀現在還太小，還有許多自己的秘密，但除了空出房間這事之外，其他的我真的都願意幫忙！

兒子敬上

我看了差點沒笑出來，那當時的我，才是一個小學中年級生，已經有秘密了！

媽媽說，桔樹和我似乎是同時降臨在這世界上的。他像我的孿生兄弟。從來，這棵小桔樹一直是擺在爸媽陽台上的，直到我搬上了家中頂層的閣樓做房間，他才隨著搬到我新房間的小窗台。

自此之後，閣樓的窗台外不再只是鐵欄，還有一株不開花、不結果的小桔樹。這顆小樹怪得緊，它的葉子稀稀疏疏，顏色也不蒼翠，甚而帶了幾許枯黃，和一般深綠色的桔葉似乎都不相同。

健忘的我常忘了澆水，盆栽的泥土硬邦邦的，水積著也不滲下去。有一陣我澆得勤了，枯黃的葉色竟依然半點改變也沒有。

本來，媽媽的工作就會接觸到育幼院。有一回，媽媽忽然要帶差不多十個育幼院的小朋友回家裡玩，並且過一夜。家裡的人當然皆表歡迎，如果我們能讓這些小孩子感受到一點家庭的溫暖，何樂而不為呢?

當然我也不例外，甚至偷偷打掃起我亂七八糟的房間。可是，媽媽突然對我說，希望能空出我和妹妹的房間，給這群小孩子睡。我一聽，臉都垮了，我堅持拒絕並且和媽媽吵了一架。我並不想讓出自己的房間而去睡客房。

於是當時尚念小學的我，便在半夜偷爬起床，正經八百的寫了一封信給媽媽。那時候的我，已經隔了現在將近八年了，小學中年級。

可是我已經有太多自己的秘密了。忽然，我對自己當時的堅持感到困頓。

星期六的早晨，我常常莫名的驚醒，醒了之後便再也沒有睡意了。那些時候，我總會搬一席軟墊擺在窗台上，手拿著噴霧器，坐在軟墊上就為我的桔樹葉子清洗起來。噴出來的水霧凝在一起結成了滴，偶爾與朝露和在一塊，一併延著葉緣滑下來。

我的桔樹葉上總有一層灰灰的，怎麼洗都沒能把他滌得反射出陽光。疏落的葉子常讓我不小心被他的尖針刺到，往往就這樣坐一個小時，才爬起來開始一早的梳洗。這樣的早晨格外清爽，我很迷戀於和我的桔樹獨處，甚而有點捨不得關上窗。

那幾個清晨總會伴著鳥鳴，一個早晨的啁啾，我和桔樹便一起醉進那樣的安詳。

十個育幼院的孩子來了，其中最大的似乎也只小一，通通喚我作「哥哥」。他們最後睡在五樓的空房間，我和妹妹一齊打掃過的。我依然在我的房間安眠，我的脾氣倔得很，媽媽拿我沒轍的。

預期之中的，十個小孩子都玩得很開心，他們盪在臉頰上的笑容就是給我們最大的回饋。

也慶幸的，我保有了自己的秘密。對我來說似乎是鬆了好大一口氣。

然而究竟什麼秘密，八年了，我怎麼記得呢？已經過去八年了。

如果當時那群孩子睡了我的房間，說不定我會對一些事情耿耿於懷，說不定我會為了保護什麼事情，而竟然意外的記憶了一些關於我童年的什麼？關於我童年的什麼？我怎麼回溯？我已經與它告別很久了。

忽然，知道一個關於自己童年的秘密，變成一件好奢侈的事情。

在一個早晨，我注意到有一隻鳳蝶在我的桔樹旁縈繞。他艷麗的黑翅與我枯黃的葉子構成一幅很深秋的畫。我愣愣的盯著窗外，偶然間驚覺，在我的照料之下，桔樹已經悄然的高出我一顆頭了。忽然，悵悵的，彷彿我逃離了一個原本的時空，在下一個時空裡生存了。

什麼時候，桔樹的葉子竟然不那麼稀了？什麼時候，桔樹已經有蝴蝶圍繞著？

什麼時候，他竟已不是一棵小樹？

過了一段時日，我在桔葉上發現了毛毛蟲。一隻隻橡皮擦屑大小的毛蟲，把我的桔葉啃得一洞一洞。即使如此，桔樹的葉子依然越地茂盛，他的莖漸粗，最頂端的葉子綠意竟倍出盎然。

它畢竟不是一棵小樹了。

我把信折起來收好了，想起這許多以前的事，竟然癱軟似的臥在床上不想動了。

什麼時候，已經過了八年？什麼時候，有一個男孩的秘密真的已經無人知曉了？什麼時候，那個男孩經歷了不知多少事，做過了多少夢，原本就不大的腦容量，隨著八年的點滴汰去了一些塵封的什麼，換上了這些充滿考卷、講義、計算紙的記憶？

忽然我越想越不服氣，我不可能忘的，那是我的回憶呀！我想把我的人生不停的倒帶，回到我呱呱墜地的第一刻起。所有的事情都再發生一遍，卻似乎仍有一個很重要的東西沒有抓回來。

終於我等到了這一天，以我的桔樹為榮。他已經高得抵觸到我窗台最上方的欄杆。我只好將這顆桔樹搬回爸媽的陽台，而我的陽台便又空了一塊。

桔樹搬走了以後，早晨的陽光俐落的全灑進了屋子。我的桔樹告別了我的陽台，而我得到了更寬廣的視野，和更暖的早晨。像是迎接著什麼似的，忽然……

忽然我發現，我似乎有點太拘泥過去的一些什麼。

忽然我發現，前方似乎有一個未來，再待我去探。

小學中年級的秘密，我到底是想不起來了。值得高興的是，桔樹的下半部依然是禿禿的，幾乎沒有葉子。但是頂端的部分，葉子之茂盛尚且不談，光看那些深艷的綠色就足以讓人喜樂半天。

桔樹肯定也不記得他的童年吧！或許曾經他和我一般的依依不捨，但經過了成長、蛻變，已經對一些曾經執著的什麼釋然了，如今是一個令人甚感驕傲的生命。

或許秘密是什麼從來都不重要，重要的是有沒有享受過那些時光的無邪和天真，重要的是有沒有在那些時光裡幸福過？我有，而且很幸福。

最近，桔樹開了花，過了一陣，果子也結出來了。足足十七年，他第一次毫不保留的綻出了生命的煙火。當然，我這主人看了嘴角都已揚得不知有多高。他是不是也領悟出一些什麼了呢？沒人會比我更開心的。

或許秘密從來都不是秘密，即使曾經是的。但時間沖淡了一些不必停駐的，留下了一些更值得保留的。

這個秘密，讓我很幸運的知道了一個小男孩的故事，經過了好些時間，他當然已經不同於其時了。而今，這個秘密最可貴的地方，就是全世界沒半個人知道它是什麼，但了解的人都會很開心，好像終於解開了一個糾了百年的結。

陽光灑進我的房間，前方似乎有一個未來，再待我去探。

我起身，決定去替桔樹澆澆水。我想，下次開花會是什麼時候呢？

應該不久了罷！

（宇文正老師講評：從一張紙條，展開童年的回憶，雖然最後祕密並未解開，但似乎也暗寓著人生許多事往往如此。）

（卓福安老師講評：文字流暢，文章結構具有數重轉折，夾敘夾議，具有引人深思之處。）

（郭正宜老師講評：能創作有懸念的情節，遣詞用字，頗具巧思。）

〈那些我和桂花一起飄落的日子〉

第三名／台北市立士林高級商業職業學校／資料處理科／葉亭妤

又是秋季，微風歌頌一曲颯颯，踩著嘹喨的脆裂聲，泛著暗黃繾綣的寂寞，在身邊旋舞，這是我造訪此處以來的第三次了。落葉紛飛的中庭步道，手持著竹製掃把，好粗、好重，卻是第一次，令人格外地感到興奮。處在都會的小孩，也許在離開校園生活後，就再也不會接觸到竹製掃把了吧！

初秋拎著微涼的冷意，襲上剛離開盛夏的季節。當青翠綠葉開始衰黃，帶著深綠抹上咖啡色的葉緣，總在大風一陣之後就落得滿地，是枯捲、乾癟、缺角、巴掌型、細長、橢圓尖頭的葉片，我無法數清，那一片黃褐色的寂寞摻雜了多少不同，但唯一令人印象深刻的，是殞落一地細粉色的小黃花，清秀，卻不嬌縱。

爭先恐後，是我對它的第一印象。成千上萬朵的黃點如雨般的傾洩而下，淺黃深黃的夾雜，伸手取一把柔花，細聞，那飄忽在身邊的香味兒才終於現了原型。後來我才知道，那是桂花，是琦君《桂花雨》裡提到的桂花。應該算是書中所說的那種月月開的木樨，在夏末秋初的時候最盛。滴答聲打在桂花樹的枝椏上，順勢迸落的，是黃粉瓣兒的好奇心，雖然要清理總會抱怨個幾句，但其實心裡是興奮的。濕漉漉的葉片混著點點黃花，懸在淋漓的邊上，享受著片刻的閑憩，雨似乎越下越大了，頓時朦朧了我的眼，也朦朧了這世界。

站在落滿一地的桂花殘片前，雨停了好一陣子，但花邊上仍留著細小的水珠，天色依舊灰沉，而桂花樹就在我負責清掃的範圍裡。只是沒來由的一陣突發奇想，我站到樹下仰望灰白色的天空，沒料到樹上竟還有一堆仍未綻開的花苞，金黃色的佈滿了我的眼，透過了交錯的枝幹和細密的葉間，花簇一團一團鮮明的令人目不轉睛，好美！可惜，我沒帶手機在身上，不然，一定抓緊時機就先拍幾張照片下來。

時間猶如桂花飄零，眨眼間，掃成堆的金黃促成一團憂慮，看著計日的遞減，我心惶惶，想必他人亦是。

走在桂花道上，不忍踩踏細小嫩黃的粉花，放輕著腳步，在短暫的打掃時間中感受書中的氣息，雨後的空氣潮濕的令人顫抖，風又來，花又落，然後又一地的碎黃。我懂，這是時間走過的步子，它嘲戲著我又漏掉了該唸書的精華，換成桂花香的撲鼻，挑釁！可我不理睬它，任憑那花香味兒在風中遊走，但說了你也不信吧！當下，只覺得全世界只剩這樣一幅場景，足以概括山水天地之美、水窮碧落之境。我說這，是時間的美，非眼睛所見。可它依舊嘲諷，我感到一絲壓力襲來，是該唸書了，起身，我離開。

來到了年初，近日天氣總是很不穩定，時而大雨時而晴。在雨停之際，來到了屬於我的桂花道，佈滿眼簾的金黃是灑落一地的數字。一百九十二、一百五十三、一百二十九，時間總是無情的在數字的面容上印下壓力的影子，粉黃的桂花透出這些日子以來的憔悴，而我懂你的心碎。

在時間輪替的軌道上，我學習，而你殞落在一地的金黃；我成長，可你消逝在下一次的綻放。隨著與你一起飄零的日子，我們爭著在陽光和雨同時爍著希望的午後，舒壓。不斷地漸進，直到我再也不學習，而你也不願再開花為止。

我們的約定，彼此相依相惜的時光，飄零，在高三泛著桂花香的日子。

（宇文正老師講評：觀察細膩，文字清新，很優美的一篇小品。）

（卓福安老師講評：行文流暢，描寫能力不俗。）

（郭正宜老師講評：文詞華麗，善用顏色字是一大優點。）

〈繆思女神的右腦〉

佳作／國立淡水高級商工職業學校／餐飲科／陳品燁

「借支筆！」我瞪著藍的有些過分的天空吼著「好啦一點靈感也好呀！」意興闌珊的捲著頭髮，我靈光一閃「來個交易吧！右腦，如何？」

記得那一夜，帕德嫩神殿前的我沿著花露香一路走來，尤特碧的笛聲像一綑帶勾的繩索，輕輕的拉著我的前襟要我再快一些。我步伐些許踉蹌，心跳得跟夜鶯顫抖的喉結一樣快，愛多拉的玫瑰冠放在柳樹下，淡淡的香催促著我戴上它。我皺著眉想聽出柳樹在風中的低笑，「噓！」我嘟著嘴「不要笑！」，好像剛洗完澡般赤裸裸的被這裡的一切看透。正當我想著要怎麼和柳樹和平共處時，笛聲又輕幽幽的出現，烏菈妮雅袖下的星空顯得特別耀眼。我換上掛在柳梢的紅舞鞋、為特西可兒轉了二十四個圈，銀鈴般的笑聲穿梭在豎琴聲中，悠悠揚揚的要我拾起裙襬，走下白色環型階梯。雪白盡頭的牆角，喀麗歐的莎紙捲上寫著：「繆思工作者」我笑了，可以勝過陽光的那種燦爛。麗海妮亞的歌聲此時加入了引領我的笛聲，我側耳努力想聽出宛轉音階裡的歌詞，美爾波曼和泰莉兒的左右手卻在此時搭上了我的左右肩。奧林匹斯山上的湖泊前，卡莉碧歐優美的字體舞下「歡迎」兩個字，在那靜佇於月光下的石面。我以希臘式的嘆息做為步伐的開端，小心的不踏出過大的跫音，卻發現心跳的聲音大到像是一百隻美人魚在歌唱。眨眼驚見九位繆思女神坐在柔光中，如九尊大理石像，笑得溫媚嫵人、笑得高深莫測，像是知道你所有秘密的姊姊一樣。我呆了，一頭跌入她們微笑的弧度，像九道彎彎的月勾，甜甜的對我笑。我情不自禁彎腰，向我可愛的女神們獻上最真誠的敬意，誓願為他們的而謬思奮作……

那一夜美的如散在月光下的碎琉璃，夢醒後我依然躺在我的床上，星光早已隨著日的甦醒而黯然退去。那一刻當我感受到我與那白色階梯如此靠近、近得可以和笛聲一起走入矗立的神殿、我幾乎可以聽見自己步伐踏在大理石板上的聲音……床頭的鬧鐘卻在此時毫不害臊的轟然大響，我皺皺眉，拍了拍兀自響亮的鬧鐘的頭，回味起剛剛的那個夢……

上國三後，感覺一直在自己手中的那枝筆，不見了。從喜歡看書到愛上寫文章，一直覺得我的右手是世界上最珍貴的筆，它不斷水、不用換筆芯，卻能直直接接的把我所想的表達出來。筆下每一個字都是我認真思考後寫下的決定，在我眼中每個字每個句子都散發著它自己獨一無二的光澤，唯一相同的就是對我來說他們都一樣的美。直到後來面臨了基測的壓力，連最喜愛的國文科剩下的也都只是一張又一張的考卷。回想國三，好像就只剩下雖不那麼濃重，卻依然沉甸甸的考卷油墨味仍然繚繞。從前那些喜歡寫寫小詩、賣弄一下自己文筆的幼稚舉動在一張張講義中凋零，每每寫起文章總有力不從心的失落感，好像被放到細麥桿上卻還被迫著要跑步一樣，失去了方向和平衡感。雖然在考試時總能寫出分數不低的文章，卻總感覺寫的不是自己喜歡的、而是別人喜歡的東西。漸漸的，感覺從前一直坐在我肩頭守護我的繆思們像是突然跑去別的、不是我在的地方了似的……靈感不見了，每每寫文章都得絞盡腦汁才能擠出一點如稀飯般稀稀落落的文字。一碗稀飯能吃多飽呢？開始怕了寫作，因為擔心寫不出什麼東西了，而事實也正是如此。

聽說，人的右腦管的是文學。在那個我夢見繆思們的美麗夜晚後，我開始在腦汁枯竭的時刻呼喚她們的名……常常我對著牆壁睜眼、再閉眼、再睜眼、再閉眼，就是希望下一次揚起睫翼時可以看見那晚的那堵大理石牆；常常我對著空氣說話，想像著繆思工作者這五個讓人如此驕傲又迷惑的字眼；常常我伸出右手，跟繆思們要求著希望從前握在我掌中的那支筆可以回來；常常我呢喃著，希望一縷靈感可以像清泉般淌入我心中。直到後來，我突發奇想，每夜入眠前不斷的想著那場夢，期望可以再進入夢中，跟繆思們要求交換右腦。聽說，人的右腦管的是文學。

當我把時間浪費在做這些無聊卻又沒任何幫助的瑣事時，我的文筆也不進反退，沒有任何精進讓我大受打擊，好一段時間不再動筆寫詩。某天我照慣例回想著那場美夢，卻突然感覺到某條一直沒接起線的神經啪的一聲黏合後，隨即開始隆隆運轉：那夜，繆思們不將我直接帶到她們面前，反而要我走了段不算短的路，為的是什麼呢？不就是為了提醒我：以手代口、以手代眼，用執筆者與生俱來的細膩及敏感將生活周遭的所見所聞寫下來？靈感不在哪裡，就在隨時隨處的、我的生活中啊！壓力不是瓶頸，真正的瓶頸是我戰勝不了自己、我沒有想過要再更超越自己。對自己文筆的過於滿意是我前進不了的原因！文海無涯，唯勤是岸呀！當時的我用生命熱愛寫作、現在的我也該如此，不管任何理由！

想通後，我開心的笑了，「感謝繆思們！」我低語著，感覺右手虎口正迫不及待的想要接納筆身的弧度，那種歡迎回家的雀躍；感覺肩頭些許的沉重了些，我微微轉頭，發現久違了的繆思們輕坐在我的肩頭……依然甜甜的月勾……

（卓福安老師講評：文思細膩，描述文創作的瓶頸與突破，題材選擇與鋪陳皆具有巧思，文中屢有佳譬，為不可多得之佳作，特為推薦。）

（郭正宜老師講評：敘說靈感的流逝，若合符節。遣詞用字，頗見功力。）

〈鋼筋與紅磚牆〉

佳作／國立員林高級家事商業職業學校／商業經營科／盧竣堂

大年初二，照著台灣的習俗，這是回娘家的日子，一大早便早早起床，盥洗掉連日來的疲累，換上了有著新氣象的喜氣新衣，隨著爸爸開車回到鄉下的外婆家，一家人在車上嘻嘻鬧鬧著。我看著窗外，發現景色漸漸有了變化，從高大大整整齊的水泥大樓，慢慢轉變成了稀稀疏疏的住家，再慢慢轉變成多點綠意的鄉間小路，最後我們回到了久違的紅磚老厝這小屋旁，窄窄的的小巷小弄，大概只有一公尺多，並排的走也只能擠擠的兩人同步，走進了長長的三合院廊道，進了矮矮的木製小門，習慣高挑天花板的年輕人總會不小心的與這小小的走廊太過親密，扣！扣！扣！像是跟這老厝說：「陌生的我們回來了！」隨即是一陣歡笑，奶奶說：「孩子都長大了，都出遠門了，久久回來一次都不習慣了……。」語氣中是一點點捨不得卻又帶點欣喜，捨不得的是孫子沒能常常相見，欣喜的是好在過年大家能夠團聚，享受這年節短暫的天倫之樂，接下來又是一陣談笑風生，奶奶關心的問起我們的生活，在學校的表現，和父母的工作，平常有沒有去哪裡玩？有空要多多回來看看奶奶。

踏出了這矮矮小屋，我陪著舅媽去買午餐的所需材料，出了巷子口左轉，一樣的紅磚小房，一間充滿古早味的柑仔店，裡面雖然有點狹隘不起眼，但麻雀雖小五臟俱全，這附近的人家也都因為有它，不用大老遠地上街採買，提著重重的菜籃，和舅媽聊起天，她說：「在奶奶那時候，生活過得比我們困苦，沒有這堅固的紅磚瓦舍，只有用泥土和牛糞糊起了小小一間土角厝，幸虧你爺爺那時夠勤勞，用雙手耕出了一片田，掙了幾個錢才能好好翻修，現在有這三合院，你們不用像你舅舅你媽媽那小時候一樣，下雨天時要擔心屋子漏水還要東補西補的，不過，現在你們更進步了，住的是透天公寓，久久回一次這鄉下的小地方，讓你不習慣了吧？這裡交通不便利，年輕人都早早搬出去了，有的說要去念書，有的是在外打拼找工作，留下來的只有靠雙手耕田的老夫婦，或是我們這些有義務的兒子媳婦了。」的確！看看這鄉間小路，過年的氣氛，一年比一年淡了，返鄉歸來的親戚一年也比一年少了，過年這段綮是這三合院最有人氣的時候，在外地的親朋好友都回鄉祭祖，聚在榕樹下談談在台北哪裡工作？在高雄哪裡生活？唯獨缺了誰提起，在鄉下辛苦農忙是誰的老父老母？在這紅磚瓦舍小小的三合院，好像再也留不住什麼了。

初三，小阿姨說要帶著外婆出門走走，讓外婆也能四處看看風景，看看外面世界，體驗一下不一樣的生活，於是我們啟程前往高雄，上了高速公路，外婆有點不適應的喊道，要我們車子不要開得這麼快，很危險要注意安全之類的，當然，這高速公路不能跟鄉下的速限三十公里的產業道路相提並論，媽媽和小阿姨忙著安撫外婆的情緒，還好高雄不算遠，兩個小時在聊天打盹的過程中很快就過去了，奶奶說：「這裡的房子蓋得好高，交通好複雜，馬路還有一堆紅綠燈，連橋都蓋在半空中，真的是跟鄉下差很多。」

走過了高雄，外婆不適應我們吃的麥當當、和肯基基，於是我們陪著她前往美濃，有點古色古香的小城鎮。到了客家村落，免不了要點些粄條以及薑絲炒大腸來吃吃，在美濃這小村莊上，這大榕樹旁的粄條店是我們十年前的記憶，當時是我有記憶以來的第一次家族出遊，那時在大榕樹下擠滿了客人，就連旁邊小小的小巷子裡都擺起了桌子作為露天

餐館，窄窄的巷道之間擠滿了大快朵頤的客人，如今十年過了，大榕樹因為土地重劃而被砍倒了，雖然小店依舊，但是那份古早的氣息卻少了一點，不禁讓我想起近年來的轉變，一路上，我們經過了美濃的客家文化民俗村，這是觀光規劃的結果，美濃的油紙傘不再是滿滿的一條街盡入眼簾，就連小吃店也都零零散散光彩不再，只有少數老店仍屹立在這時間的洪流下，想要漫步在古色古香的老街上變得好難，為了善用每一塊土地，把整個小鎮的精華濃縮在五十公尺左右的小街上，為了創造觀光收益，一碗小小的擂茶也能漲到八十元，想當初是先民因為食材困頓而勉強果腹的一份小小恩惠，如今卻成了觀光事業的變相發展。

看著老舊的箱型電視，沒有那五十吋液晶的快感，卻有種小小的欣慰，捧著手中的一碗粄條，也帶來了一種懷舊的情誼，我把目光交集回螢幕上，卻發現電視台也在報導著讓我心有同感的一則新聞：遠在新竹的番子寮，近來因為土地重劃開發案，躍身成為價值不斐的建築用地，因為交通便捷，公寓住宅區紛紛興起，高大的水泥鋼筋紛紛堆疊，越來越高，越來越高，把在中央的紅磚廢舍團團包圍，從前客家的先民們在此生根，聚落發展，慢慢成了小村莊，紅磚屋前有小河，是灌溉農業用地的心臟，隨著小河的流向，居民沿著河道發展開拓，讓大家都可以有充分的水源灌溉，如今卻因為產業發展，都市開發，逐漸的遭受破壞，雖然這一塊番子寮被規劃為文化公園，仍舊造成許多問題。在附近的高樓居民們表示，在這老舊的廢棄小屋中常有遊民閒晃，甚至有宵小出沒，成了治安死角，有人建議廢棄掉這老舊的紅磚牆，乾脆興起新的鋼筋水泥，也許還能創造更多商機，以及更多的就業機會，於是與文化工作者產生了衝突，學者們建議保留，留給後代看看先人的智慧，也留給這城市一塊小小的綠地，讓大家在工作疲勞之間能有喘息的小小天地，於是一陣唇槍舌戰開始，文化的衝擊久不間斷，如今公園的興廢以及如何維護成了主要課題，客家文化的老公公老婆婆們組成了環境維護志工，定期返回舊家整理環境，而行政觀光當局則該省思，如何維護文化與觀光相結合與都市共存，以及維護治安。

我們活在這傳統和現代衝突的時代，經濟的起飛，環境的變遷，思想的異動，我們思考著什麼是最好，如何創造最高價值，如何造就經濟奇蹟，但是，我們卻也忘了，在我們行動的當下，卻忽略後果，土地一再重劃，造成了財經上的浪費，商人們唯利是圖，考究著如何讓公司獲得最大利益，卻不顧環境破壞與文化衝擊，有學者便批評，雖然番子寮成了文化公園，保留了部份文化命脈，如矮矮的紅磚牆和破舊的牛舍，以及分水用的水汴頭，但是建設者的愚昧無知卻破壞了文化古蹟，早已經把小河的原貌改變，如今只能看著石碑上的文字，以及附圖解說才能了解，從前紅色小屋牛舍前是長長的土牛溝，是六家客家人們耕作、聯外、娶親的道路，雖然滿滿的泥土石頭，走起來卻很踏實，如今鋪成了整齊的石磚道以及人工造景，這份不天然的小綠地卻也不再和周圍事物相呼應。

我們一直在往前走，隨著科技和產業的開發不斷的發展，鋼筋水泥的層層推疊，環境的不斷變化，我們教育著下一代要努力念書，要努力用功，要賺大錢，要懂得國際貿易，也要懂得隨這世界趨勢外在潮流，卻從來沒有記得要回頭看看，那些走過的路，那些前人的智慧，教導著我們不破壞外在環境與自然共存，如今在山與山之間是滿目瘡痍，連日的豪雨經常性的帶來土石流，環境已經遭受破壞，是否該停下腳步好好的省思，那些前人留給我們的智慧，與自然共存的生存之道，不要在問題發生之後才後悔不已。

吃下最後一口粄條，和外婆一起駕車回家，回到那紅磚牆的三合院，夕陽已經西下，人去樓空的晚上，小巷子格外寧靜，巷弄更加黑暗，外婆默默走了進去，帶著篤定的神情，她說這是她熟悉的家，比起燈紅酒綠的繁華夜都市，這裡讓她更踏實。鋼筋與紅磚牆，也許在這時代仍然需要共存，時時刻刻給人一點警惕，時時刻刻給人一點省思，任何事物都有存在的道理，只要用心體會，也會有難得的體認。番子寮是這樣，美濃民俗村是這樣，外婆的三合院更是這樣，在考慮觀光發展、都市開發、經濟產業的成長，也不要破壞了我們這塊土地，在時代的創新還是要保留一點前人留給我們的老智慧。

（宇文正老師講評：很認真、質樸的書寫，可惜敘事拉雜了點。）

（卓福安老師講評：能較深刻反映出「經濟發展」與「回歸自然」的衝突，具有相當思考深度，然對文中「奶奶」來到都市的反應較為不自然。）

（郭正宜老師講評：有自己的想法。）

〈愛是一把鑰匙〉

佳作／高雄市私立立志高級中學／綜合高中／陳冠蓁

愛是世上最慈悲的力量，最溫暖的祈禱，最動人的言語，最和善的笑容。它能融化彼此心中的冰，使你不覺得孤單，也不再害怕孤單，它更讓我的家人從決裂的邊緣轉為彼此牽掛的羈絆。

「醫生，不論如何請你救救我的女兒！」我的母親虛弱無力的發出吶喊，只見兩位白衣天使簇擁著一張病床火速前進著，焦急如焚的父母雙眼凝視著躺在病床上的妹妹，不知是淚水還是汗水只見床被一角早已溼透，在要進手術房前我與父母被醫生擋在手術房外，只餘焦慮與空氣混成一團無聲的氛圍。看著媽媽額上涔著如雨的汗珠，淚水順著面頰滑落早已劃出兩行溼痕，擔心的臉容無語也無力地瑟縮在爸的肩頭不住抖顫，而醫生似乎想向爸解釋些什麼，只見他們越走越遠交談聲漸弱不可聞，脫力的我眼前世界也蜷成一線，闔眼後只剩自己的心跳聲仍在喘息，弱力的在為妹妹祈禱，一聲又一聲……

千斤重的眼皮我費力地睜開，只見爸仍不安地走來踱去，嘴裡好似在叨唸著什麼；母親呢？我踅過頭去，只見她雙手合十載誦唸經文，緊閉的雙眼仍被淚水擠出一道淺溝，風一吹就會刮成一片汪洋般的決堤潰散；而我呢？在抱著妹妹求救後，今生的力氣彷彿早已用完般癱軟在椅凳上，只為了手術結果而勉強支撐著乏力的身軀，但此刻腦海中卻漸漸浮現並重組今早的慘狀。

本應是風和日麗的早晨，卻因妹妹與父母的爭吵而變了色。如果說年輕氣盛可作為叛逆的理由，再以缺乏父母的了解來為自己的無知權充為藉口，這樣的心理狀態恰恰在妹妹的身上烙了印，而妹妹仍不聽勸的我行我素，活在只在乎同儕眼光的世界裡。升上國中以後，妹妹就很注重打扮，穿著不僅時尚更愛與人爭奇鬥豔，這看在父母的眼中哪裡是滋味，好說歹說已不知多少回，但妹妹不僅花光自己的積蓄治裝，更常向父母親要錢買衣服，一旦不給即臉色不悅，有時甚至以要繳交課輔費用誆騙父母，把父母親蒙在鼓裡，這些我都看在眼裡，也向妹妹指正不是，有時兩人為此甚至爭得面紅耳赤，但仍無濟於事。

今早父母親唸了妹妹幾句，只見妹妹滿腹委屈甩門而出，我擔心妹妹的安全追了出去，只見她完全無視旁人眼光般在外頭大聲咆哮，就在我仍錯愕的同時，只見妹妹跑向馬路那端，無視自身安全的橫衝直撞，一個閃避不及被一台車擦撞到，我要制止已措手不及，也不知是哪裡生出的力氣，我雙手抱起妹妹大聲哭喊衝回家裡，此時她早已不省人事，爸媽急的抱起妹妹開車就往醫院衝去，期間母親焦急地問我發生了什麼事，我只是愣愣的無法置信眼前的事實，緊緊抱著妹妹不發一語，好怕她就此離我們而去。

手術室的門打開後，父親一個箭步的迎向前去詢問手術的狀況，醫生說妹妹腳的骨折處已接回但仍須打石膏固定，腹部出血目前也已止住，只是仍須觀察後續的狀況，大約幾天後就可以轉往一般病房，可說是不幸中的大幸。聽到這樣的消息總算讓父母親都鬆了口氣，我心上的石頭也得以輕輕放下。我與父母在加護病房靜待妹妹的醒來，與我們一樣在等待的其他家屬好似透著慌張、無助、焦慮、期望的眼神，那是一種期待親人轉醒好起的心情，心中的忐忑與臉容合成一種謂之「期待神蹟」的律動，而這種律動也往往牽動其他家屬的共鳴。在短暫的探病時間中，妹妹大部分的時間五官是揪在一起的，偶爾發出微弱的呻吟，有時則是沉沉的睡去。我們與她的對話不多，只希望她的疼痛可以與日俱減，也希望她可以早點好起來一家人團聚。

妹妹最怕孤單，所以在加護病房可以探病的時間裡，我與爸媽輪流去陪伴她，爸媽也是在下班後就往醫院跑。妹說病房內全是些和自己一樣窘困的人，像待宰的魚束手無策地任由這世界宰割，失去自由但也漸漸體會自由與健康的真諦。她記得早上出門前才跟爸吵架，奪門而出後便奮力地往前衝想將壞心情任由勁風吹走，等太陽出來後蒸發人間，但之後的記憶卻被裁剪地雜亂無章，完全兜攏不起來。沒多久爸媽來了，他們小聲地問妹有哪裡會疼，看見父母那柔波般的眼神既是關懷也是原諒，彷佛一股熱浪暖進我的心房讓我心疼，喉頭沙啞的聲音不再嚴峻反而顯得蒼老，是被車禍這事折騰成這樣的嗎？妹比了比腹部包紮的地方，虛弱的無力對世界發聲。

妹住院整整三個月，她說這是她長大後與父母相處最長的一段時間，彷佛像孩提般那麼有一家人的感覺。父親是外冷內熱的人，莊嚴肅穆的威儀總讓人有距離感，車禍那天又是為了妹的妝扮而爭執，妹把大門一甩拎著書包掉頭就走，她是如此的任性又自覺委屈，卻不曾在意當時父親的感受。住院期間父親常詢問醫生妹的復原狀況，假日時甚至要媽回去休息，醫院方面由來他顧就好，他總是體貼家人，但從不訴諸於言語。有次他熟睡時，傴僂的身影讓我的目光駐足，我才發覺好久不曾近距離仔細端詳過父親，他黝黑的頭髮無端添了幾縷銀絲，每天的來回奔波讓父親有了凹陷濃褐的眼袋，遠遠望去就像一位飽經風霜的老人，雖堅毅但憔悴。

妹和父親每天的對話屈指可數，有幾次妹熟睡後，我成功地誘出了父親卸下心防的一面，言談中他對妹這次的車禍滿是愧疚，他寧願躺在病床上的是他，愛深責切與妹的安危比起來顯得微不足道，有時他更是說的老淚縱橫。有一次鼻頭一酸，我即刻側過身去不讓他發現，甚至用枕頭遮蓋濡濕的衣角，但我知道妹早就不怪他了，妹好幾次向我提及對父母的歉意，並表示甚至害得他們如此的奔波勞累，她才是罪有應得，這種心疼的感覺讓我當晚失眠。我想這場車禍雖讓我的家人擔憂受怕，卻也開啟了彼此互諒的大門，讓妹認真的去對待家人，並傾聽對方的心聲。

現在妹已升上高一，成績上總是維持在班上前三名，有時唸書唸太晚還會被父親趕去睡覺。妹有時會向父親撒嬌，要他每天睡覺前一定要去巡視她的房間，有時她會故意忘了關燈關窗戶，聽他總會叨唸幾句「妹怎麼總長不大」，有時他累了就會坐在床緣看妹熟睡的樣子，妹也總是演技一流的瞞過他的耳目，裝成呼呼大睡的酣樣，父親總會不發一點聲響的為妹關好門窗，最後才回房睡覺。妹曾說：「我的父親，謝謝你，謝謝你爲我所做的一切」，看見她們能和好如初，我想這場車禍雖使我的家人受傷，卻讓我家人彼此間的關係由冰點升騰至沸點。父母的愛就像一把鑰匙，開啟了這轉變的鈕，讓親情融化了彼此的歧見，讓愛潤滑了漸行漸遠的關係，我也漸漸能體會家和萬事興的真諦，我心裡至今仍迴盪著：「能成為你們的家人，真好！」

（宇文正老師講評：寫父母與子女的爭執、和解；開頭的說理，反為蛇足。）

（卓福安老師講評：內容描寫妹妹因住院始知父母恩重而改變人生態度，有令人深思之處，然遣詞用字如「我成功地誘出了父親卸下心防的一面」仍應再行斟酌。）

（郭正宜老師講評：描繪家人情感，真摯感人。）

〈我的媽媽是新移民〉

佳作／國立台東專科學校／資訊科／林怡君

「香蘭　來拜拜」，因為是基督教徒不崇拜上帝以外的偶像，心理再怎麼不願意，也不知怎麼表達，只好擔著無奈的心，只好遵從長輩；民國八十一年，媽媽一個人離鄉背井、來到一個在地圖上不顯眼的寶島—台灣，來到台灣生活上的大小事物都不習慣，十二月到三月的印尼流金鑠石，臺灣卻是雪窖冰天，亞熱帶的氣候與水土，導致身體一直不適、語言不通、住在鄉下等問題，而最大的瓶頸就是，跟家人的想法不同，生在印尼時，受到的教育和影響，又是來自虔誠

的基督教家庭，使她的日常生活、思想觀念有別於常人。而爸爸為舊式家庭培養出來的土生土長的中台灣人，生活習慣、思想就與媽媽差了十萬八千里。兩人結合多年，既相互影響，又保留了各自的特點。

媽媽來到台灣後，一開始什麼都不熟悉，因為語言不通，所以遇到困境，總是到家附近找幾位印尼朋友，也不知道要怎樣照顧我們三個姊弟，還好附近有幾位善良的好鄰居，他們總是古道熱腸，盡力地幫助我們，記得小時候，我們家三個姊弟，常常在鄰居家玩耍、學習，因此也交到了很多好朋友，俗話說「遠親不如近鄰」也就是有了這些好鄰居，所以我們家總是和樂融融的度過每一天。

為了在這片土地可以得到大家的認同感，媽媽努力向上，不管白天做家事、下田工作，再多的辛苦，晚上依然的到附近的國小上課，且曾不遲到或是早退，在求學的過程中，認真上課，有不會的還會去請教老師，還做了不少的筆記，如此辛苦付出了這麼多，果真沒有白費，在畢業後得到了縣長獎；熱心的媽媽也常常到學校當愛心媽媽，到老人會當義工，使我們也常常跟著媽媽去服務村民，也因為這樣，我們也常常受到村裡的人的幫助；我媽媽真的很努力，為了要在這片土地上得到認同感，不斷的求進步，不斷的學習，還積極參加活動，也從活動中學到了很多，讓我們也跟著學到了很多。

媽媽來台灣後，為了更快深入種種的不適應，剛好當時初鹿國小為了不識字的村民們開了一個國文的課程，媽媽就趁機搭上了這條船，跟著大家從零開始，在過程中的辛苦，我都看在眼哩，就像在第一堂課時，老師說的解說、和與同學的不熟識，完全無法招架，根本無法跟大家自在的相處，都因為中間隔了厚厚的語言高牆，使學習過程中總是遇到重重的困難，此外，再加上繁重的家務事、農作，以至於沒有空寫功課，只好利用晚上的鎖碎時間，來完成功課，有時還要拖到十二點，但媽媽沒有因此而放棄，藉由多跟他人多多的溝通，學會了如何跟他人沒有任何隔閡下溝通，並且能閒話家常，並且每天上課前，也能如期把功課完成，因為有這樣的榜樣，所以我們家三個都很努力克服了種種的枷鎖，有不會的問題一定會去解開；我很驕傲，我有這樣如此認真學習的媽媽。

我很幸運有這樣不畏眼前種種的困難的媽媽，大部分的刻板印象，總是覺得這個充滿熱情又美麗的印尼群島，是多麼文化淺薄，總是抱著邊陲或二等世界公民的觀念，但這些刻板印象是多麼的不自然但卻又自然而然的在這個世界存活了下來，這是很不公平的，我媽媽雖然是新移民，但我卻在媽媽身上學到了堅忍毅力、遇到困難時，要如何依正確的方式去一一地解決，而不是擺著不管，每個人都是獨立的個體，每個人都有自己生活風格跟方式，所以不要因為社會的風氣去評斷他人的好壞。

請不要讓任何人使你覺得自己不特別，只要努力，肯學習，即使你是最低層的人，在上帝眼中你都是最特別的人。

（卓福安老師講評：內容與視野與眾不同，問題雖描寫得不夠深該，然感情真摯，值得鼓勵。）

（郭正宜老師講評：敘說新住民的甘苦談，頗能有感而發，切中要點。）

〈呼喊〉

佳作／台北縣私立復興高級商工職業學校／廣告設計科／李湘筠

首先，我必須先說，呼喊分為很多種。包含求助的、為了呼喚某人的，或純粹發洩式的呼喊等。

人總是或多或少的都呼喊過。為了各種理由而呼喊。

但是從那男子的聲音裡，我卻無法辨別內藏的顏色。

隨著搬家後上下學的路線改變，這是我第一次走上這條街。而男子就站在人群熙攘的街口上來回踱步，時而焦急似的呼喊了起來，話語模糊得讓人聽不清楚。

好可怕。我想。那樣的呼喊讓我聯想起夜晚森林的貓頭鷹叫或寂靜長廊上的腳步聲。雖然其實遠遠地我並看不見他的眼神，但是那聲音卻非常的孤寂而銳利。之後每次經過那裡我總是低著頭快步走過。

「真是有病。」直到一個星期後的下午我經過同一條街時男子的聲音遠遠傳了過來，然後我聽見一個路過的女學生說。她的聲音太過清晰，就像在我耳邊，一刻之間我還以為她的話是對著我說。但並不是。因為當我悄悄轉頭時我看見那女學生望著男子的表情做噁了一下，然後同著身旁的女孩繼續談著學校裡的八卦，很快地經過了我。

有病。女學生的聲音與做噁的神情就這樣不深不淺地刻印在我腦海裡。可能是從那一刻起，每當經過那條路，我便感覺到一股莫名的退縮。就像參雜著厭惡與憐憫所攪出來的混濁情緒，散發出某種不祥的氣味一般，而那氣味令我噁心而卻步。於是每當經過男子站的那條街，我的腳步就更加快了起來。彷彿只要多停留一秒那氣味就會立刻沾染上我。

大概也是從那時候，我開始注意起每個路過男子的路人反應。然而每個人都是低頭而沉默不語的離去，或持續天南地北的談話，就像沒有人看得見男子的身影或聽得見男子的聲音。我想起國中的時候有位老師說過人們的無視是最大的武器，一種毫無攻擊性卻傷害十足的武器。

然而男子的呼喊卻沒有因此而停止，那些呢喃般的聲音像是街道建築或車聲一般輕易地成為那條街的一部分，每當我走近那街上男子的聲音也隨之來臨。

沒有人知道男子喊著的內容或為誰而喊，也許整個世界上的人都不知道。

那樣子的男子能感受到多少孤寂?偶爾我會這麼想到。

然而在這些短暫的思考空間裡時間也不停歇的過了半年，逐漸地我也越來越習慣無視那呼喊，並不只是無謂地走過，習慣得像空氣一般，完全不會為人所觸及的存在。就像「經過紅綠燈，過馬路，前方左轉有一家麵包店」一樣理所當然，且完全不關己事的存在。

我不知道有多少個人曾經像我一樣，短暫的替男子渺小的世界迷惘過，然後又若無其事的走出去。

那天下著大雨的時候我走在那條街上。

人真是一種很脆弱的生物，生病的時候、受傷的時候、冷的時候……只要受到一點刺激，就變得易碎般全身沾滿濕黏又惹人厭的孤單。即使那並非是渴望任何溫暖。

「真是夠了。」我受夠肌膚與濕冷衣服貼在一起的感覺衝進便利商店買了一把傘，即使只要走過這條街再轉個彎就到家了。

下雨的街上不是比平常擁擠就是更為空曠寂寥。現在是過了下課尖峰的六點十四分，雖然還不算晚但拜大雨所賜看不見什麼人潮。我拖著疲憊的身體撐著傘進行緩慢的步伐。越走越是發現冰冷的街上連一條影子都沒有。然後我聽見了那個熟悉的聲音。

男子站在雨中呼喊。

有一剎那間我以為他是座巨大的塔，杵立在漂流的城市中央，在狂亂的雨水中持續閃著信號。

我想到灰色的天空與兇狠的海水捲成一片的景象，就像許多畫上描繪的那樣。然而我看過的畫裡總是有遇難的船隻在那樣的大海裡掙扎，卻沒有一座塔。

也許是我漏看了？這個時刻我想不起來任何關於塔的印象，只是茫然的讓男子的動作進入目光。

不知道從什麼時候開始我的身體也停佇了，我站在離男子不遠的地方，這是我第一次像這樣仔細清楚的看著他。男子並沒有撐傘或穿上雨衣，只是任憑冰冷的雨水把他打溼。然而他持續呼喊著。

到底是什麼樣的力量才喊得出這樣的執著？我迷惑的看著男子，然而他始終沒有看見我。

男子看的是前方。不知道哪裡的遠方。就像一座閃著燈向遠方船隻打著訊號的塔，孤獨而聳立。

他的嘴唇一開一合地吶喊著，像是要將所有的生命全都吼出一樣。我看著他的模樣，突然覺得那些對他呢喃裡的解釋啊明白啊什麼的都不重要了。

終於我丟下手中的傘，對著他呼喊了起來。

（宇文正老師講評：凝視、思索我們早已熟悉、見怪不怪的人事物，並把自己融進了這場情境的創造！）

（郭正宜老師講評：具有懸念的情節，掌握文脈的節拍。）

〈聽海〉

佳作／國立馬公高級中學／普通高中／尹民丰

六歲那年，阿嬤牽著我的手，頂著大太陽踱步到港口。這是我第一次這麼靠近海，我總以為海的顏色就像是童話故事中那樣的天空藍，卻沒想到真正乾淨的海的顏色是碧綠色的。

那天的海浪很平，碧綠色的海水小幅度的優雅的浮動著，炙熱的陽光洋洋灑在海面上，閃閃發亮，揮發了海的味道。清風拂來，濃濃的海味襲上鼻翼、衣服，一股清爽。港內漁船懶懶的隨海波動，幾隻海鳥飛越頭頂，停在船桅上，順了順羽翼，把視線放在不著邊際的綠海上。

阿嬤什麼話都沒講，牽著我，堅定的看著出海口。那片碧綠無限延伸，與藍天相連在一塊，交接處霧濛濛的。我們祖孫倆就這樣靜靜的在港邊待著，海浪聲澎湃的湧進耳內，夾帶幾聲海鳥的鳴叫，構成如詩如畫的景象。隨著海浪波起波落，我的思緒竟也開始飄邈起來。

家裡以捕魚為業，每每阿公和阿爸帶著簡單的運動衣物出門時，我就知道他們又要跟大海搏鬥了，征風戰水只為了掙那些薄微的糊口錢。阿嬤往往在目送阿公和阿爸出帆之後，獨自坐在客廳，拿起念珠，一字字、一句句念誦著。我和姊姊坐在客廳的藤椅上，靜靜的看著裊裊香煙冉冉升起，滑過那逐漸蒼老的容顏，夾帶虔誠的誦念聲，翳入天聽。

偶而，阿嬤放下念珠，招呼我和姊姊坐在大廳門口，看著門外那片藍色天空，跟我們講起阿公和阿爸在海上征風戰水的辛勞。門外麻雀劃過，我的思緒就像那隻長羽的鳥，直直飛往那片碧綠的海。

阿嬤的手突然握緊，我的思緒回到了港邊，視線從海面往上移到阿嬤的臉，陽光很強，即使咪起眼睛，我還是看不見阿嬤的臉。

港口進來了幾艘漁船。我掙脫阿嬤的手，興奮的坐在港邊漁夫固定船隻用的巨大船釘上，看漁船一艘艘入港，心臟隨著轟轟引擎聲震動。這時的海水有了強烈的浮動，碧綠色的海水打在港口碎成白色的浪，往上衝起，我笑得很開心。漁夫的吆喝聲驚走了海鳥，海鳥振翅輕輕滑過海面，接著往上一拉，便不知所去。我指著停靠在我眼前的漁船大喊：「好大的船！」

阿嬤把我從船釘上拉起，船上的漁夫俐落的躍到港邊，將船上拋出的船繩套在船釘上，然後往海中投下船錨。阿嬤將我拉向另外一艘船，這艘船沒有先前那艘宏偉氣派，小小的一艘在皺曲的海水上搖擺，慢慢靠向岸邊。阿爸從船艙裡走出來，躍上岸邊，也在船釘上套上了船繩，朝海中投下了鐵錨。阿公在船上不斷將漁具往岸上堆放，汗流浹背。我靠近漁船，那股熟悉的漁腥味與船油味撲上鼻子。這艘船從外觀便曉得經過多少風雨、穿梭過多少光陰、陪伴阿公和阿爸多少歲月。原本光纖亮麗的白色船殼在風、雨、海水的洗禮下，漸漸被黃污覆蓋；原本堅固新穎的設備在歲月的考驗下，逐漸脆弱生鏽。而阿公和阿爸依然駛著這艘船，與海搏命……。

從他們臉上那種疲憊不堪的神情，我就漸漸明白阿公和阿爸為這個家庭的付出有多多。我大概能明白當時阿嬤帶我到港口的理由。

但這艘與阿公和阿爸，甚至是阿嬤一起維持家計的船，卻在不久後賣給別人。

這是阿公與阿爸深思熟慮的結果，海洋資源的短缺與我和姊姊的學費負擔，使得捕魚不再能維持家計，與其放著任

其風吹日曬，最終成為一團廢物，還寧可將這艘船變賣，利用這些錢暫時維持住家計。

但是這麼多年的老船哪會有買家看的上眼？

起初許多買家知道這艘船的歷史之後，都不願意花錢買這艘老船。經過阿爸不斷奔波，終於有買家願意出價購買。但他不要船殼，只要渦輪機。於是在阿公的同意下，將這艘船拆毀，把渦輪機拔下來。

拆船那天我並不在場，家裡的大人全去了。看幾十年跟著阿公和阿爸出生入死的漁船被高高架起，在機器的吞噬下，逐漸解體，一塊塊跌在工廠地上。我相信當時他們心裡面一定偷掉著淚，那幾十年就像一場夢，隨著漁船一同瓦解。到現在，阿嬤跟我講起這件事的時候，依然有些哽咽。

這些往事我記的很清楚，尤其在聽海的時候，那些片段不斷的隨著浪聲進入腦海。到現在，我仍然喜歡在假日午後到港邊看透明碧綠的海，聽海碎成浪花的聲音，和漁船進港的轟轟引擎聲。坐在船釘上，港內的海還是一洋的碧綠；海鳥依然成群的飛翔，但當時的小男孩長大了，他圖的不是等待阿公和阿爸的漁船進港，而是在熟悉的環境下記憶那些曾經。

（宇文正老師講評：凝視海，凝視那一段童年裡家的故事，敘述筆法很吸引人。）

（郭正宜老師講評：文章敘說著家人、海、船的感情，有著許多牽絆與掛念，深情於物。文字動人。）

【第一屆全國高職學生網路文學獎——新詩類組】

第一名／高雄市立中正高級工業職業學校／綜合高中／賴俊豪

〈睡了〉

我起身在天的另一邊
太陽向西睡了
我微笑了一星光的週期
繁草都睡了
我爬升了貓的信仰的位置
鋤頭在田中央睡了
我佇在狼為我歌唱的垂直點上
孩子留在床上睡了
我傾聽著鴞的思念
蒼鷹的豪腸回羽絨裡睡了

我從蝙蝠的盛情款待中沉靜
無視繁星的不夜城也睡了

我留住漸漸清晰的晨海
星光跟著微風睡了

我向昭曙的陽光訴說三更的熱鬧

我睡了

（賴賢宗老師講評：富有才情，思想深刻，文字清新自然而意象特殊。）

（顏艾琳老師講評：以類童謠、童詩的口吻，寫出作者不簡單的觀點，令人驚喜的抒情作品。語氣自然，大膽採用兩兩一段的筆法，有商禽〈遙遠的催眠〉異曲同工之妙。）

〈時間〉

第二名／苗栗縣立興華高級中學／綜合高中／劉芸均

寂靜的迴廊裡
你的身影穿梭其中
多少鮮明的曾經臣服於你面前

成了斑駁的歷史

蜿蜒的迴廊裡
你的腳步不曾停歇
多少絕色的容顏沉睡在你腳邊
消逝在滾滾黃沙中

你的身影不曾為誰佇留
只在漫長的歷史裡
留下曾經的足跡
可惜沒人看見你
那名為時間的旅人

（顏艾琳老師講評：明確簡單，寫出「時間」的無形之行、無身之史，俐落而無贅字。）

〈新婚晚宴〉

第三名／台北市立大安高級工業職業學校／製圖科／項紀夫

用地下鐵的人潮　超載一場宴席

三聲鐘響過後　闔上過時的沈悶
空氣　則以飛快的速度
停滯身旁　待命

與台北的新婚初夜
我以光和影　展露雨季繁華的魅力
走進用碑文紀念的市中心
在煙塵半里的陰天之下
以傳說　錄製盛大典禮

回帖以藍鵲捎來
喜訊　綿延如激昂河水
纏繞盆地邊緣
靜置在會場的喜餅　被甜度劃分區位
適中、輕量與無糖
以十二種精準角度分發現場

接獲各方贈禮　一幅
山水畫風　以細水長流

勾勒文山脈絡　一瓶
青龍騰躍　精雕細琢
一如萬華美夢
先擺設　會場各個角落
附錄作者出處後　再收藏

一切準備都已就定位
我以一身黑禮服開啟今夜的高潮
她則以熱情的火紅　等待燃燒
點綴閃光燈的宏亮
在嫣紅　與血紅的酒杯上
留下一抹新月的印象
品嚐一口　苦澀
但充溢愛情的　純香

（李翠瑛老師講評：作者以台北的地理意象融入婚禮之排場，意象相連，形成完整結構，詩意設想細膩，語言密度亦佳。）
（顏艾琳老師講評：把自己對台北的初體驗，比喻成新婚，設想十分新鮮，但文句太散文化，較為可惜。）

〈冷漠〉

佳作／台北縣立雙溪高級中學／商業服務科／陳致嘉

我受夠你那自以為的理由
永遠把自己框在書的迴圈
之前說好了種種
那從來無法兌現的支票戶頭

淚水沖毀了應收帳款
拿出早已備抵的呆帳
期末充滿血跡的報表
還是好難開口

一隻看不見的手在安慰我
試圖教我如何取得均衡
使自己在短期波動中成長
但是那冰冷的記憶體
何時才有電流？

我不想待在這裡
做你永遠的存貨

（李翠瑛老師講評：以個人獨白，面對我方與他方之間的情感敘說，深入詩情）

（顏艾琳老師講評：用會計術語來寫兩人情感的往來，借喻手法幽默，但部分寫得過淺，語句可再斟酌精修。）

佳作／國立羅東高級商業職業學校／資料處理科／謝靖怡

〈秋心賦〉

預告一季蕭瑟即將來臨，
那血紅的掌印，
風刀，冷酷地，
削去大樹的綠衣，
奪去夏季蔥蘢的熱鬧氣息。

你是劊子手，
扼殺了夏日的燦爛笑靨，
掩暗太陽的璀璨光芒，
黃葉控訴你的無情，
以翻飛風中的孤寂，
悲　泣。

只有，

只有你明瞭。
濃烈的深情隱藏在，下一片新吐的嫩蕊
這一季的淒涼，
才能，孕育下一季的絢麗。

雖道無情，卻有情，
是你——秋。

（李翠瑛老師講評：語意新奇，創意獨特）
（顏艾琳老師講評：第一段文字力道十足，動態與畫面躍然紙上，作者十分老練、蕭颯地表達出秋的意境。）

〈漢朝睡美人〉

佳作／國立北斗高級家事商業職業學校／綜合高中／吳品萱

土石細碎的哀嚎　劃破千年後沉靜的夜空
是誰　驚擾著地下的寧靜
如此放肆
將我雍容華貴嬌軀搬離棺槨
拆散吾夫婦　悲悽湧心頭

記憶　塵封古墓數千年
生前未了夫妻緣　死後無法同棺悲
短暫的千年夢　被私欲擊碎
剖我身切我屍　只為解我不朽之迷

我　僅是個無依女子
生前夢　死後願
被你硬生生用榔頭　敲破

亡於　夏花燦爛時
卻在玻璃帷幕中　身不由己
赤裸演出　任人指指點點
僅是那顆血淋淋的　貪婪
將我死後推入　不歸路

而你　卻名利雙收

（李翠瑛老師講評：設想角度有創意，重新詮釋漢代美女的心情）

佳作／花蓮縣私立海星高級中學／普通高中／吳昱瑩

〈味道〉

言語有一天會跟著炊煙逸散在記憶裡
只是，味道是一種綿延的痕跡
拉長在心裡，纏繞
在空間迂迴蔓延

掬一抹家鄉的味道

田園

秋收的季節已去
金黃的生意隨寒氣寂靜
該是個等待油菜花季的時份了
等待黃色的花朵隨風搖曳
揚著不曾變過的堅持
而我，忘不了屬於田園的那種最原始的泥味

空氣

鐵軌循環、再循環，似乎永不息卻
在月台，往左望，往右望，都是無盡
在異地，在家鄉，都共同著一副鐵軌呀！
而空氣，也應是如同的
隨著風行走，思念是否就會跟著流動？
思念，也有味道嗎？

家

都市氣息於此絕跡。保持著，
菸味。嗆鼻裡想必伴隨著父親的滄桑
廚房。有種揮不去的真實感，五味雜陳中，還帶著母親的堅強
味道，是伴著呼吸而在的
而呼吸，是活著的證據

（賴賢宗老師講評：感情細緻，文思敏捷，富有土地關懷與人文精神。）
（李翠瑛老師講評：文字簡單有力）

佳作／國立台南高級商業職業學校／資料處理科／黃懿純

〈十八號公車亭〉

在遠方就看見　你混黑不清的身影
我趕緊從那兒上車　揮別了另一個揮別
把淚水收進口袋　把喜悅掏了出來
就這樣　我胡亂的踏上旅程
躺在你的懷裡　第一次聽見生命啟動的引擎聲

帶領我的雙眼　你的視野驚奇了我的視覺
從小小的車窗看出去　美麗的竟是遼闊的遼闊
好想要打開那框框的迷思　可惜我還小　勾不到那道枷鎖
只能含著說不清的遺憾　悄悄在嘴中發酵　那悔恨的滋味
就像霧氣凝結在透明的現實　我們都在上面畫著悲傷
或許相遇也是這麼回事
都用鮮豔的色彩塗上開始　再用暈染的灰描上結束
當座位旁的面孔　換了又換
我總是完成一幅幅偉大的藝術　貼在你記憶的某一處
回想　那個未填滿的時光空隙裡
我們一起目睹海風的鹹味　一起訴說初雨的咆嘯　一起品嘗晚霞的餘韻

如同一顆圓球般　四季滾動了好幾個年華
「下一站，十八號公車亭⋯⋯。」

你聽見了嗎？　有股恐懼正從車底悄悄地響起
大概是隨著里程數的不斷增加　不停驅動著未知的關係吧
彷彿我的人生　被歲月加踩油門時
通過　顛峻的搖晃不安
加寬　心臟跳動的振幅⋯⋯。

因為這次　我必須下車　不再坐著這班名為年少的公車
縱使很不願意　不過誰叫這班車的終點只到達青春呢？

我讓歲月剪了票口　我替自己扛下了期待
跨出了青春　在一片炙熱中　等待下一個迷濛不清的身影

（顏艾琳老師講評：宛如電影一般的情境，詩意鋪陳流暢，作者十分成熟。）

佳作／台北市私立滬江高級中學／綜合高中／周晏

〈口罩〉

綁架口鼻
排擠H1N1
僅剩的雙眼
怎樣也讀不出
彼此的　心
這世界開始流行一種　一號表情
你的微笑我收不到
我的唇語你讀不著
細細一聲I'm free
沒人能知曉

（李翠瑛老師講評：透過口罩，寫出人與人之間的隔閡，很有創意。）

（顏艾琳老師講評：作者所選用的動詞很有挪移之趣，頗有黑色喜劇的氛圍。）

〈木棉〉

佳作／國立淡水高級商工職業學校／園藝科／陳怡安

你愛的火焰終於燃燒殆盡
落到地上成一片腐爛的淚

不講理的　你伸手向天乞討
不含任何柔情灌溉的
又刺又皺的手
左右大大的扯開
試圖攔劫一切
納為己有

那淚慢慢凝結
在　曾滿是激情處
留下結實纍纍的怨
萬縷的情絲
纏上綿密的情網

那一夜
你瞬間白了髮
帶著焦黑的心
飄到遠方蔓延滿溢出的悲

不捨的是東風又回來問候
你的熱情再次燃燒成鮮紅的火海
那模樣激動澎湃

啊
不是愛情來了
而是　愛情回來了

（顏艾琳老師講評：全篇段落步步為營、劇情張力逐次展開，尤到末段，反差式的結論，令人咀嚼回味。）

【第一屆高苑科技大學網路文學獎——散文類組】

〈鬱金香〉

第一名／高苑科技大學／資訊傳播系／杜唯甄

雙手捧著鬱金香，妳在哭。

我記得妳以前很漂亮，捲捲的頭髮披在纖細的肩，翹翹的睫毛掛在白白臉上，身上總是散發著一股，那不是香水，是種好似妳生來就有的香味；妳的枕頭、藕色長裙、米白蕾絲睡衣，都充滿著。甚至連妳種的花也是；爸爸說那味道叫做回憶。

從有記憶以來我就知道妳和爸爸都愛鬱金香，小時候跟著去院子澆花，妳會跟我講故事；妳說以前有個小夥子騎著鐵馬來到家門口，邊抓頭邊傻笑的遞給妳一朵紅鬱金香，和張紙條，上頭歪歪斜斜的寫：「花語：愛的告白」。阿嬤總是笑著告訴我：「妳媽媽就是這樣傻傻給騙騙去啦，早知那時候就拿掃把趕他出去！」妳會輕笑的跟阿嬤抗議。我知道那個小夥子就是爸爸；爸爸是個善良又老實的人，待人總是非常和藹，我最喜歡他爽朗的笑聲和眼尾牽起的好幾條笑紋。爸爸在木材工廠工作，每天晚上六點，媽媽會煮好飯菜等著他回來，有時我們也會上街去吃。假日時間，他會陪著媽媽或種花或散步，或帶著全家去爬山野餐。我那時候以為，爸爸、媽媽、阿嬤和我會永遠這麼幸福。直到妳尖叫的聲音，妳衝出去把所有的鬱金香都拉扯出土，妳跪在花圃中，雙手捧著鬱金香，妳在哭。

醫院的人把妳綁走了，我看到他們用白布綁妳，妳嘶吼爸爸的名字：「順仔！順仔你回來！」阿嬤哭著：「阿萍阿萍不要這樣！小芳還細漢，妳不要這樣！」阿嬤蹲下，扶著我的肩膀告訴我：「妳媽媽瘋了。」

爸爸出門的時候笑說：「今天風可真大！」媽媽要幫你加件薄外套，你說不用：「工作這樣涼快。」工廠的火勢就在易燃物和大風助興下，越燒越旺，除了爸爸還有另外兩名工人沒有逃出來。

那年夏天，爸爸死了，媽媽瘋了，我不過才十歲。

我去看過媽媽幾次，阿嬤叫我不要去，可是我想她的時候會跑去醫院偷看。媽媽以前很漂亮的，現在她變得好瘦好老，捲捲的長髮變成灰白的短髮，參差不齊的蓋在妳凹陷的臉頰，護士阿姨說那是媽媽自己剪的；媽媽變了，但不變的是她的香味，還濃厚的可以，多了些藥水刺鼻味。啊還有，床頭櫃上塑膠花瓶裡插著的，仍是鬱金香。

我常常想跑去抱抱她，告訴她：「爸爸不在沒關係，小芳會照顧妳。」可是護士阿姨不准，她說現在的媽媽會傷害我，怎麼會呢？她是最愛我最疼我的媽媽耶，怎麼可能會傷害小芳呢？阿姨嚴肅的拒絕，把我趕走了。

過兩年，阿嬤說媽媽穩定多了，可以去看她。她比以前更瘦了，阿嬤一直跟她講話：「阿萍啊，我帶小芳來看妳了，妳看妳看，小芳長這麼高……」媽媽盯著我，但是眼神空洞，我知道，她不認識我，甚至根本看不見我。

床頭櫃的鬱金香還在，但是爸爸跟媽媽都已經不在了。

沒有了爸爸媽媽的家，阿嬤幫人揀檳榔跟破布子，用微薄薪水拉拔我長大，有一餐沒一餐是常有的事，假日也不能出去玩，要幫著洗破布子；我常常跟阿嬤抱怨好久沒有上街去吃了；阿嬤每次聽了都會轉身背對我，邊擦汗邊說：「小芳妳乖，阿嬤會想辦法。」大一點之後我才知道阿嬤那時根本不是在擦汗。

十四歲那年我遇上闊氣的新哥，對當時家境貧困的我來說，他讓我無法自拔的一頭陷進去；新哥大我五歲，高壯，不帥但很有霸氣，常常一揮手就是給我兩三千零用錢，他會帶我去兜風、去撞球場、去ＫＴＶ，出門的時候叫我勾著他的手，我不確定這是否就是人家所說的戀愛。跟新哥在一起很快樂，忘記我們家很窮，忘記我有個發瘋住院的媽媽。我變得不想回家、不肯去學校；阿嬤說過我、罵過我、拿掃把打過我，當下我只想快快奔去新哥的懷抱哭訴；我覺得我的人生被新哥救贖了，他一定會照顧我一輩子的，自以為我們這是遭到家人反對的羅密歐茱麗葉式愛情故事。

這愛情故事最終在我發現新哥的另結新歡和阿嬤憂鬱症的藥袋，結束了。正好是爸爸過世的第五個夏天，我即將升國三。

我回來了，我知道過去一年我渾噩的太過份，阿嬤現在雖然還是持續服藥，但是不同的是我回來了。暑假我去幫盧伯伯賣香菇，艷陽八月，領到第一份薪水，碰碰跳跳回家想拿給阿嬤，踏入客廳，有個老婦人倒在地上。為什麼說是老婦人，因為我不想承認那是我阿嬤，不想承認那是被我折磨得憔悴，不想承認那是這麼老了還要勞碌，的我的阿嬤。

阿嬤的喪禮辦得很簡單。在鄰居跟里長幫忙下完成所有程序，阿嬤葬在我們家旁邊。

我只剩下媽媽了。

媽媽在九月被送回家，因為我沒有錢可以支付療養院的費用，書當然也不能唸了。我找了份米行的工作，每天早出晚歸，賺得錢湊合湊合還勉強夠兩人用。媽媽還是一樣不講話，成天望著花圃發呆；這樣安靜的過了好幾個月。

「種鬱金香吧。」有天媽媽吃飯吃到一半忽然提著。我驚訝不已，停下餵食的手：「媽媽妳說什麼？」媽媽蒼白的臉上牽起淡淡的笑：「小芳，我們種鬱金香。」

我哭了，媽媽還記得我是誰。我立刻答應：「好，我們種鬱金香。」

我跟米店預支薪水買了些球根，陪著媽媽把它們埋進花圃，媽媽那照顧鬱金香的手法，和發瘋之前一樣，細柔小心。爸爸死時我就知道，媽媽一直把鬱金香當成爸爸。

鬱金香開的很好，媽媽的病也很好。其實我發現媽媽根本不需要多好的醫療設備或多高超的醫術；她只需要一片鬱金香花園，像爸爸生前一樣，陪著她。「媽媽，我出門囉！」「路上小心，早點回來。」媽媽的病漸漸好轉，已經可以做

簡單的家務，我出門工作時也相當放心她一個人在家。那是爸爸過世的第六個夏天，我十六。媽媽開始變得快樂。

和那天一樣，刮大風。

鬱金香燒得殆盡，媽媽滿身是火的跪在花圃，雙手捧著鬱金香，她在哭。

起火點是廚房；爸爸離開，在夏天。阿嬤離開，在夏天。媽媽終究離開了，一切都在夏天。

辭了米店的工作，老闆拍拍我的肩：「阿芳妳要節哀。」阿嬤墳旁的大樹，板凳，白晃晃的童軍繩跟我說，我們會一起在鬱金香的家裡重逢。爸爸過世的第七個夏天，我十七歲。我看見鬱金香了。

（龔恆嬅老師講評：以漸進式鋪陳鬱金香與家人及回憶的關係，節奏掌握適當。文詞順暢並能適當掌握及表現人物、感情的關係。）

〈河愛〉

第二名／高苑科技大學／建築系／周湘慈

嬌羞的人兒啊，掀起你那迷濛面紗，傾聽我的愛語。

相遇，在迷濛的雨季；在洋溢著熱情的夏季。

一切就是那樣的自然，當我打從你身旁經過，那耀眼的光芒牽引著我，在如墨的夜裡，星星也黯然失色。

知道你喜歡寧靜，因為你總是輕輕擺動身軀，隨旁人的喧嘩，靜靜遊走在自己的天地；知道你喜歡愛戀，因為你總是在傍晚落紅的洗禮下，盪漾一身的緋麗；也知道你喜歡咖啡，因為你總是隨風帶來一陣陣的香氣，在風中，在雨中，在落花繽紛的小徑中，也在我充滿愛意的心中。

我常和你聊天，雖然你從不回應，但你總漾起醉人的紅，隨著我的言語，看日出，等日落，在轉動的時間裡，四季對我們來說，像是空氣般的自然，那雲朵般的怡然。

秋紅了，落楓葉，秋意輕輕。

你依然沒變，我知你其實孤單，身邊過客無數，卻無人為你停留，心底深處的孤寂鬱愁，化作無數鴻毛掉落，掀起一波波漣漪，秋是令人傷感的，任你的淚打濕肩頭，在淒冷的季節中，身旁飄來陣陣褐黃味，卻也更加深苦楚的留痕，那一滴滴侵襲；那一點點佔領，將寂靜的秋凍結最後一絲微笑。

雪白渲染大地，冬轉了個圈，回到這裡。

慵懶，賦予這季節最好的辭彙，在停止活力的季節裡，你美麗依然。月色照耀，閃爍銀光，身邊的枯枝上搖曳著幾朵的憔悴，抖動著大地的蕩漾，呼出的氣凝結了愛慕者的心，橋邊站望的我；橋中佇立的妳，我們之間的距離就像鴻溝那般的深；又如薄沙般的淺，灑淚悲嘆無人知；妾意之心無人待。又有誰懂我心中的愛意，和我滿腔情懷。

春溢滿，花意濃，署光乍現繁花落。

披藍天，枕綠地，漫遊於萬物之中，嬌嫩欲滴的花兒和你爭相比美，你笑著和它們遨遊其中，你依然是那樣清靜；那樣脫俗，在記憶的深處，彷彿你就是如此的笑著，歲月不曾走進其中，悠悠一生，換你焉然一笑。

花香鳥語這裡沒有，卻因你而生；優雅清靜這裡失去，卻因你而存，不曾抱獨占你的念頭，只因你屬於大家；屬於整個高雄人民。或許我該站在角落，靜靜欣賞你；靜靜愛戀你，那煥然一新的氣息；那重新再造的獨特，第一次見你時就知道，汙濁的暗黑底下，藏著多少讓人迷戀奇蹟，等著世人們的開啟，世上最美的愛情不是佔領，而是放手讓你飛翔。嬌羞的人兒啊，掀起你那迷濛面紗，傾聽我的愛語。

人兒阿，我望著你的美麗。

人兒阿，我記得你的優雅。

人兒阿，你是我心中的驕傲，愛河，河愛，愛就是你的名。

（龔恆嬅老師講評：與其他作品相較本文作者文字運用較具技巧。）

〈Us．a米國—我們的米國〉

第三名／高苑科技大學／財務金融系／李詩涵

「待在田中的老阿伯　拿著一隻鋤頭戴斗笠　問他子孫有幾個　今年耶收成有幾多．．．．．．」車上播著是知名台語歌手林強的「天與地」，而我們也到了這次的目的地，台中縣烏日鄉。烏日鄉因為有著成功嶺、「追分成功」的成功車站，以及台灣高鐵台中站的設立，也是彰化通往台中市區的重要樞紐地，國道一號和三號又穿越其中，交通重要性自是不在話下。

成功嶺，一個可能曾經會讓大專生寒訓、暑訓感到艱辛又充滿回憶的地方；從山上往下看一條蜿蜒的水龍即是灌溉中彰地區農業的重要河川，烏溪。

台灣的稻穫屬於一年兩穫，通常是在農曆的六月以及十月來收割。秋末時節，這本該是世居在台中烏日務農大半輩子的阿木伯（化名）用烏溪溪水所灌溉的金黃稻子收成的時候。然而，因台中焚化爐以及高鐵的陸續興建，原本整片望去的綠油油如今皆成為地方政府都市開發計畫的重劃區。一條條連接快速道路的外環道以及高鐵台中站的對外要道，反倒也井然有序的成了個大大的柏油田。

本來這個時候的阿木伯應該是所謂的「日出而作，日落而息」的，一大早就到田裡這裡巡那裡顧的，偶爾也自己綁一個稻草人來立著趕鳥。「阮少年時哪來耶剩錢去買沖天砲來嚇怕麻雀鳥仔。」如今只能將稻草人插在自家庭院的小菜園過過乾癮的阿木伯將作好的稻草人立給我們看；戴上斗笠的稻草人和我們這些七年級生在書中所看到的還要可愛，這是和那些旗幟飄揚的稻田所給我們的完全截然不同的感受。

遠方的台灣高鐵高架陸橋隱約有列車的影子進站了，姑且不論這條高鐵耗去多少台灣納稅人的血汗錢，有人計畫著高鐵帶來的繁榮後景，但就目前來看似乎都是財團將來的荷包飽飽，被徵收土地的百姓只能含淚和可能是奮鬥半輩子的伙伴說再見。

我們跟著阿木伯在兩旁逐漸蓋起透天厝的重劃區裡的路上走著，要跟他去土地公廟拜拜；「謝天」這也已經是他多年以來的習慣，他感謝神明賜予他農作物能順利收成。一路上建築工人的吆喝聲伴隨著呼嘯而過的汽車們，沒有節奏的背景音樂伴著，突然阿木伯停了下來指著中間的分隔島說：「這排樹仔過去，以前攏係阮耶田。」如今我們只看到一列整齊的高壓電塔。去到土地公廟，這裡算是附近農民的精神信仰，因此在當地極力的爭取下而逃過被拆除的命運。「以前阮攏用烏溪支流耶水來引，阮家大大小小衫褲嘛攏來這洗，現在攏呼埋掉囉！」拜完土地公後在廟外點起一根煙的阿木伯婉惜的說著。我們想著以前農業社會的浣衣婦女，在大石上拍打著衣物的情景，那時候的溪水應該是清澈的不像樣吧！

「阮看電視攏有在講，有人去台南拍作事人耶電影，後來還很紅啊，聽說還得冠軍米喲！但是再紅嘛賺嘸多啦！看今年雨落這款，還有啥咪 WTO，啊，嘿阮都聽嘸農會講啥啦，反正攏交乎產銷班去處理。自己要吃耶再留下自己曬。不過嘸作事了，去買米才感覺外面耶米攏真貴，向阮收係攏嘸那麼好耶價格啊。」

中午我們拗不過阿木伯夫婦的熱情，他堅持要我們在他家吃午飯。「菜攏係是阮種耶，簡單便菜，嘜客氣啦。」足以顯見莊稼人家的心地純善。

午后吃飽的我們稍作休息，阿木伯在屋簷下燒開了水準備泡茶請我們。閒聊之間，我們看到在大屋的旁側有間「土角厝」，令我們眼睛一亮的是裡面放著一台大大的「風鼓」，那是早期用來篩穀子的，我們學校的高雄縣自然史教育館二樓也有一台。除此之外，我們還看到了許許多多早期農村社會用的務農工具，當然我們在教育館內也大都有見識過的。「阮算卡儉啦，嘸甘丟掉，嘸膏做古董又怕這些子孫仔當作垃圾拿去回收。看這個，從阮以前小漢看阮爸爸用這牽牛去作事用到阮這時候耶啦。雖然後來有機器在用，阮家那隻牛，阮嘛係就嘸甘賣耶啦。」阿木伯撥弄著他以前用來翻田的犁帶著點心酸難過的語氣道。

離阿木伯家不遠的「朝天宮」是這一帶居民的主要信仰中心，主要奉祀北極玄天上帝。一樓的偏廳內也坐著多位和阿木伯一樣土地被徵收的老人家。這些長輩們無田可耕作後，不是在家含飴弄孫，不然就是廟裡泡茶下棋聊天來填補平常日子的空虛。「將軍！」談笑間，他們不用再一鋤一鋤的辛苦了，剩下的可能只是楚河漢界的鴻溝帶給這些辛苦大半輩子的長輩們些許遺憾吧！

此時也近薄暮冥冥，我們本來打算先前往台中市區投宿，但依舊抵擋不了阿木伯和阿木嬸的熱情。「恁今晚就住下嘛，房間有夠耶啦，阮後生上班攏搬出去住外靠啦，剩阮兩個老耶幫他們照顧孫啦。今天是拜三，有夜市仔，就在耶牆仔再過就看到啊，看恁吃飽洗身軀了會去逛逛看看耶嘸。」我們這幾個人的學校雖說不在大都市裡，但偶爾還是會相約出去台南或高雄逛逛，所以逛夜市倒也不是那麼新奇的事，不過就還是出去走走看看了。這個夜市雖然小，可是位在高鐵台中站的聯外道路裡，在那些路燈照耀下，倒成了一個小小的不夜城。

我們慢慢的走回阿木伯家，他正坐在屋簷下。阿木伯說他要進去準備茶葉和裝水，要我們可以先在外面休息一下。水已燒開，幫著我們倒第一泡茶的阿木伯說：「以前這哦，舉頭慶蔡嘛攏是星仔，外靠耶路燈實在太光啊啦，現在舉頭算嘸幾粒啊啦。」

前一陣子烏日鄉公所還為著路燈究竟得誰來認養負責而頭痛，現在的燈火燦爛好似電都不用錢了。當然還是得顧慮交通的安全。「交通哦，路起好嘸多久，車擱嘸蓋多啦。恁看燈這麼光，車少，路擱大條，十二點過哦，就有一堆凹壽死囝仔在那玩車吵死人，吵到阮攏袂當睏。」阿木伯愈說愈氣憤。「好加在最近警察查得勤啦，晚上有出來巡。」

茶過三巡後，漸漸地外頭的夜市喧嘩聲終於被蟲鳴哇叫給蓋過。天然的交響樂，綿延不絕的洗滌我們的耳朵。

我們享受著這樣子的寧靜，久久才驚覺已快近子時，不會有人來敲著三更半夜小心火燭之種種，只是也真的睏了。

（龔恆嬅老師講評：文章標題玩弄文字，但內文跟美國沒有關係，無意義的雙關語流於刻意，在閱讀文章前也易產生誤解。台語用詞可參考教育部出刊之閩南語文辭彙。）

〈劇本〉

佳作／高苑科技大學／土木工程系／謝昌翰

2006.08.28

我挑了一首慢歌，妳打亂我的節奏；

我烤了一片吐司、當中餐，妳傳來了簡訊，慶祝分手。

手裡，還緊緊握著這張抗憂鬱藥劑師執照，

不知覺的，心裡被狠狠開了一槍。

我的桌子越來越凌亂，磚牆面擺飾已經化為子虛，

空盪盪的房裏，裹著二十四度室溫。

混雜著芬芳酒氣與燻喉煙味，它們陪伴我入眠；

會是倦了、累了、所以該放手了。

2006.08.31

視線越來越模糊了。
焦距開始產生一種瞳孔無法適應的壓力；
我漸漸發現，妳的背影、需要靠我的記憶才會清晰，
賴上煙癮作伴，它是不會背叛我的好朋友，
卻一點一滴的啃食我的生命，
深夜，這是妳離開後的第九十六小時。

餓了兩天、頭暈目眩，
感覺卻似停留在妳做了一盤培根義大利麵。
有那樣的滿足感，充滿味蕾，
那天，妳搬走了沙發、小桌子、和妳愛看的書、以及一大箱的衣服；
四周省去了太多空間，卻佔滿我腦袋裡的記憶體，
聽妳創作的歌、逛妳去的書局、演變成一種習慣、一種自然。
少了這個妳寫的程式，我開始變的毫無頭緒。

2006.09.06

終於趕在今天回台南，走向熟悉的剪票台，
遞了票、往回家的路步進。
我發覺，台南好冷；
空氣裡似乎遊蕩些些寂寞的味道，叫人不寒而慄，
少了妳的台南市，水銀也沒法計算心裡的寒溫。

拿起鑰匙，打開兩天沒人的房間，
筆記型電腦、檯燈、化妝水、應有竟有，
獨缺了這個妳曾待的時空。

點了煙，我倒坐在床邊，
盯著天花板上的星星，好像那夜看的那煙火，
頭有些暈，冷氣送的涼風，引我入夢。

2006.09.15
真的很想說，忍受不了妳的脾氣、
性格說變就變，像極了今晚的颱風夜。
走往巷口的 7-11 尋找宵夜，串聯起我跟妳吵的芝麻蒜皮。

迷失的理由，我猜不透；
最後只能用沉默代替爭執，讓時間化解所有的干戈，
我想，妳是對的；
這樣一遍一遍掩蓋傷口，能否有痊癒的一天？

熱水燙傷我的腳，也拉我回現實的夜，
泡麵的化學變化，竟能感受到感情的起承轉合，
高高低低的起伏，隨著一口一口的咀嚼，轉為平淡無味的湯頭。
嚥著這所謂的垃圾，是否妳也不看好我的表現，
颱風的夜、我關燈、盯著螢幕的 e-mail。

2006.08.28
我走在與你不同的世界，
無論方向、目標、都像水平線般筆直的走去。
唯一留下的，是手心有殘留你火柴劃過的溫度，
所以我有了抽菸的習慣。

你的心跳，模式依舊是那樣清晰；
讀完你寫的小說後，我竟開始對你有所猜忌，

彷彿就像藥物中毒般，情緒感染了多疑，
會是散了、忘了、所以我離開了。

談到未來，卻不屬於我們之間。
我只能感覺好笑又好氣；
每當看見你的關懷你的無奈
倔強的我，徘徊在網咖裡收著郵件，
清晨五點三十九分，寂寞突然又重現；
2006.08.31

開了門，我回來這陌生的房間，
空蕩蕩的、灑滿我一地的衣服、網路小說，
我將它們疊在沙發上頭，自己坐在桌子前發呆。
假如我還留在你的懷裡，會有什麼樣變化？
你送的紀念，我卻沒有勇氣抉擇。
揮揮手，我顧著眷戀，忘了偷探頭的日出，
隨便烤了片吐司，囫圇吞下肚，

下一秒躺進有你在的夢裡。

2006.09.06

這幾天的生活，依然是那樣過；
我睡了又醒、醒了工作、下班就睡，
關於你的最近，我猜了又猜，越猜卻越惆悵。
昨晚上司交代出差的事終於被我想起，
想到好久沒離開台南，心中又緊張，又是高興。

下班，走著走著，竟然走到這熟悉的火鍋店，
你家就在前面，一百公尺前；
看著手錶，指針透露了現在是宵夜時間，
順手點了些料，付了錢；我選了個離門最遠的位置，
這頓宵夜，少了人陪，讓我吃的很不安心。

就要離開台南幾天了，這也是我第四次離開台南；
我想打封簡訊給你，號碼卻已被我刪除。
孤零零的一個人看著，那夜、那煙火。
我想起你房裡貼的星星，我好想哭、

哭掉關於你的一切，哭掉這所有的回憶，
我攔了計程車，告別所有回不去的一切。

2006.09.15

上了北部、這陌生的都市，
赤熱的晚風把我吹回記憶中的家鄉。
你不愛出門、有點懶惰，老愛靜靜的敲鍵盤；
我忘了現在是半夜，餓的只想出來找點東西吃，
這裡好大，大到我走不出這喧鬧的夜，
遠遠地離開你的地盤，原來會這麼難過。

回家的路上，我數著星星，抽著包淡菸。
你點菸的姿勢，有一種不由自主的迷戀；
總能目不轉睛盯著看，你說我不適合跨越這條線，
我喜歡看菸圈緩緩飄上升、漸漸融化在空氣裏，
煙草會慢慢燒至熄滅，最後結束它短暫的生命。
當你煙癮復發時，我能問你上一根菸草的味道嗎？
是否感情也有如嚐煙的過程，

到頭來、讓舌頭記住苦澀滋味，讓感覺孤單時搜尋替代品，
尼古丁的味道，像是麻藥般打擊我的心肺。
我學不乖，也放不了；
所以我選了這樣的方法來眷戀你的體溫。

2006.10.26

入冬，微微北風吹襲著孤獨的行人，
關上門，也告別寒冷時妳給的溫暖。
總覺得、想起妳的頻率，慢慢提高；
好似漸漸演變成習慣、一種公式，
打開室內的電暖爐，重溫初戀，
思考回路上演起我和妳相遇的瞬間。

六年前的夏天，慌張踏入教授的課堂上，
我發現了妳。
我胡亂的找了位置的一角，
盯著妳的背影、觀望，
修長的髮線、搭配自然柔和的黑色調，
適中的氛芳、如綠地般揮灑著生氣，

妳的品味不低，帶給我欣賞的契機，
這是妳給我的第一印象。

我緊盯教授抄在白板上的觀念，
卻被妳散發出來的氣質打斷我認真的決心。
最後、我還是臣服於妳大方的態度，
回答教授的聲音，一直在我耳邊繞樑，
無法忘記那分那刻，全世界這樣暫停。

一行行筆記紀錄上課的時間，
分秒還是照著真理流失；
但我不想離開，想一直維持這簡單的感覺。
鐘聲響起，敲碎了我這小小的妄想；
妳走向他身邊，揚長而去。

2006.10.26

那天、天有些灰；
在七月天裡，烏雲有些壓的我和你喘不過氣來。

悶熱或許是爭執的導火線，亦或是某種不服輸的藉口，
第一次見你發飆的樣子，從認識開始。
著實讓我嚇著，心也糾結起來，
我哭著跑出你的住處，卻沒了方向，
走進校園，竟意外想起那堂教授的課。

印象之中，彷彿是第三次進到這教室。
儘管是你替我選的課程；
我胡亂的選了位置的一角，
只因不想被人瞧見我泛紅的眼眶，
正當坐下那一剎那，一陣譁然傳來；
我發現了你。
略瘦的身高、帶點書卷氣的粗框眼鏡、
長短適中的髮型、修飾你遲到帶來的緊張，
你的才氣洋溢、像和風吹煦我的怯生，
這是你給我的第一印象。

似乎你與教授有特殊感應，這兩節課來他關愛我不少；
憂愁之際、教室門口閃過那熟悉的身影，

才驚覺到原來分秒還是照著真理流逝，
我走向你身旁，這才注意到你一直凝視著我。

早晨海風刺進我的心房，哭訴起八里壟罩著一股寂寞。
窗台傳來鳥鳴，打碎我起身前的美夢。
原來思念的、會是怕冷的你的溫度；
那一扇夢扉、不知又推開了幾次，
反反覆覆諷刺離開的我。
點支菸，數著菸盒殘餘的壽命，
距離台南還有八百四十根的時間。
房裡暖氣已全被煙霧污染，
躲在菸草的背影、原來是我呼吸的原因。

2007.04.06
清明，一場妳期待的盛宴。
陰雨綿綿，也不覺打壞妳的雀躍興致；
探妳、我穿著與妳成反比的黑色西裝，
也順著捎來一束妳最愛的白色鳩尾花。

垂楊低下、圍著散不掉的香魂，
枯草鋪滿妳熟睡的床鋪、兩行石碑刻下日期，
向西望，此刻黃昏是否也印向妳眼簾？

低溫遊蕩、演變一幅迷濛，
濃霧成妳落腳的地點。
遠處的妳、還是當時我腦海的模樣。
倩影仍舊、髮絲微捲帶點琥珀綠、
雪白扮裝裹著修長身段；
望著那樣的妳，隨著將下的夕陽，
夢縈裡片段幕幕呈現。
我稍微整理下儀容、鼓起勇氣走到妳身旁，
舉杯之間，模糊了離別時送妳的淚。

我又看了遍妳寄來的明信片，是那樣無助。
夾帶幾篇巧合般的日記本，
才恍然懂當時妳說不出口的原因。
我在這守完一夜，晨意微涼；
單薄身軀感到飢寒、西裝瀰漫妳獨有香氣，

領口上留下妳彌補的唇印；
看過我的妳、彷彿落寞不少。

2006.12.03

飄往天母的雲，那樣的靜；
難得品嚐這悠閒，檢查的結果早已讓我釋懷。
我悄悄的跟蹤這份愜意，在下午兩點鐘，
不知該不該寫些什麼給你，猶豫的我在轉角的咖啡廳拿定主意。
字體是淺淺的淡藍，我想以詼諧來傾訴我的歉意；
筆尖特有的芳香，點綴你最愛的中文系氣質。
難得的下午、我陪伴它直到夜幕。

你的藥劑師執照快過期了吧？在我離開後的第五個月。
這些日子來，我一直不在我們待過的樂園。
我怯怯地抵達你沒到過的城市，這裡冠上寂寞之名；
它有台南沒有的鬧，馬路喧囂地蓋過樹葉的偏頭痛，
當作事過境遷，我想會使你不再難過。
我只能簡單的寫下微醺的心情，以及沉醉的視覺。

對不起，已輕輕踏進靠近我左心房；

我卻匆匆尋找出口，離不開你的右心室。

（龔恆嬅老師講評：文章以跳躍式的思考來描述所有事情經過，情緒表達及內容張力過於抽象，讀者不易瞭解。）

佳作／高苑科技大學／建築系／溫慧芳

〈Bess 的玩笑〉

7月2日，一封信投到一戶人家，清晨時，男主人拾獲那封信……

Dear David

很高興我們的友誼在今天已經邁入第七年了，回想起來，很多當時有趣的話題一一浮現。以往我們都在黑亮的盒子中傾談彼此與彼此的朋友、工作、過去的情人，甚至是家庭，我們談論的話題都繞著自身打轉，甚少論及其餘的事物，之前是如此，現在依然也是。我們都依賴它而讓我們的友誼存在，彼此都覺得很有意義，而且你，似乎就連我都未曾去想要打破這僵局的場面。直到有次，你曾問我為什麼不更親近一點，我們都連私密的事情都講出來了，哪堪是脫離線上聊天呢？我們可以從 MSN 發展到視訊或電話或見面啊，這樣一來，感情就會更好。

我說我不想，絲毫不想。那樣的話，冥冥中，我感覺到我們的友誼將會就此斷絕，我真的不想讓我們的友誼步入毀滅，這樣一來，我們都會不開心。親愛的，請好好想想，我們不曾見過面，更未去拜訪過彼此，我們沒有彼此的連絡電話與地址，只有對方的 E-MAIL 與 ID。親愛的，請認同我們的友誼其實很脆弱，如履薄冰。我們不像那些時常出現在身旁的朋友，能撥電話過去說哈囉，我們無法去按彼此的門鈴相約出門，就是生日卡片也無法寄去。

這些話語，換成了你的笑語，你說還沒踏出去就如此憂心，根本無法去證明我們的友誼是否真的堅定。你說一切順其自然，別強求，友誼不是需要必恭必敬的，等待哪天，妳認可我們的感情夠穩定的時候，就寄封信來吧，我滿懷期待的等著。

即使你的回應中充滿期望，我依然放棄了更近一步的感情發展的機會，而選擇平時的聯絡方式，我依舊是對線上聊天帶著依賴性。但是，我不斷的提醒自己，七年來的友誼並非一朝一日形成的，我們的友誼或許比想像中的還要堅強且濃厚，我也提醒自己，即使不曾見過面，永遠不該去懷疑對你的感情證明，正如我懷疑自己看到你的那一眼。

我喜歡與你暢談的每一晚，因為我們彼此的理念都近似，與你聊天就沒有任何的壓力，感覺到開心，這是誰都無法給予我的，就算是枕邊人也一樣。所以，我真的無法再拿出任何藉口阻擋我們的感情再近一步，我全身的細胞都渴望與你的感情交流，渴望再多知道一些你的事情。所以，在這相遇第七年的日子裡，我做出了回應，忠於自己的感情而親手寫了一封信給你。

你真誠的朋友 Bess

當晚，飯桌上的男主人打破夫妻倆七年來「相敬如冰」之態，不斷的與妻子聊天。習慣漠視妻子的他早已遺忘當時殷勤追求過程中的伎倆了，就連該如何講話都顯的生疏，他只能試著跟她聊，即使場面冷了，仍舊試圖炒熱氣氛。而他的妻子只是一味的附和著，態度不冷不熱，對於男主人突然的獻殷勤也沒多大的驚慌與疑慮，只是唇畔邊一直勾著笑容。

那笑，詭異的讓男主人看了內心發毛。

他真誠的 Bess 寄來了一個「玩笑」，不能明說的玩笑。即使沒有正式的見面，卻仍舊是出軌。

至今想來，他未曾去細想過 Bess 這號人物，只是開心的認為找到一個伴了，可以談天說地，可以傾吐生活中的壓

力，可以訴說平日的遭遇，這些，他都一一向 Bess 說了，她就像是他宣洩壓力的出口。

日子一久，自然而然的他對 Bess 產生友情以外的感情，想她的時間就多了，上班想著、回家想著，跟她聊天時也想著。他也開始幻想 Bess 的模樣，在腦海中不斷的做勾勒做修改，他認為最佳的情人就該像 Bess 這般的，有禮、謙虛、乖巧又大方，與妻子的類型是天差地遠。

如今，在結婚第七年寄來的一封信打破他內心編織出來的浪漫情網，Bess 就是妻子，他心目的理想情人瞬間破滅。啊，或許他該跟妻子好好道歉或認錯，或許當初不該跟 Bess 提議當信友，也或許他該與妻子離婚……只是阿，當「或許」是定局之後，一切都枉談了。

假如「期待」變成現實，詫異就隨之而來，因為我們都會去想像美好的情況，甚少去思考美好的另一面。而且而且，我們不該把賭注押在脆弱的螢幕上，因為它可讓你開心也可讓你夢碎。直到最後，當夢醒就得面對現實，可是夢卻無法營養你，永遠。

（龔恆嬅老師講評：文中可再深入描述男主人與那封信件及寄件人之間的關聯、如何發展。若要點出網路世界是不可靠、虛擬的，前兩段與結尾之間的因果似乎不夠強烈。）

〈高苑的秋天〉

佳作／高苑科技大學／土木工程系／羅盈馨

微風徐徐，望向天空，午候的太陽已不再那樣強烈，樹葉也漸漸枯萎，明顯得我發現秋天已經來到。每每夏末用他微紅的樹葉鋪在地上迎接秋天來臨時，心中不免有些落寞，感覺就像夏季的熱鬧已不在，鳥兒在樹上吱喳叫，那時也許覺得吵雜，但現在回想起來卻是如此美妙，秋季的到來趕走了夏季的綠意盎然，以往的十八年裡我愛夏天，有人說，因為夏天是我出生的季節，所以容易適應，也因此習慣了。

但現在來到了高苑，我愛上了秋天，以前對秋天的印象只有枯槁與缺乏生氣，今天高苑的秋天是如此溫暖，我好喜歡，即使樹上的樹葉已不再，但樹木看起來仍如此強壯，高苑的湖面也因秋季的拜訪看起來更冷靜而有氣質，當微風輕撫在身上時，腦海裡是一片清晰，站在頂樓我清楚俯視這高苑的風景，總是因為秋天而擁有美麗的藝術。高苑的秋天總是早早的迎接那微涼的夜晚，我望向那窗外，建築物上的工人正在辛勤趕工，遠方那群候鳥也準備飛向南邊，而秋蟬鳴叫的聲響如此活潑有勁，回過神來，教室裡的老師同學們正在為期中考認真努力，高苑的秋天看似忙碌，卻也是成長的季節。除了在工人臉上發現他們辛勞工作的汗水，也看見了他們那一絲充實的微笑，而遠方的候鳥以及樹上的秋蟬也快樂的過著他們美妙的生活，我的老師同學們更是因為秋天的來臨擁有美麗的學習環境。

這裡的秋天讓我體會了不少，也發現了許多與生命中息息相關的人、事、物，高苑的秋天就像一首輕音樂，帶領我輕輕的走過一切的美好。

（龔恆嬅老師講評：對主題高苑秋天描述不夠深入。）

〈量感動的尺〉

佳作／高苑科技大學／機械與自動化工程系／陳正堯

感動是什麼？感動是熬夜讀書時室友的一杯熱咖啡；感動是好朋友永遠記得你的生日；感動是女朋友告訴你要永遠在一起；感動是全家人平安喜樂過每一天；感動是看到王建民拿下漂亮的勝投；感動是辛苦讀書換來一張等值的成績單；

感動使你落淚，卻又能令你破涕為笑；我們都可能時常受到感動，卻不知道其實好多人也收到了由我們散發出的感動。

還記得有一年的生日，我從姐姐那裡收到了一雙已經奢望很久了的球鞋，還沒忘記打開包裝的那一刻，我是多麼的開心，手裡捧著拆到一半的鞋盒，看著姐姐，眼淚都差點滑出眼眶了。

隔年的生日更是讓我無法忘懷，那年生日爸爸上台北出差、姐姐留在台北念書沒有回家、弟弟跟同學出去玩、媽媽補習班的學生要補課，放學回到家，早已做好心理準備要度過一個人的生日，可是看著時間一分一秒過去，心情就越來越悶悶不樂，坐在電腦前奢望著會有朋友陪我一起度過這天，轉眼間要十二點了；轉眼間生日這天就要過了，心情惡劣到了極點的時候，忽然門鈴響了，媽媽提著一個大蛋糕回家了；電話響了，爸爸送上平淡卻溫暖的祝福；手機響了，姐姐還記得我的生日；電腦打開，發現早已被好友們的祝福佔滿了畫面。這次我沒有激動的想要掉眼淚，只有感到窩心的露出微笑。哪一種感覺令我感動比較深？兩種感覺我都被感動到了，可是我還是比較喜歡那種感到窩心的溫暖氣氛。

每個人心裡都有一把尺、一把用來測量感動標準的尺，每把尺上的刻度都不一樣，所以每個人的受感動的標準也都不一樣。我心裡那把尺的刻度上，心理層面大過於物質、平淡又大過於驚喜，所以我才會永遠忘不了那次生日，那幾句簡單平淡卻又說到心坎裡的祝福話語。

壓力大、煩惱多、靜不下心嗎？檢查一下心裡的那把尺，說不定刻度上已經出現了幾處磨損喔！給自己一點時間、空間，把尺給填補好，讓我們一起擁抱那充滿奇妙的感動吧！

（龔恆嬅老師講評：開頭以問句反問讀者，試圖與讀者產生共鳴。第二段作者敘述自己感動的經歷，並於結尾回歸於主題。）

【第一屆高苑科技大學網路文學獎——新詩類組】

〈贔屭〉

第一名／高苑科技大學／土木工程系／陳立虹

眨眼
在清高宗御筆之下誕生
背上重物 沉重
是責任 是榮耀

眨眼
九個同類
但卻有懦夫中途逃逸
雖安享人間香火
但我們不再接納他

眨眼
這裡 到了
傾頹的城堡中 中國式的樓閣建築中
開始生活

工作是門神　食物是露水
悅耳的鳥鳴和真誠的夥伴日夕相伴

眨眼
「番仔樓佛祖」、「海神廟」、「蓬壺書院」、「五子祠」、「文昌閣」
陸續搭建
將我們的城堡一轉成大城堡
雀躍　難以言喻
驕傲　也不停的上升

眨眼
烽火戰火又起　輸了
日人把這裡當醫院　變校舍
颱風　吹垮「五子祠」
日人　拆毀「大士殿」
我的心　都在淌血

眨眼
我們的主人們在戰火中　成功

這紅磚大城被列為一級古蹟
整修工程　改善景觀　都是大手術
但只要能讓我們的城堡變得更美
我們都願意咬緊牙關度過

眨眼
我們的城堡
有荷式城堡遺跡的紅磚風味
亦有造主那　清式樓閣的建築風格

眨眼
看這一切
百年來的沉重依舊還在
但心中的沉重早已放下
在人們口中的「赤崁樓」
我的　幸福　正要開始！

（巫淑如老師講評：從贔屭八次眨眼中回顧赤崁樓的興衰變革與展望，然而如「傾頹的城堡中　中國式的樓閣建築中」、「亦有造主那　清式樓閣的建築風格」詩句宜再求精鍊。）

第二名／高苑科技大學／電子工程系／陳東瑋

〈Irish〉

堅持不下的防衛
對於錯誤太多和過度敷衍的愛
仍是無力

埋藏，逝去已久回憶
所謂的想念，無法投遞
就讓時光機，緩緩的傳遞

三分之一的奶精調和著寂寞，甜膩入喉
蘊著獨有威士忌的愛爾蘭咖啡
很耐人尋味
伴隨著酒精，侵襲味蕾
憂鬱的防線漸漸瓦解
咖啡壺也沸騰到了臨界
特製的愛爾蘭咖啡杯上
刻畫著一道道別緻的金線
那是所謂的量酒金線

卻量不出愛的深淺

和著打發的奶油
些許的威士忌
微苦的咖啡豆
形成完美的三重奏
由舌尖滑入味蕾
將妳複雜的愛，苦澀入喉

遺憾的是
入喉以後才發現
少加了妳那雙纖細的手打發的奶油
不完美的愛爾蘭咖啡。

（須文蔚老師講評：主旨清晰，表面上刻畫愛爾蘭咖啡的調製，生動地把愛戀的苦澀寫出，結構井然，語言成熟，情意也感人。）

〈寂聊〉

第三名／高苑科技大學／土木工程系／謝昌翰

妳把寂寞擺哪裡
蜷曲成團的空菸盒　積滿薄紙遺留的香味
我在透風的窗口　拾起歉意
這裡的指針停留在三點　夜風編織著無限的空虛
四周圍安靜地如靜止般　不帶聲響
一點動作都能掀起漣漪
心跳緩緩走向停歇　寂寞漸漸撬開早已鎖緊的深扉

妳把寂寞擺哪裡
匆匆的旅人　孤伶伶的在世界徘徊
黑夜舞動著利牙　慢慢分泌寂寞的唾液
這幕街景不熟悉　霓虹卻像母親溫柔的懷抱
我隨那誘人古龍水香　層層腐蝕著
枯坐床前　端看變調的月色
它是否也嚮往同是斐麗的天堂
孤單的氣息傳染的好快　夜來香也散發特有芬芳
刺痛跟甜美帶來點迷濛的色彩

狼狽的是我依舊闌珊步履
妳把寂寞擺哪裡
淚光結晶成心死 挽救不了快樂下的哀莫
我細數著一口一口的後悔 燒著燒著
勾繪那無味語氣 寂寞悄悄變形
在闔眼後 滲出令人麻痺的毒液
我夢見溫暖演變為憔悴 曾經輕重不一的故事
那些走過的路 哼過的歌 看過的書 愛過的人
幕幕銜接起早已記不得的陌生
接續片段的表演 短暫又簡單的美麗
原來 最是寂寞

（須文蔚老師講評：十足後現代的寫法，用身邊的模型、電視節目拼貼出一個科幻的世界，用以對照現實生活的無奈，手法新鮮，頗有創意。）

（巫淑如老師講評：詩題不可有錯字。本詩擅以細節描寫營造氣氛，如「蜷曲成團的空菸盒」、「這裡的指針停留在三點 夜風編織著無限的空虛」暗示「寂寥」，摹寫生動具體，是本詩佳處。但如「淚光結晶成心死」一句感情太露，又「寂寞」重出，皆宜以具體意象詩語為之。）

〈無・奈・過・日・子〉

佳作／高苑科技大學／資訊傳播系／楊舜雅

空白的我躲在奇幻的小小玩具房裡
限量發行 100 比 1 的 m g 版迪恩鋼彈模型
趴在角落的電視機對著我淺笑著
閃爍著絢爛的煙火季瀰漫著街道
狠心將模型擱淺在反轉的世界裡
竭盡所能往前衝出秘密基地 S
翻找出侵略藍星作戰計畫的秘密武器
奇幻的煙火總試映在所尋覓陰鬱河畔處
第 13 號公寓群天真的孩子不間斷吱吱叫
沉澱在水中的我落寞拿著仙女棒哭笑不得
所謂的魔幻季節卻都是騙人的
還是只能去瘋狂購物洩憤
限量販售的傻瓜陷阱　超載著購物袋
驚覺包包裡的硬幣總會適時的跟我分手
傻眼的我只能對著空白的卡片求救
無情的店員總是毫不猶豫的搶走心愛的它
「謝謝您的光臨！請慢走！」

迷樣的警告著今天的經濟收在負成長百分點
想像著今天應該又要吃著泡麵嚕
我卻還是只能找尋著下午茶秘密
不斷翻找著發霉的泡麵盒子
只剩下空白的防腐劑對著我微笑
過期的茶葉只剩變調滋味
總是沒有什麼值得期待
街道旁總是掛在宇宙無敵吵的狀態
反覆著敲醒破碎的天空沉溺在陰暗的角落
體驗著狂敲卡歌鍵的滋味
斑白的迷你電視機不斷閃爍著即時新聞
超級颱風特報的特派記者
變成紙片人在街頭亂飄
我卻拿著我的亡命天涯小雨傘覓食去
凌晨零點的十字路口路燈還是樣麼刺眼
只剩下雨霧灑落在街角的紅綠燈
而我破碎的靈魂軀殼
只能站在崎曲路口處假死

所謂的便利商店也已經停業撤退
躲在陰暗的角落裝扮成香菇
期待著被撿去熬成湯
落寞的我卻對不起我無奈的肚子
只能衝回家去看悠閒的卡通
卻沒有趕上我最後的一枚笑容
只剩下重播的記憶畫面迴盪著
驚覺看到今天被我摧毀的鉛筆
卻躺在桌角向不間斷我求救著說：
「削鉛筆機怎麼又失蹤了？！」

（須文蔚老師講評：十足後現代的寫法，用身邊的模型、電視節目拼貼出一個科幻的世界，用以對照現實生活的無奈，手法新鮮，頗有創意。）

（巫淑如老師講評：作者觀察細膩，並擅以「泡麵」、「空白」、「防腐劑」、「過期茶葉」、「變調」等詩語營造無奈過日子的情境，是本詩佳處。但詩題「無・奈・過・日・子」和第 24、34、35 句令人一目了然，表達太露，易讓人讀來索然無味。另外，第 17、18、37、38 句皆未緊扣題旨，宜刪去。）

佳作／高苑科技大學／資訊傳播系／廖偉宏

〈薑母鴨〉

你總是冬天才出現
儘管
我再怎麼
想妳
念你
呼喚你
你始終不回應
讓我感到
思念是一種病

在冬天遇見你
總是非常熱情
儘管暴風雪雨
和你親吻瞬間
你在我體內放縱
我因旋轉而陶醉
沉溺你給我的摧毀

你
撫慰我
冰冷的傷口
你
解開我
身上的枷鎖
你
是我生命中的湯頭

（須文蔚老師講評：很生動的書寫，可惜用薑母鴨寫情人，俗了些。）

（巫淑如老師講評：此詩擅以物擬人，生動有趣，新穎讀特。既以俏皮為本詩基調，建議或可把本詩文字排列成一鍋薑母鴨的圖象，或許更添趣味。）

〈我的高苑〉

佳作／高苑科技大學／電子工程系／王士偉

春天如果不來
大道的木棉不開
雲和棉絮只能默默等待

……

我的鼻子仍然敏感
夏天時飛揚的白色輕體
他們是比靈魂還重的
所謂魂魄是在一起
少了任一者就不會有意識
縱使那麼接近湖畔
在繞著她徘徊
試圖於不到一公尺的池子中
躍入洗滌自己的罪惡感

就讓我們展開雙手
超越空氣的阻力羈絆
向那混濁的滄浪之水去吧
可怖的是濯足竟也身陷泥濘

在這比白色有過之的綠色恐怖

每一棵樹自身本是無辜的
飼料的氣味被葉子的光合作用消磨掉
除此之外
對同色系非植物都過敏

（須文蔚老師講評：寫青春生命想要飛翔，卻又受到肉體與罪惡感的牽絆，作者善於使用對比，讓作品散發出矛盾卻又真實的情緒，讀來十分有趣味。）

〈天堂的角落〉

佳作／高苑科技大學／財務金融系／戴士玹

多年不見的妳是否依舊，是否依舊在那北斗星旁等候
二零零四的天空是黑幕圍照的鳥籠，散落的殘翼是我無言的哀愁
八八快速道路之盡頭是黑幕的兇手，地上的紅，撒滿了音符
在那無人的深夜，獨奏
窗外的風吻不到月蹤，街角鏽燈，喚醒了杯中忘憂

我用晨曦的一滴淚，貫穿時空的倒影
讓那說好的永遠，暫寄在記憶的孟秋
在妳走後，娓娓道來的幽默，是該笑還是淚流？
沒有妳的日子，無助的我，只能用半落的煙，燻出那已約定的夢
湖中的游魚，也只能用疲憊的鰭，震出那隱隱的漣漪
在妳我曾經的課後

雨後，窗外的虹，
似乎是跨越妳我的誓言，在三年之前
課後，教室的鐘
似乎是跨越時空的傷痕，在三年之後
明明中滿山的丹紅依舊，藏著多年數不盡的思愁
使那綠園中的不捨與遠方的北斗年年相守
讓露水和淚水夜夜相融

彼岸的妳，是欲言又止的痛
眼角的淚光，早已與那抹青煙
交織成一顆冰冷的星球

擱在那小小的心房
繼續轉動

或許，或許不該回首
也許，也許不應守候
但
依然的是
我仍在高苑
而妳
究竟
究竟漂泊在天堂的哪個角落?

（須文蔚老師講評：充滿情感與思念的詩篇，偶有佳句出現：「湖中的游魚，也只能用疲憊的鰭，震出那隱隱的漣漪」很生動，後半段意象比較缺乏新意。）

（巫淑如老師講評：擅以「ㄡ」、「ㄥ」交錯押韻悼亡，激盪出思念故友的哀淒與激動之情，韻與情諧，真摯感人，可說用韻別具匠心。但詩語宜再鍾鍊，不宜寫太白。此外，勿用錯字。）

【第一屆高苑科技大學網路文學獎——小說類組】

第一名／高苑科技大學／資訊傳播系／謝其佑

〈車怨〉

「嗯……啊……」帶著恨意的叫聲從小小的喇叭裡傳出。

雙眼瞪的斗大，在興奮與激昂的眼神中，一絲又一絲鮮紅的血絲遍佈；兩個鼻孔又伸又縮，不斷吐出溫熱的二氧化碳。

他的手沒有停過，甚至越來越激動。

但是他一直沒有發覺身上傳來的異樣。他眼睛的血絲已經佈滿純白的眼白，慢慢滲入瞳孔；身上的每一寸肌肉爆出一條條青筋。

全身顫動的速度加快了。

就在那瞬間，一切的高潮就要併發！

「針對民眾連日來的嗆聲，總統表示……」電視新聞正報導著最新最流行的話題。

宗傑坐在麵店裡的小位子上，低著頭兩眼上翻的看著電視新聞，右手則沒有閒暇的從熱湯裡夾出麵條送進嘴巴裡。又是政治。他心裡暗罵一聲。

他刻意避開這個煩人的議題，左右看了看店裡面客滿的顧客。幾個人專心的吃飯，對於電視上的政治口水不屑一顧；大部份的人都是目不轉睛的看著新聞台，雖然不確定他們是在看漂亮的女主播還是聳動的嗆聲事件。

忽然，從外頭傳來吵雜的喧鬧聲。在這個中午時間，人來人往的，尤其這種平時生意就很好的店家，人群多聲音自然吵雜，但這次聲音有些不尋常。宗傑轉頭一看。

「還有啦！裡面還有位子啦！」在裡面忙碌的老闆說著。

「明明就沒有位子幹啥硬要說有？」客人反罵一聲，口氣有些急躁。

走出一個滿身是汗的老頭子，也是店家的其中一個員工，他走到店裡面，指著宗傑的位子，「這邊還有啦。」

「又來了！你們還可以幫客人規劃位子喔？我要坐哪裡難不成還要問你們？」那客人一個火氣上來，似乎將之前想要說的話一次說出，「做生意做到這個囂張喔？」

宗傑覺得他說的話很有道理，因為打從第一次來到這間店，他就對老闆命令他去坐某某位子感到很不高興，但想說吃頓飯沒必要太龜毛，也就不放在心上。

另外，目前對著老闆抱怨的人，是他班上的同學，銘仁。

銘仁罵歸罵，也看到老闆所指的小位子上坐的那人是宗傑，與老闆又唸了幾句，才說「來一碗乾麵」。

銘仁走過來，坐到宗傑對面。

「很顯眼喔。」宗傑說。

銘仁從旁拿出環保筷，「我只是把大家想說的話說出來而已。」說著轉過頭去，看著電視的新聞。

「離奇死亡？住宿大學生暴斃」。這則聳動的標題，尤其主角是大學生，一時之間，同樣身為大學生的兩人認真看著這則報導。

報導內容指出，北部某個大學的住宿學生，在今天早上被發現死在四人房的宿舍裡，死亡原因尚待查證，初步判斷是因太過勞累所致。

「我們昨天晚上出去玩，到今天早上才回來，所以房間只有他一個人。」死者的其中一個室友說。

在他們三人回到房間時，打開房門，只見到死者下半身裸露，頭倒在電腦螢幕前，臉朝向房門，眼睛並沒有閉上，臉色盡是揮之不去的驚恐。

「來喔，乾麵。」

吆喝聲，打斷正在沉思的兩人。

乾麵放到桌上，兩人回神過來時，已經在播報另一則新聞了。

宗傑的麵已經快吃完，現在剩下一些湯，他拿了湯匙慢慢舀湯，喝了幾口，「我覺得他可能是肝爆了。」

銘仁大笑一聲，攪拌均勻麻醬，「之前不是也有報導過，說有警察太累操勞而死，我看這個大學生可能是玩太累死的吧。」

「嗯，哪個人不爆肝，但爆到掛掉也太誇張了。」

「看他報導的那個死相，分明就是打手槍打死的。」銘仁笑著說。

「哈哈，」宗傑一口氣將湯喝完，「這麼說來，他是爽死的，也算不枉了。」說著兩人哈哈大笑。

宗傑起身離開，「我先走了，等一下要在三樓上『行銷』，你有課嗎？」

銘仁搖頭，「沒有，我吃完就要回家。」

「嗯。」

死人並不是新聞，畢竟「哪天不死人」。宗傑嘴巴不講，他對這個大學生暴斃事件頗感興趣，一方面是想要了解到底是要勞累到什麼程度竟會造成死亡，另一方面則是——是哪所學校發生的。

下午的課一結束，宗傑馬上趕回家，衝進自己的房間裡，書包隨手一扔，就打開電腦螢幕。

他的電腦平時是不關機的，即時通上每個時刻都可以看到他在線上。

他打開下載軟體一看，想要抓的好幾部動畫已經快抓完了，其他兩三部的電影則是原始檔過大，還要等上一兩天才會完成。

不過他的心思不在這裡。

現在的網路非常方便，報紙的內容不用等到隔天，只要新聞一出來，報導一刊登上去，網路會同時更新。因此在稍晚的時間，各家不同的報社已經刊出同一個主題的新聞。

打開了好幾篇同樣主題的新聞報導後，宗傑走到客廳泡了一杯咖啡，再拿進房間裡，放在電腦螢幕旁。

連續看了好幾家的報導，他大概了解事情始末，其中還沒解開的謎是一樣的。

昨天晚上九點時，死者的三個室友說難得隔天放假，不如出去瘋一個晚上，到早上再回來，死者並沒有跟去，那三人也不勉強，就邀了其他房間的朋友一起出門。

瘋狂了一個晚上，穿越了好幾個城市，一夜沒睡也是身心俱疲。約早上十點多他們回到宿舍。其中一人先躺到床上睡著、一人去洗手間洗澡、另一人則開了電腦。這時還沒有人發現趴在桌上的死者已經死亡。

洗澡出來的人，走到死者身邊，才發現異樣。瞬間，因為兩人的尖叫，本來睡著的人也被吵起來，三人嚇的趕緊逃出房間，才通知警察。

死亡原因似乎是過勞，但與平常人的死法不同，那兩眼瞪的如死魚眼一般，佈滿了血絲，張口彷彿想要告知什麼訊息，卻掩不去那絕對的恐懼。而死者的褲子已經脫到膝蓋，右手垂在大腿上，左手則垂落地上。

宗傑得到的基本訊息並不多，他也明白，這個新聞除了今天會炒的很大，隔兩天恐怕就連死者的死因都找不到，因為新聞已經遺忘這件事。

他打開即時通。有一位朋友也是唸死者那所學校。

「叮咚！」宗傑先敲了那位朋友的帳號——統聖，算是留言，即使現在人不在也沒關係。

過了一下子，統聖回他了，「啥事？」

「你們學校出人命喔？」

「對啊，剛剛已經一堆人跑來問我了，你是第八個。」

「那你知道他是怎麼死的嗎？」宗傑一下子就問到重點。

「我又不是吃飽太閒，哪知道那麼多？」

「講一下啦，出人命耶，平常遇不到的。」

接著統聖傳了一大堆網址給他，他打開一看，竟是剛才那些他瀏覽過的新聞視窗，又通通關掉。

「這個我全部都看完了，我是在問你有沒有什麼內情？」宗傑問。

「大概也沒什麼吧，那個死人的就在我隔壁間啊。」

「嗯。」

「現在隔壁那三人都跑到我們這幾間來睡了。聽說，死者的螢幕上開著MediA PlAyer，影片已經播完了。」

只要用過電腦都知道，Windows MediA PlAyer在影片播完後，會自動結束並寫著「已停止」。想必統聖所說的是那個已停止的畫面。

「警察應該有去按播放吧。」宗傑問。

「有，那個時候他的三個室友還在場，看到的是……」

「是什麼？」

「電車痴漢。」

「A片喔？」

「嗯。」

若是如此，那麼死因就真的很明顯了，而且死者又是下半身赤裸，可能真的是操勞過度。

隔日的網路課，台上的老師正說明網路的基礎理論，台下學生昏昏欲睡，許多人早已趴在電腦前睡死，幾個人則是避過老師切換的螢幕，偷偷上網。

坐在宗傑旁邊，是他的好朋友國光，看到宗傑趴在桌上，就想要找話題聊天，「網路有什麼難？」

「嗯？」宗傑轉頭看著他。

「每天都在用網路，不管要幹什麼都用網路，沒有網路我會活不下去，這樣解釋就好了，講那些什麼『發射測試封包』、『雙絞線』什麼線的一堆，根本就沒有用。」國光說。

「基礎很重要，你是沒看過『灌籃高手』嗎？」宗傑隨便亂回一句。

「其實，他只要教我們怎麼用BT，怎麼入侵別人電腦，可能效果會更好。」國光說著，忽然想到什麼似的，「對了，我昨天又抓了好幾部好看的，你要不要看？」

「該不會是電車痴漢吧。」宗傑又隨便亂回答。

「ExActly！除了電車系列以外，另外還有電梯系列的。」他越說越興奮。

「抱歉，我對真人的沒興趣，即使是A片我也只看卡通。」

「推薦你去看電車系列的啦！絕對讓你馬上提起精神！」

「別鬧了……」宗傑說著，眼皮已經幾乎闔上，後來國光在講什麼他已經沒聽到了。

下課後，國光因為有電腦遊戲的安裝問題，拉宗傑去他家看一下。宗傑看了老半天才發現原來是路徑有錯誤，遊戲順利安裝完成。

「你知道我為什麼每天都這麼有活力嗎？」國光握緊拳頭，顯示自己很有精神。

宗傑正在收拾書包的東西，「別跟我說是因為看A片。」

「你又猜對了！確實是因為A片，而且我喜歡看『較特殊』的類型，比其他的都刺激！」國光說，滾動著滑鼠，點開了他所說的電車痴漢的A片。

宗傑看了一眼電腦所播出的影片，「你中毒很深，要去看醫生……」站起身來，「這種片子噁心的要死，真搞不懂你，我要回家了。」

其實片子上的女主角非常正點，但宗傑不喜歡這種看起來很像強暴的片子。

「去你的，我好心推薦你，你還說我有病。」國光陪著他走到門口。

「再見啦。」

這天回到家裡，宗傑一如往常的泡了一杯咖啡，打開電視胡亂按著搖控器的上上下下選台鍵。

不久，門鈴聲響起，他大概猜得出是誰，便前去開門。

「嗨。」她笑起來甜甜的，鵝蛋臉的笑容裡藏著兩圈小酒窩，披肩的頭髮，額頭是短短的平瀏海。手上拿著好幾片的光碟，「這次的還不錯看。」

「喔。」宗傑將光碟拿走，請她進來。

網路上有一個笑話，就是千千萬萬不要將A片讓女生看到，否則女生的好奇心非常重，會不斷要求你燒成一堆光碟給他們看，然後又會挑出一堆毛病來加以批評。

宗傑是在被淨茹發現他電腦裡的動畫之後，才看到那篇網路文章。他很後悔自己太晚看到，因為他——感同身受。

淨茹坐到沙發椅上，轉起搖控器，「你為什麼都不燒真人的給我看？」

這位小姐，你一進來就要談這麼麻辣的話題嗎？宗傑心想。

「你這次拿的那些卡通，有的還是很爛耶，胸部畫的那麼大，跟母牛一樣，嚇死人了，那也就算了，他在擠胸部時竟然還會噴出乳汁，太噁心了啦！」淨茹看著電視，皺著眉頭說。

「是是是。」宗傑走進自己的房間，忽然有一種被輕視的感覺。好歹我也是個男人耶！妳把我當聖人在看待。他心裡罵著。

他走進房間將光碟放到抽屜裡，開了螢幕來看，目前抓片的進度都還沒完成，所以他走回客廳，「東西還沒抓好，目前缺貨中。」

「那……」淨茹站起來，「下次再給我，我要看真人的啦。」說著走到門口。

「好啦，到時再說。」宗傑其實不太想再拿A片給她了，要是被別人知道這件事，真是有損他男人的顏面。就在淨茹要走出去時，忽然又轉過頭來，「別隨便挑一片難看的要死的給我看！」

宗傑沒有回答。

晚上，宗傑洗澡出來，拿著毛巾擦頭髮。想了一陣子，決定明天去找國光，跟他要片子來。若說宗傑是A片動畫的大本營，那麼國光就是真人A片的大本營。

十一點。他趴在床上，手上拿著一本前幾天從學校圖書館借來的恐怖小說，內容寫到好幾個有名的自殺地點，以及可怕的怨念。

隔天還要上課，他也覺得很疲勞，將小說放到書桌上，關燈後，就睡覺了。

不知何時，一陣強光從他眼前穿梭，混合著斷斷續續、或近或遠的金屬聲響，連綿不斷。黑與白不斷的交替、交替、交替！

一段段的光影在眼前閃過。

那是一個熟悉的場景，但是他一直想不起來究竟是在哪裡，眼前不斷強烈閃過的黑色陰暗與刺眼的白色光影，使他幾乎無法思考。

他覺得全身發抖，似乎快要被那一片黑與白的交替給吸過去。

雙手抓緊後頭的牆壁，卻發現牆壁不如平時的粗糙，不，即使粗糙，仍然無法阻止那強大的吸引力，簡直快要將他吸入似的。

全身顫抖。他已經快要撐到極限了，那黑與白的交錯仍然沒有停止，從左至右的快速閃過。

他感覺緊抓著牆壁的雙手已經流出液體，只會更為潤滑。但他仍死抓著不放。

「嗚！」宗傑從床上坐起來。

全身是汗。他的額頭，流到眼睛、鼻子，甚至嘴巴裡都有鹹鹹的汗味，臉頰四周都是汗；這時他才發現雙手握的很緊，一放鬆張開，那斑斑的痕跡依稀可見，也佈滿汗水。

汗水已經流到下巴，往下滴了幾滴。

盜汗？

他站起來，才知道上半身大半已經濕了。

走到廁所去沖了一回，讓自己清醒一下。剛剛那個夢究竟是什麼意思？

他看著鏡中的自己，忽然想到昨晚睡前在看恐怖故事。難怪，難怪會做這種怪夢。他心想。

走出廁所，才知道天已經亮了。

又是一門無聊的理論課，但這個老師比較嚴格，不容許在講課時台下有雜音，但同時他也是一個風趣的老師，因此學生接受度也很高。

為了早上的那個惡夢，宗傑老覺得心神不寧，對於課堂上老師所講的話，也只是靜靜的發呆，雖然眼睛是看著老師，但魂早就飛到別處了。

銘仁低著頭，桌上放著一本書，手上拿著一支鉛筆，一旁躺著橡皮擦。平時有不想聽的課時，他總是在畫畫。

宗傑想到昨天與淨茹的約定，轉頭過去尋找國光的位子，卻沒看到國光那壯碩的身影。他只感到奇怪，因為平時國光雖然言語有些輕佻，在上課遲到這一方面卻是幾乎沒有見過。

就在尋思之際，教室的門打開了。竟是遲到的國光。他跟老師說了一聲抱歉之後，快快入座。

宗傑皺著眉頭看著國光，他的氣色非常不好，就好像是額頭蒙上一股黑影，而且整個人很明顯的失神，完全無視於台上老師的講課。

「他有點怪怪的。」銘仁貼近宗傑的耳邊說道。

「嗯。」

下課後，國光什麼也沒講，拿著包包就要離開。宗傑連忙跑到他身邊，「難得你也會遲到。」

「嗯。」國光只是應了一聲。

沒想到，國光的回應如此冷漠，宗傑從來沒見過他這付模樣，甚至在懷疑，這個人真的是國光嗎？還是他家裡出了什麼事？

「你怎麼了？」宗傑問。

「沒……沒什麼。」國光仍然大步邁去，沒有停下。

「你上次介紹給我的那個電車系列，能不能借我？或是燒給我？」宗傑心想不如開門見山。

忽然，國光停下腳步，轉頭看著宗傑，「電……電車系列。」

「嗯，我現在有一點興趣了。」鬼扯，他心想。我打死都不會對這種片子有興趣。

國光翻了一下包包，拿出一片光碟給宗傑後，又快步離開。

「喂！」摸不著二腦的宗傑，拿著那片光碟，卻不見國光有任何的回應，他只是快步走去。

「他到底怎麼搞的啊，失神失神的。」銘仁走過來，看著國光離去的身影。

宗傑聳聳肩，「問了也不講，算了，管他的。」

「嗯……」銘仁露出好奇的神情，「一定有內情，這件事就交給我來辦吧。」說完也離開。

宗傑往停車場的方向走去，一路上人來人往，幾台腳踏車從他身旁騎過去。走到餐廳外時，後方傳來「喂」的聲音。他轉頭一看，竟然是淨茹，在她身旁還有一個女孩，是她的好友之一，宣婷。其實宗傑不喜歡這個女的，因為她總是話中帶刺，很難溝通。

「你下午沒有課？」淨茹兩人走來，她問。

宗傑點頭，「我要回家了。」忽然想到剛剛才拿到的光碟，「對了對了，你要的東西，先暫時拿這一片吧。」他從包包裡拿出剛剛國光拿給他的電車系列。

光碟上並沒有寫任何的字，因此宣婷問了一句：「這是什麼東西？」

「電影。」他傻笑。

淨茹還沒有拿走光碟，宣婷已經搶去，「給我給我，我先看。」她偷笑起來，「看你們兩個在做什麼秘密交易。」說著將片子收到自己的包包中。

「你……」宗傑對她的強勢不高興，轉念一想，算了。

淨茹倒也無所謂，她甚至在偷笑，如果宣婷拿回家一看，發現竟然是A片，不知會作何感想。

銘仁跟在國光的後面約五十公尺處，已經過了兩個小時。這兩個小時，國光一直沒有回家，他本來騎著機車回到了住處，卻只是要車子停在樓下，拿著背包又離開了。

銘仁看到他離開，快點將車子停好並且上鎖，才若無其事的尾隨在他的身後。

他跟著他，已經穿越了好幾個巷子，還有大馬路上的車陣。就這兩個小時的觀察結果，銘仁發現，他的腳步很輕浮，像是喝醉酒一般，走路東倒西歪，偶爾還會進一退三。

他到底在搞什麼鬼？銘仁皺著眉頭，看著國光的怪異行徑，感到有些毛骨悚然。

國光走著，顛顛倒倒的走到一間書局的門口，停了下來。

銘仁躲在對面的騎樓柱子下，看著他。

卻不見國光有任何動作，他到書局的門口後，就一直面對著大門站立不動，兩眼呆滯，任由風吹。

「叮咚叮咚！」類似門鈴聲的手機鈴聲響起。

銘仁大驚，連忙將放在包包裡的手機拿出來，上面寫著「My Home」，心裡暗罵一聲糟糕，才將手機接起來。

「你是跑去哪裡了！」銳利的罵聲傳來。

銘仁看了一下手裱，吐了吐舌頭，竟然已經五點多了，「媽，我……我和朋友在書局。」

「在書局幹什麼？」

「國光說要找參考書，我陪他來看。」

「參考書？」銘仁的媽語氣之中帶點懷疑，「好吧，那你早點回來，路上小心。」

書局門口的國光忽然身子一轉，又繼續走去。

「好、好，再見。」他快點說完便將手機掛斷放回包包，快跑過去。

天色漸漸暗了，國光似乎完全沒有要回家的意願。銘仁想，該不會他昨天與家人發生衝突，所以不敢回去吧。

不知何時已經從大條路轉向小巷子，天色又昏暗，沒有幾台機車來往，明顯地處偏僻，連在這巷子旁的是火車鐵軌。

快要七點了，總算繞到一個比較大條的街道。銘仁在一個轉角處，遠遠看著國光停步。

登登登登……火車即將經過這裡，平交道的紅燈不停的閃，在平交道前面停了幾台機車，好似有些急躁的想要闖過去。

國光站在那些機車的前方，離鐵軌越來越近。

輪子快速旋轉的金屬摩擦聲自遠而近。

將近一百公里的火車從對面方向急駛而來。

就在這一瞬間，國光往前一跳。

啪！接著是瘋狂緊急的煞車聲。

血濺潮著四周不同的方向飛出，隨著好幾個尖叫聲，在昏暗殘弱的燈光中，許多東西四散開來。

銘仁早已全身顫抖不已，甚至心臟一縮，感覺自己好像快要窒息的無法喘氣。

啪啪啪。一堆血噴到他身上，他縮著身體想要擋住那些在空中亂飛的不明物體，卻明明白白的聞到那一絲濃重的腥味。

「啊啊——」尖叫聲此起彼落。

銘仁早已嚇的魂不附體，全身無力，腦海一片空白。

一顆眼珠落在他的右手手背上，彷彿死盯著他的雙眼。又是「啪」的一聲，看起來像是幾隻手指，分別落在他前方不遠處。

他咬著牙想要喊出來，卻完全無法出力，右手用力往牆壁一打，眼珠已經爛成一沱。全身的發抖仍未停止，他已經坐在地上。

只聽到耳邊雜亂的人聲，有幾個人暈倒在地上被友人帶走，有幾台車子的主人不管身上的血肉模糊，車子倒頭一轉，

飛奔而出。

一陣噁心的感覺從肚子裡衝出，溢到喉嚨的頂端，被他硬是吞回去。

列車在強大的煞車下，已經完整停住。

銘仁雖然強壓住胃裡收縮的溢出感，但嘴巴仍是不自覺的打開，口水緩慢的流到地上。他不斷的想要確定這個夢境，但全身的無力感及身上留下的不明物體讓他無法接受事實。

他慢慢抬起頭來看著已停下的列車。

國光……

一個身影，若有似無的站在鐵軌上，列車的前方。

銘仁靠在牆上，兩眼盯著那道身影。忽然，他才注意到在那條身影旁，還有一個較為纖細的人影。

一股寒風襲來吹在他身上，加速那些沾在身上的液體流下，一滴一滴。

「你、你說什麼？」宗傑拿著手機，「你是開玩笑的吧？」

「你……自己過去看……」銘仁的聲音顯的虛弱。

宗傑沒有多說，直闖出門，一個人就算再怎麼開玩笑，也不會拿人的死亡來說笑。他油門一催，往銘仁說的醫院過去。

大醫院距離不遠，十分鐘就到了。宗傑將車子停好後，看到門口的位子上坐著一個人，竟是銘仁。

「喂，」宗傑跑過來，「你沒事吧？」

銘仁緩緩的抬起頭來，全身的顫抖沒有停過，他沒有回答。

宗傑聞到一股很濃的血腥味，是從銘仁身上傳來的，「你剛剛說國光怎樣？」

銘仁舉起發抖的手，移到他前面，「這……是他的血……」

那一股噁心感也在宗傑的胃裡打轉，「在哪裡發生的？」

銘仁抬手指著醫院斜對面的巷子口。

宗傑轉頭過去看，馬上就知道了，這附近的地理他很熟，因此他知道只要進那個巷子隨著旁邊的鐵軌，就可以到達他說的地方。

「你現在有要幹麻嗎？」宗傑問。但是銘仁只是滿臉恐慌的看著地板，不發一語，他就不再多問，回到停車場騎車。

宗傑隨著鐵軌旁邊的巷子進去，遠遠的就看到前方被拉封鎖線，一旁還站著好幾個警察。

他硬著頭皮騎過去，穿過封鎖線，不斷看著那停靠著不動的列車，以及在地上留下許多血跡和屍塊。

一旁附近有許多人在圍觀，也都不敢太過前進。另外還有許多攝影機及麥克風。

「喂！不要在這裡逗留！」一個警察看到宗傑停在一旁看，一邊喊著一邊走過來。

宗傑看著那警察，只覺得整塊頭皮發麻，連帶到他全身的每一寸細胞與神經。

警察已經走了過來，宗傑雖然看著警察的方向，但他是看著站在鐵軌附近的——國光。

還沒待警察過來，他油門一轉，快速衝出。

滿腦子都是那冰冷的眼神，以及站在國光身旁的另一條身影，那是一個女的，全身是血的女子。兩條身影四隻眼睛盯著他看。

回到家後，他忍著無力的身軀，直接躺到沙發椅上，拿起放在旁邊的搖控器，打開電視。

這時已經十點多，新聞台早就在報導了。

但畫面才剛播出而已，他馬上將電視關掉。

鐵路？火車？這兩樣元素在他腦海裡打轉，忽然間，他想到那個夢，一閃一閃自右而左的快速閃光。

他順手拿起外套，奪門而出。車站離他家並不遠，他奔跑著，一路跑到車站外。

夜晚的此時，顯得有些陰涼，畢竟這個車站也不是什麼大站，許多班次並不會在這裡停下。

車站裡沒有任何的客人，留著幾排等待車子的坐位。站內的員工正在收拾最後的工作。宗傑假裝什麼都不知道一般，趁著沒有人注意，一溜煙跑進月台。

月台在對面，要走天橋過去。

方過剪票門，看到對面的小小月台，顯得卑微與寒酸，月台上的看棒也老舊不已，置在看板內的燈一閃一閃的，上頭的字已經被歲月催殘成好幾塊。

因此，燈源完全不足。從這裡看去，就像是一個陰暗的空間，殘存的餘光只能用來陪襯。

他吞了一口口水，走上漆著淺綠色的天橋，那已剝落油漆裸露出底下的原始水泥。

到達對面的月台時，轉頭看向左方，一條長長若有似無的燈光似乎在接近中。

忽然間，那條燈光以迅雷不及掩耳的速度疾駛而來，他完全沒有反應的機會。這時他才注意到月台旁邊有兩個人影。

車頭衝過來時，前面一人先跳下去，後面那人跟著跳下，他感覺到自己也想要跳下去的慾望，差點跟著跳下去。

列車卻穿過那兩條人影。

這台列車特別長，不斷從他的眼前衝過去，那強烈的滾動聲是如此真實，真實到一股壓力將他拉扯過去。

不、不可能！他心中喊著。另一手已伸出來抓在一旁的椅子上。

一隻手，從列車與月台的下方伸出來。就在宗傑勉力對抗吸力的同時，一個人頭跟著那隻手露出來，露出陰冷的眼神。

是國光。

「嗚！」宗傑再次驚醒了，那滿身的汗水，與昨天同樣的情形。

他顫抖著雙手，想到昨天晚上聽到國光的死訊，泛起一個不真實感。他打從心底不相信國光真的跳進平交道被撞死。

在準備一陣後，他抱著期待又害怕的心情去學校。他仍相信那是個夢。

到學校停車場停好車子後，他背著包包走往這天要上的必修課程式設計。既然是必修，那就一定會見到國光。

走到教室外面時，已經許多人在那裡等人來開門，七嘴八舌的聊天。宗傑四周看了看，銘仁還沒來，他也希望看到銘仁來證實昨天是個夢。心裡總覺得這兩天發生的事情不夠真實，像是虛幻，他思緒混亂的胡思亂想，靠在牆上。

淨茹走過來，左右看了看，「宣婷還沒來。」

宗傑還沒回神，沒有回應。

「你知道昨天出大事了嗎？」淨茹看著宗傑的臉一會兒才問。

「什麼事？」宗傑心裡期望不是他所想的那件事。

「聽說國光被火車撞，新聞報很大。」淨茹說，「昨天即時通傳很兇，我密你你都沒回。」

竟然是這件事。宗傑心裡嘀咕著，又開始胡思亂想起來。

「喂，」淨茹看他心不在焉，「你怎麼沒回我啊？還有，你怎麼今天看起來氣色這麼差？昨天沒睡覺嗎？」

「啊？喔，沒事、沒事。」宗傑的腦海中不斷想著國光從月台下爬出來的那一幕，「我昨天沒去看電腦。」

這時門已經打開了，大家一窩蜂的往小小的門口鑽，宗傑與淨茹跟在最後面擠進教室。

上課上了許久，才看到宣婷走進來。

宗傑先是失望，不是國光也不是銘仁，慢慢的才注意宣婷的神色有異。

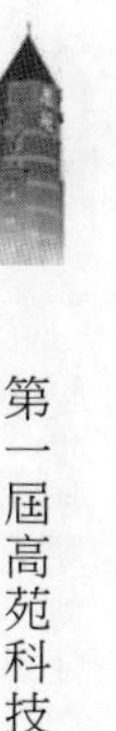

他雖然看著宣婷的臉色，腦海中盡是亂七八糟的想法，但還是發覺宣婷的臉色非常難看，就像昨天看到國光進來一樣，擺一張臭臉，也像是休息不夠。淨茹和她說話她也愛理不理的。

不知道淨茹跟她說了什麼話，那一瞬間，宣婷站起來，全身發抖的死瞪著淨茹，口裡還不斷唸著「火車、火車」之類的話，那憤恨的眼神，像是地獄來的使者。

有幾個人一直叫她不要激動，她卻越抖越厲害，嘴巴唸的已經變成「殺了你、殺了你」，淨茹也站起來，問著「你怎麼了？」。

在幾秒鐘後，宣婷一個轉身，口裡喊著「我想死，我想死」並且越喊越大聲，眾人反應不及，她已經衝出教室。

宗傑皺著眉頭的坐在原地，不祥的預感油然而生。

同學們還沒有要去追人的打算，講台上的老師已經先一步衝出去了，接著同學們才整群追了出去。

淨茹看宗傑沒有起身的打算，走過來，「你沒有要走嗎？」

宗傑搖搖頭。他滿腦子都是國光的死亡以及火車的夢，盤迴在腦海中無法散去。

「走啦。」淨茹拉著他的手。宗傑雖然非常不想動，卻還是起身，與淨茹走出教室，隨著人群跟去。

他們跟著人群走到一樓的「化學實驗室」外，只聽到宣婷的聲音不斷喊著「讓我死，不要過來！」

淨茹拉著宗傑的手擠到人群中，才擠到最前面。

兩個人皆被眼前的景象嚇住了。

宣婷手上拿著一瓶不知名液體，另外拿著一把小刀子，蹲在廣長的桌子旁，全身顫抖的指著前方的老師，「不要過來！」

旁邊還有兩個老師，也都不敢輕舉妄動。

「你在幹什麼，快放下刀子！」一個老師喊。

「不要！」宣婷的臉頰流下因發抖而四處散開的眼淚，「我……不要阻止我……」他看到站在後面的淨茹，惡狠狠的瞪著她。

宗傑雖然不是淨茹本人，卻也覺得全身發毛，「你是哪裡得罪她了？」

「不知道，昨天下課以後就沒和她在一起，我……我不知道她為什麼會這樣。」淨茹一手抓著他的袖子。

「你……你……」宣婷喘著氣，臉孔嚴重扭曲。宗傑幾乎不敢相信眼前這人是宣婷，那變樣的臉，看來就像是另一個人。

「殺了你！」宣婷大喝一聲，手上的液體朝宗傑與淨茹潑過來。

宗傑的腦袋混沌歸混沌，也在瞬間拉著淨茹往旁邊撲倒，後方眾人以狼狽的姿勢相繼躲開。只見宣婷手上的刀舉起，竟是朝著自己。

三位老師見狀，隨即衝上去阻止他。前面那個老師一把抓著她的右手；後面的老師一手抓著她的脖子，另一手則制住她的左手；另一位老師跑到她後面，兩手往前伸推著她的手，要阻止刀子繼續前進。

也不知她哪來的力氣，只聽到她的尖叫聲與身體不斷的扭動，一下子已扯掉一個人，她的左手自由後，往桌子上好幾瓶不明物體就隨手一撥，乒乒乓乓的混合著液體撒出來的聲音。

「啊！」後面那位老師被液體噴到臉部，放手尖叫起來，接著想到什麼似的，往門外衝出，打開緊急用的水龍頭。

最後一名老師也被宣婷嚇的倒退好幾步，靠在牆上不敢妄動。

「喝！」宣婷就在扯開眾人之際，刀子往右頸一劃，唰的一聲，登時，鮮血漫天飛舞！

許多學生已經跑到外面的大草皮在嘔吐，還有一些人嚇的哭出來，淨茹靠在宗傑身上，兩人都不敢目睹那可怕的景象。

旁邊兩位沒事情的老師，馬上衝過去要對她急救，撕開衣服按在傷口上要止血。

淨茹偷看了宣婷一眼，見到的是，宣婷躺在地上兩位老師之間，但兩眼卻緊盯著她，彷彿是充滿怨恨的憤怒。

沒有人知道到底發生了什麼事，所有的同學只知道在回神過來後，實驗室已經被封閉，宣婷也被送到醫院裡。

為了這件事，警方懷疑自殺的原因有待查證，對班上一些同學加以詢問，還有與宣婷週遭的一些好友，包括淨茹與宗傑。

今天的課就在警方盤問之後結束了。

兩天死了兩個人。宗傑像是一個少了骨頭一樣攤在家裡的沙發上，腦海中除了國光與銘仁以外，現在又多了一個宣婷。

腦筋的混亂讓他幾乎無法思考。在沙發上一躺就是兩個小時，連晚餐都忘了吃。

忽然，除了國光、銘仁與宣婷三個人以外，又多了一個人在他的腦海中。是那名他完全不認識的女子，對她的印象是滿身的血與似曾相識的臉。

似曾相識？不對，好像在哪裡看過她。他心想。

「啊？」宗傑皺了皺眉頭，攤了兩個多小時的身體終於爬了起來，「是……是那部片子。」

現在要打起精神來，幾乎是不可能的任務，但他總覺得這一切並不是巧合，應該有個原因，讓他有想要調查的衝動。

他走到廁所洗把臉，看著鏡子中近乎頹廢的自己，又拍了拍自己的臉。

他走到電腦前，才發現即時通傳來的訊息密密麻麻，有好幾個是轉寄的，都是昨天晚上國光發生的事情。他將這些訊息一一關掉。

這才發現統聖所顯示的狀態很有趣，上面寫著「三個人都作一樣的夢？厲害！」

「什麼夢？」宗傑隨即打開他們的對話視窗，問道。

「前幾天我隔壁間發生事情的那三個室友，他們說在這幾天都作了同一個夢。」統聖馬上回了。

「嗯。」

「其實也不能說是同一個，但都很類似，都是與火車有關。」

火車?宗傑手放在鍵盤上，想到這兩天作的夢。

「而且他們都在夢中看到同一個染著鮮血的女人。」統聖說。

「為什麼會那樣?」宗傑問。他忽然想到當時統聖跟他說，那名大學生死後的螢幕上是在放電車痴漢的A片，接著前天又看到國光在看同類型的片子，莫非兩者有關聯。

「我覺得可能是一時之間受到太大的刺激吧，所以他們三個才會作惡夢，不過……都作同一個夢也太厲害了。」

「確實。」他本來想要叫統聖去偷偷的將那個片子複製出來，再傳給他，但又想到統聖一定不會乖乖的不看內容，因此草草的結束對話。

如果說看了那個片子就會出事，那也未免太過可笑!宗傑一手撐著頭，心裡罵著。

這時淨茹不在線上，受了那麼大的刺激，現在心情想必非常沮喪。他拿起手機，播了一通給淨茹。即使再多的沮喪，也不能換回什麼。他心想。

「什麼事。」淨茹的聲音從另一頭傳來，比起之前活潑有熱情的聲音，現在低沉許多。

「我只是想知道你現在在做什麼。」

「沒在做什麼。」

「嗯，你……你不要想太多了。」宗傑也不想讓她二度刺激。

「嗯。」

他從來沒聽過淨茹這麼冰冷的回應，「我想問你，昨天我拿給你的那片光碟，現在在哪裡？」

「什麼光碟？」

「就是你要的，昨天我不是拿給你，結果被宣婷搶走。」講到宣婷，他稍微頓了一下。

「現在都什麼時候了，你還有心情想那些東西？」淨茹似乎有些生氣。

「不不，你聽我說，我覺得昨天和今天發生的事情，和那片光碟有很大的關係。」說出這一段話，宗傑自己也覺得很不可思議。簡直是荒謬，他心想。

「你在說什麼？」淨茹的聲音有些高亢了，「不要跟我開玩笑！」

「我沒在開玩笑，現在也沒心情跟你說笑，但我只想問你那片光碟現在在哪裡？」

「宣婷拿去了。」

「你能不能幫我拿回來？」

淨茹似乎意識到什麼，頓了一頓，「等等，你的意思是，你給我的那片光碟是看了會出事情的鬼片？」

「不是，我自己也沒看過，那片是國光昨天拿給我的，我就剛好轉借給你。」

「國光？」

「對，但現在可能在宣婷她家，我希望你能幫我把片子拿回來，因為我跟她的家人完全不認識。」

「那片光碟的內容到底是什麼？A片嗎？」淨茹問。

「我不知道！跟你說我沒看過。」

「嗯……」淨茹考慮了一會兒，「好吧，我等等就去拿，反正現在心情非常悶，藉機出去走走也好。」

「謝謝了，」宗傑說，「不過我想說，既然是拜託你，我送你過去怎麼樣？」

「要一起去嗎？」

「對啊，我載你過去，這樣我也可以馬上就拿到光碟。」

「好，那你就過來接我吧。」淨茹說。

掛斷電話後，宗傑拿起衣架上的一件薄外套穿在身上，就出門騎車。

荒謬！太荒謬了！我竟然會想這種事情。他騎著車，心裡想著。雖然國光拿一片說是「電車系列」的光碟給他，但他畢竟沒有看過內容，說不定裡面其實是與色情完全無關的片子。

看片子會出人命，他只想到七夜怪譚。

剛剛一列火車從旁邊疾駛而過，他稍微看了一眼，深怕又會看到國光的身影，因此一直不敢轉頭。思想不知遊魂到何方時，已經到達淨茹家的樓下，淨茹也站在那裡拿著一頂安全帽等他。

兩人也沒有多說，淨茹坐上車子，宗傑就催動油門。淨茹坐在後面告訴他該怎麼走。

這一段路程騎了很久，大約快要半個小時才到宣婷家。

那是一棟公寓，淨茹把安全帽拿給他，前去按門鈴，過了許久才有人來接聽，卻是一個稚嫩的聲音，原來是宣婷的弟弟。他說父母都去醫院了，只留他一個人在家裡，他也認識淨茹，所以就開門讓她進去。

「千萬不要看裡面的內容。」宗傑說。

「嗯。」淨茹走上樓。

到四樓時，左邊的門開著，她走進去，宣婷的弟弟站在門口，跟她點個頭算是打招呼，又跑進去。

這裡有兩道門，她將裡面那道門關起來後，脫鞋子走進客廳。

「昨天你姐姐跟我借一片光碟，我是來拿回去的。」她說。

宣婷的弟弟從電腦前站起來，「我很少去她的房間，你自己進去找。」

「喔。」她往弟弟的房間看進去，螢幕上顯示著XP的桌面，那弟弟看起來就像是做了壞事一般，將所有的視窗都縮到最小。

這可不關她的事，她走進宣婷的房間。以前曾經來過這裡好幾次，算是很熟，而且宣婷借的東西是光碟，會出現光碟的地方除了電腦的光碟機以外，也不會藏在更隱密的地方。

她打開電腦，將光碟機退出來，卻沒東西，她任由電腦開著，走到書桌前，四周看了看，還是沒看到那片光碟。唰的一聲，她打開了放在地板的大型抽屜，只有零零星星的幾片光碟片，卻全是正版的遊戲光碟，其中一片還是宣婷之前借她的。

宣婷的房間整理的很乾淨，沒有什麼隱藏的死角，這一眼看去也沒有光碟的蹤跡。

淨茹走出房間，看見剛剛原本是開著的弟弟的房間，此時門已經關上。她不假思索的走過去開門。激動的震聲從裡面傳來，只見那弟弟快速站起身來，轉頭瞥了一眼淨茹，接著馬上將螢幕上正在播放的東西關掉。在關掉之前，還聽到一些列車滾動與女子的哀求聲。

她不想要知道他在裡面幹什麼，即使那弟弟現在正急著穿褲子。

「你在幹什麼？」淨茹問。

那弟弟拉起拉鍊，轉頭看著她，「什……什麼？」非常心虛的回答。

「你姐姐的房間沒有我在找的東西。」

「是喔，」他眼神亂飄，「我怎麼知道你在找什麼？」

「我在找一片光碟。」

那弟弟的房間裡的桌子上，疊滿了一堆光碟，若說要找光碟，這裡絕對是必需搜尋的地方。

淨茹說著，走進他的房間，看了那些放在桌子上的光碟，一時之間，她也想不起來那時宗傑拿給她的光碟長什麼樣。

那弟弟沒有說話，只是靜靜的看著。

「你有在你姐姐那裡拿到什麼光碟片嗎？」淨茹找的有點煩，問道。

「呃……」弟弟欲言又止。

那就是有。淨茹心想。她走到主機前，將光碟機退出，裡面放著一片光碟，她確定就是這一片了。雖然這房間裡的光碟很多，但這一片宗傑拿給她的，她絕對不會忘記。

「你有看裡面的內容嗎？」她沒有拿出光碟，又將機子退進。

「那個……」

忽然，電腦螢幕上顯示自動播放，就在光碟放入的同時，光碟開始自行運轉，連主機讀取的聲音都像引擎高轉的吵雜聲。

一個聲音，竟在淨茹的耳邊響起，「殺……殺了你……」那是她再也熟悉不過的聲音。

這時，她感覺地板在震動，應該不是地震，而是火車行駛時的震動。剎那間，在她身邊擠滿了人潮，從這節車廂看到前方好幾節的車廂，全是爆滿的人群。

一隻手在她屁股摸了一把，她下意識的去阻擋，手卻被另一隻手牢牢抓住，接著她另一隻手也被抓住了。好幾隻手摸過來，從她的胸口、腰間，一路摸下。

「不……不要……」她無法對抗，也沒有力氣。

四周沒有人來救她，反而是加入伸手摸她的行列。甚至有人揉著她的胸部，拉開好幾顆紐扣。

她滿臉是淚水，已經看不清眼前的景象。

死……我想死！她心裡吶喊著。尤其在大庭廣眾之下被羞辱，更讓她的死意堅定。

不知從哪裡傳來的一聲怒吼，「住手！」

咚咚咚好幾聲。她才發現，現在是在宣婷家，剛剛在火車裡被侮辱的畫面也一掃而空，火車的震動也消失無蹤。但她滿臉的淚水卻是真實的，還有，她的衣服被扯開好幾顆鈕扣。

雖然神智還不清楚，但她轉頭一看，宣婷的弟弟倒在地上，已經暈了過去。現在一個人正猛烈搖晃著自己，口裡大喊，「快醒來！」

她這才看清，眼前的人是宗傑，「宗……傑……」

「對，是我。」宗傑說著，將淨茹身上的鈕扣扣上，轉身去將電腦主機的光碟片拿出來，「就是這一片沒錯。」

淨茹覺得有些暈眩，緩慢站起身來，搖搖欲墜，宗傑連忙趕過來一手扶著她，「我們走！」拉著她走出去。

宗傑讓淨茹坐到車子後面，催起油門快速離開。

淨茹才回想到，剛剛出現「殺了你」的聲音，是早上宣婷惡狠狠的瞪著她時所說的。這時她也才知道，若宣婷因為看了這個片子而神智不清，那她也可以理解為何宣婷會這麼恨她。

是她害了宣婷。

剛剛她心裡吶喊著「我想死」，就像是宣婷當時的心情一樣。

這時她也相信宗傑所說的話了。

「國光有放過一小段給我看過。」宗傑說。

淨茹幾乎使不上力的攤在他身上，「那片光碟嗎？」

「嗯，」宗傑點頭，「我這兩天作了類似的夢，夢境也都和火車相關，就好像是……好像是這片光碟裡的場景。」

「我剛剛……是怎麼了？」

「我等你等了二十分鐘，還不見你下來，怕你出事，就跑上樓，卻看到宣婷她弟弟像被附身似的，對你亂來，然後你也不知道閉著眼睛在哭什麼，總之，看起來就像是被他強暴。」

「喔……」淨茹回想著剛才的情景，就從頭將事情告訴他。

宗傑聽完後，先是沉思了一會兒，「你知道前幾天北部某一所大學發生的學生暴斃事件嗎？」

「知道。」

他將之前與統聖的對話內容告訴她，「也就是說，凡是看了這部片子的人，都會出問題，我相信看了幾眼的那幾位警察也是一樣，就像我，只是看了一眼，也連續作惡夢。」

「沒有生命危險嗎？」

「不知道，只是發現兩天的夢雖然都與火車有關，內容卻不大一樣，尤其我在昨天……看見了國光。」

「國光？他被撞死以後出現在你的夢中？」淨茹問。

「可能是我太累了吧，但國光也就算了，我總會看到一個女子……她滿身是血的看著我，卻面無表情，也不知道她的目的是什麼。」

「你也不認識她？」

「我已經知道她是誰了。」

「誰？」

宗傑拍了拍放在胸口的光碟片，「就是裡面被強暴的女主角。」

宗傑說晚上希望能把事情的來龍去脈弄清楚，雖然片子是從日本傳來的，但這類的怪異事件，網路上總有些蛛絲馬跡。淨茹知道後，也希望能弄清事情的真相，打了通電話告知家人今晚不回家，就與宗傑在他家附近的攤販買了一包鹽

酥雞，帶去宗傑家。

宗傑坐在電腦前，手上的叉子上刺著一塊雞肉，已被咬了一口。他在 Google 與各大論壇尋找「電車痴漢」的相關訊息，大部份找到的也都只是一堆A片。

「你們男人怎麼這麼色，老愛看這種東西。」淨茹坐在旁邊，往嘴裡塞了一個青椒。

「很抱歉，我個人只看卡通。」

還不是一樣，都是色情。淨茹心想。

淨茹雖然想要幫忙調查，但電腦只有一台，要書也沒得翻，她只好拿著鹽酥雞到客廳去看電視。

此時已經快要三點多，宗傑頂著深黑色微微腫起的雙眼注視電腦，裡面一行一行的字，細小如針，到後來他覺得螢幕上的每個字都有分身。

過了不久，終究是不敵疲累，趴在電腦前睡著了。

「宗傑。」

「嗯？」宗傑站在火車站的月台。

又來了，我每天都要來火車站光顧一次。他心想。

「宗傑。」那聲音又叫了一次。

他隨著聲音回頭，嚇了一跳，說話的人竟然是國光。

「你必需去找人來除靈，否則我們都很難離開這裡。」國光說。

宗傑打量著國光，他身上並沒有被火車衝撞的傷痕，也沒有血跡，看上去很正常。「為什麼你會死？」他心想既然是夢，也許找得到答案。

國光微笑，「你必需除靈。」他回答。

遠處傳來激動的列車滾動聲，宗傑轉頭一看，火車又是從同樣的地方衝過來。

「為什麼你會死？」宗傑又問了一次，「為什麼我不會死，還有那些人……」

「你必需除靈。」國光依然回答。

聲音越來越大，列車以疾速衝過車站，又造成強大的吸力，國光也在產生吸力的瞬間被吸走。

宗傑也感受到吸力，死抓著一旁的座椅，不斷大喊，「為什麼！」

一道冷冷的眼神，位在左手邊的樓梯口。他看了一眼，竟是那滿身是血的女子，片子中的女主角，他對著女子大喊，「為什麼！」

接著，在那女子的旁邊出現了重疊影像，是宣婷。

「宗傑！」

宗傑感覺身體不斷搖晃，接著驚醒。只見淨茹雙手抓著他的雙肩，又喊了一次「宗傑」。

他滿身是汗，看著淨茹，「什麼事？」

「你搞什麼啊？臉色很恐怖。」淨茹說著，轉頭看著電腦螢幕，「你看，這是我剛剛找到的，」她笑著，「一則有趣的故事。」

宗傑擦了擦身上的汗，抬頭看著時鐘，已是早上十點。「我睡了這麼久？」

「我剛剛趁你在睡覺在論壇裡看鬼故事，你看。」

他揉了揉眼睛，看完那篇文章。

文章的內容是指，作者提倡「看A片不要一個人看」，因為你並不知道裡面的女人是自願還是被迫，也許完成一部讓人興奮的片子卻犧牲了一條人命。作者說，他以前跟朋友借到一片連看都還沒看過的光碟，他一個人晚上在看，卻見到裡面的女主角拍著螢幕大喊「救命」，他嚇的作了一個晚上的惡夢，手腳甚至出現手抓過的痕跡。

之後，他才知道，原來那片光碟是從一間廢棄屋子發現的，以前被警察破獲人蛇集團的強逼女子下海賣淫的案件，那片中的女主角，可能就是受害人之一。

「有類似。」宗傑說。

「對吧。」淨茹得意的說。

接著，宗傑說出他剛剛夢到的情境，重點是國光所說的「除靈」。

「那必需要找和尚法師來處理吧。」淨茹說。

「我想也是，」他站起身來，走向廁所，「我先梳洗一下，等一下去找殯葬業者比較快。」

宗傑騎車載著淨茹，前往附近一帶有名的殯葬路，因為那裡全都是做「死人」的工作，相關行業也特別多，包括名帶素食餐等等。

他們騎到平交道時，看著上面的「停看聽」圖示，登登登的閃著紅燈。

「我現在看到鐵路都有點毛毛的。」宗傑說。

「每個平交道多多少少多會出事，就是『沙西米』。」

「沙西米？」

「之前報紙報的，沙西米是火車司機間的術語，就是撞死人。」淨茹解釋。

火車經過後，他們一路順暢的騎到目的地。只轉了一個轉角，就看到一支電線桿上貼著大大的「除靈」，其他則是殯葬業的廣告。

「這麼多，要找哪間啊？」淨茹問。

「我哪知道，這裡我只有經過沒來過。」

就在兩人煩惱時，一個頭腦動的比較快的人從對面轉角跑過來，「你們在找什麼？」

「呃……我們卡到陰。」宗傑說。

「卡到陰！找我就對了！」那人興奮的說。他的臉型稍瘦，眉宇之間展現出極大的自信，配合著親切的微笑，「哼哼，」他冷笑一聲，臉色嚴肅起來，「其實我發現你們這裡的氣氛有些怪異，所以才來問的。」

「喔？」宗傑從包包裡拿出那片光碟。

那人的神色變的謹慎，見到光碟彷彿如臨大敵一般，「就是這片光碟嗎？」他轉身，「跟我來！」跑到一個巷子裡。

宗傑與淨茹互看一眼，正在猶豫著，那人站在巷口處大喊：「快過來啊！」他才騎車跟過去。

「會不會是個騙子啊。」淨茹說。

宗傑聳聳肩，「難講，如果是騙子，其實也不錯啦，讓他吃點虧，看他以後還敢不敢騙人。」

說著，那人已經站在一間屋子的門口前等他們，宗傑騎過去，「你知道我們要幹麻嗎？」

「你們不是要除靈？」那人有些詫異。

宗傑點點頭，下車，「多少錢？」

「等辦完事再說吧。」那人說。

「不行，」淨茹也下車，「我們身上沒有太多錢。」

「放心，絕對不會讓你們超支的。」那人轉身要進屋子，「助人為樂嘛，進來吧。」

淨茹跟在宗傑後面走進去。屋子裡的擺設很單調，除了一個神桌以外，是簡單的桌椅，另外有一台不到二十吋的小

電視。

「好強的怨念。」那人手指放在光碟的孔裡，皺著眉頭，轉身問宗傑，「內容是什麼？」

「簡單來講，是A片。」宗傑說。

「我必須知道是什麼。」那人說著，走到電視前，打開DVD播放機，將光碟放到裡面。

影片開始了，四周的空間並沒有像昨天淨茹發生的異變，只是正常的在電視上播放。宗傑與淨茹兩人再看一次片子，又是一陣頭皮發麻。不變的是影片裡面的女主角，仍然是被強暴。

「我之前只是瞥了一眼而已，每個晚上都作惡夢，夢到那個女的全身是血，還有我同學好像是看完了以後，被火車撞。」宗傑說。

那人點點頭，「還有嗎？」

「我昨天不小心打開這部片子，忽然發現自己在火車裡，遭遇……就好像這個女主角一樣。」淨茹說。

「嗯……你會有想死的念頭嗎？」那人問。

「會，非常想死，還好後來宗傑來救我，讓我脫離那個……幻境。還有，我朋友前天借走這片之後，昨天在學校就非常不穩定，想要殺我，最後他自殺了。」淨茹閉著眼，想到宣婷怨憤的眼神。

大概看了十分鐘，那人將片子關掉，拿出光碟，「我大概知道原因了。」他站起來，「不過，需要確定一下。」

他拿著光碟走到神桌前，放在桌上，從旁邊拿起一本書，似是咒語，另一手則拿著一顆水晶球。接著他口齒不清的喃喃唸著，忽然大喊一聲「出來吧！」

瞬間，原本簡潔的屋子產生了強大的變化。

「又……又來了。」淨茹蹲到地上，雙手抱頭。宗傑拍著她的肩。

他們三個人現在在火車裡，正疾速的行駛著，可怕的人擠人，將他們擠的左右搖擺，卻很難移動。

淨茹與宗傑都沒事，只是在人群中，他們看到那個唸經的人站在一旁，冷眼看著右前方不遠處。他們也跟著看去。

只見那名片子中的女主角正被一堆男性侵犯。

列車依然在前進。宗傑拉著淨茹的手擠到那人身邊，「現在怎麼辦？」宗傑問。

那人沒有回話，他手上拿著水晶球，閉著眼睛。

他們正不知所措時，瞥見正被侵犯的女子，眼神冰冷的瞪了所有人一眼，直到視角停在兩人身上。

可以感受到，火車上所有的人不斷靠過來，除了原本在玩弄那女人的那些人以外，其他人不斷擠壓過來，其且許多人伸出手來，在他們三人之間亂摸。

「我是男的耶……」宗傑一邊抵抗一邊罵。

「不……別又來了。」淨茹趴到宗傑身上，越蹲越低。

那些人的手有了進展，因為淨茹躲在宗傑旁，所以受到的侵犯較小，但宗傑全身上下被人又摸又抓的，讓他心情低劣到想要出拳。

宗傑憤怒的往旁邊一看，拿著水晶球的那人也是任由所有的人亂來，衣服已經被撕了大半，身體卻沒動過。

「混蛋……該不會被他陷害了吧。」宗傑罵一聲。

淨茹嚇的不敢回答，還是躲在宗傑懷裡。

一道強光從水晶球放射出來，四周的空間為之一凝。

「我知道了。」那人說，手上的水晶球放出強烈光芒，將火車的所有景象「吸」到水晶球中，就像水流的漩渦一樣。

他們回到屋子裡。

宗傑與淨茹全身冒著冷汗，都是衣衫不整，他們才注意到，那人也是一樣，只是臉色比他們好看許多。

那人連衣服都沒整理，將水晶球與書本放到神桌上，「那個女的，當年她被這群人侵犯後，有人在旁邊拍攝這支片子。然後那些人連衣服都沒給她就把她推下車，可以想見一個女人沒穿衣服在眾目睽睽下是多麼可怕的事。」

宗傑與淨茹站起身來將衣服穿好。

「就因為她光溜溜的被推下車子，她跑到廁所想要躲避時，又被一群人強暴。」他講解著，「最後，她帶著強烈的恨意，在一列火車進站時，自殺了。」

「可憐的人……」淨茹說。

「這就是最基礎的解答，所以說，她為了要對這群人報復，甚至對全世界的人都產生怨恨，這片子才會變成這樣。」那人說，「我現在可以解除你們內心的恐懼，讓你們再也看不到她，但是……這個片子是從網路上傳來的吧。」

「我想是的。」宗傑說。

「那麼，我先為你們把這片光碟解決，你們就再也不會出現怪事，但重點是網路的力量，你們必需去處理。」

「當然。」

那人用了一個晚上的時間，將那片光碟片除靈後，接著毀掉光碟片。宗傑與淨茹在那幫忙，也是幫助自己。等那人說一切完成後，要他們在那裡多待一晚，看看是不是還會作惡夢。

這時他們才知道，原來這人不會什麼和尚、也不是道士，只是一個從小就跟在除靈師身邊，耳濡目染下也學會一套自己的除靈方式，但因為他不喜歡靠這個工作來賺錢，所以算是兼職。

他們都叫他「李老師」。

這晚宗傑真的沒有再夢到火車與染血女子，連國光也不再出現在他夢中。

他們回到家後，宗傑忙著上網告知統聖這件事，要那些每晚作惡夢的同學去除靈，還有要每個有在上論壇的人，強烈扼止各個地方出現的相關情節的A片，也不管是不是發生問題的這一部，總之全部封殺，並且在所有找得到的論壇範圍內，告知所以站長這件事情，要求他們封殺這類型A片。

因為這件事，整個網路界掀起一股風潮，也造成網路上的網友產生另一類激烈的筆戰，有的人認為這是無稽之談，有的人則說寧可信其有不可信其無。

事實上，這一類的片子在網路流傳並不多，尤其造成宗傑他們惡夢的片子，更是幾乎很少見到。最主要的原因是，看過的人大部份都死了，沒有機會流出。

但有一種人專門收集A片，也不管看或不看，總之從網路上抓下來存放，再分享出去。

也許就是因為這樣，才會將這種片子的流出吧。

一個禮拜後。

宗傑在學校的餐廳裡夾著自助餐的菜，旁邊一個熟悉的聲音傳來，他轉頭一看，原來是淨茹。兩人一起到一個沒有人的角落座位，吃著自己帶著的午餐。

「你有去看銘仁嗎？」宗傑問。

「沒有，我們不熟。」淨茹吃的是湯麵。

「我把這件事告訴他，他雖然還是擺著一個死人臉，不過看得出來，他似乎有些鬆口氣了。」宗傑笑著說。

「國光還有出現嗎？」

「沒有，那天之後再也沒看到了。」宗傑玩弄著盤子上的高麗菜，「我想……心態問題吧。」

「心態問題？」

「我本身不喜歡看那種片子，所以不屑一顧，也不會特別想去看，搞不好是因為這樣才能活著。」

淨茹輕笑一聲，「你這麼一說，讓我想到宣婷。」

「怎樣？」

「我覺得……她當時是真心想要殺了我，因為是我害了她，害她看了那部片子，才會讓她遭到侵犯。」淨茹神色有些沮喪。

「別說了，我不想再回憶起這件事。」

淨茹忽然俏皮的嘴角一揚，「你什麼時候還要燒片子給我看啊？」

「你……」宗傑似乎頗感意外，「我以後再也不看A片了，卡通除外，這樣夠清楚了吧。」

「夠清楚了，」淨茹夾起幾條麵，「對了，前幾天有人提議坐火車環島，你有沒有興趣啊？」

「沒興趣，」他搖頭，「看到國光出事的那個平交道後，現在我看到鐵路都會反胃。」

淨茹哈哈大笑起來，「其實，我也好不到哪裡去。」

（郭正宜老師講評：描述一則電車癡漢的A片所帶來觀影者的災難鬼片，在創意運思頗具創意。同時在敘述故事方面，頗帶懸念，吸引讀者閱讀。可惜後面除靈的描繪略嫌不足。總體而言，是一篇絕佳的作品。）

（宇文正老師講評：本次參賽作品中有相當多的靈異懸疑小說，這一篇〈車怨〉作者對小說的駕馭能力、文筆均明顯勝出，情節緊湊吸引人，是一篇好看的小說。不過結局對主角情緒的處理不夠細膩，而顯得冷血、無所謂，未把受到極大驚嚇之後的情緒充分表現出來，可再修正。）

〈被詛咒的戰役——Hypocrite〉

第二名／高苑科技大學／機械與自動化工程系／黃偉鳴

以士兵的身分活下去，何嘗不是件好事？

以艾德米蘭王國士兵的身分工作，領取固定的薪資，衣食無缺，在他人眼中是捍衛國土的重要地位，即使默默無名也能就這樣過一輩子。

不必像農夫那樣日以繼夜為農地憂心，不必像乞丐那樣時時刻刻為下一頓飯憂心，不必像盜賊那樣日日夜夜畏懼著士兵，不必像商人那樣年復一年旅行在危險之中。

當然，在戰爭時又是另當別論。無論是守衛國土，抑或是出征侵略，士兵都必須置生死於度外，奮勇善戰，不戰死沙場絕不回頭——這些都是上頭一貫的觀念。

很慶幸的是，在這個時代裡沒有戰爭——正確說是沒有國與國之間的戰爭。

因為在這個時代，大陸上的人類都有個共同的敵人。

不死者「路西法」——又稱不死者王。他率領著不死軍隊，大約在一百年前踏入這塊土地，並且帶來詛咒。詛咒讓土地變得貧瘠、旱災、水災與瘟疫的侵襲不斷，短短數日就讓人們生不如死，對生命感到絕望。

然而人類沒有忍氣吞聲，他們組織軍隊反抗不死者。

第一次的戰役儘管死傷慘重，人類依然是獲得了勝利。詛咒消失，人們的生活又恢復和平與富饒，替死者禱告過後，他們本想事情會這麼落幕。

短短的三年又六個月，土地逐漸貧瘠，災害、瘟疫的再來讓人類知道了殘酷的事實——他回來了，被詛咒的不死者「路西法」。

人們再次奮起抗戰，也再一次獲得了慘烈的勝利。此後他們擔心路西法的復活，於是在抗戰結束後馬上籌兵訓練，

期望下一次的抗戰將不會再造成大量犧牲。

可以的話他們當然希望路西法別再復活了！

很可惜辦不到。這也是為什麼路西法會被稱作不死者的理由，即使把頭顱砍下來他仍舊會復活。

如預料中的——卻是不期望的第三次抗爭發生了。那場的死亡人數依舊慘烈，但比起過去有獲得確實的改善。八千人的出征，生還者有三千六百七十四人。

「今天就是抗戰之時！為了世界和國土的平穩！為了人民的幸福！我們要奮戰到底！聽到沒有！各位……」

站在隊伍前方，被稱作「英雄」的幾個人，其中一名代表正天花亂墜地高唱著愛與正義與和平之歌。聽在我這種人耳裡，只覺得那和酒吧裡醉漢吵架沒什麼兩樣。

沒錯！管他世界和平，去他的人民幸福！我要的是我的幸福！

是的，以艾德米蘭王國士兵的身分工作，衣食無缺，又擁有不會被人瞧不起的地位，若維持現狀度過一生確實是個不錯的選擇。

但我不是這麼容易滿足的男人。

我期望得到更多金錢！更多榮耀！就和那些英雄一樣。

他們是從討伐戰役中生存返鄉的戰士和魔法師，受人高捧的英雄，受國表彰的英雄。不論他們表現有多麼傑出，理念有多麼高尚，在我眼中所看見的，就只有他們那至高無上的地位和享用不盡的榮華富貴。

沒錯，哪怕是僅有的一次機會。只要我能從戰役中歸來，即使不必參與下一場戰役也能獲得相當的財富與地位，那就是我的目標。

我猜想，聚集在這裡的人應該有八成都是為了相同目的。嘴裡高喊著和平的理念，內心倒是各懷鬼胎，連喊出來的話都變得刺耳了。

「出發！」

像蒼蠅般煩人的演說總算結束了。旭日代表出征的信號，等不及日光掃除夜裡的寒冷空氣，我們拖著冗長的陰影齊步出發，目的地就是眼前的不死國度——艾恩菲利亞。

不過——該說是有風格嗎……艾恩菲利亞和想像中的不盡相同，進入視野的「不死國度」用一個詞來描述就是廢墟，說好聽點是城鎮的遺址。

廢墟的規模並不足以用「國度」一詞來形容，站在連黃草都不存在的乾涸平原，沒有障礙物的視野下，光是左右張望就足以瞭解廢墟的規格。

勉強還能維持外觀的石牆沿著外圍左右延伸，就如同剛才說的規格不大，所以能以肉眼確認石牆盡頭的轉角處。整齊的隊伍阻擋視線，讓我無法看見前方。但在英雄擬定的戰術中，我們的位置應在廢墟的東南入口，那裡有個足以容納相當人數的大門和一條直達神殿的寬廣道路。

敵人的頭目路西法就在神殿裡頭，而我們的工作就是為英雄率領的隊伍開出一條道路，讓他們能直接進入神殿除掉路西法。

除此之外，由於神殿裡有路西法的存在，英雄告訴我們裡面比外面還要危險數倍，我們只要想著如何全力守住門口，剩下的就交給他們——簡單說明就是「不想死就別進來」。

這場討伐戰沒有使用任何戰術，單純的正攻法。

根據英雄們的說辭，死亡國度設有強大的魔法屏障，除了這條路之外沒有其它手段能進入。

就在眼球左右轉動觀察廢墟的同時，腳步在不知不覺中越過了石牆的界線——也就是門口，那氣氛比我想像中的還要平淡無奇。

傾斜的日光將腳下和眼前筆直的道路映得一清二楚，一直延續到道路的末端——也就是神殿。城鎮的寬度雖然窄，不過東南到西北方向的長度倒是意外的長。

廢墟都是些普通的民房，無論從哪個角度看都會覺得這裡以前住過人，完全看不出來有被詛咒過的痕跡。若這裡不是廢墟的話，我想會是個約四、五千人居住的小城鎮吧。

行進在寬敞且長的有些誇張的大道上，我隸屬的第一隊帶領著五千人的軍隊，道路的寬敞恰好能容納一個隊伍且不會使隊形被打亂。我們前後一隊接著一隊排列，如波浪般朝著神殿橫掃而去。

現在的氣氛比昨夜出征前還要凝重，說不定是看不見敵人的蹤影而倍感壓力。

經歷過幾次戰役的英雄說敵人會以埋伏的方式等著我們到來，千萬不可大意。他這番話或許讓我們有了防範心理，卻在無形中徒增我們的壓力——特別是在這種情況下。

關於戰役的說明到這裡我還能理解，但他的下一句話：「不論你們看見什麼，那都是敵人，不要猶豫地殺了他們！」——我卻是無法理解。

我們的隊伍在鴉雀無聲中走了快一半的路程。緊跟在後的第二隊——英雄們的隊伍。他們默默無言，只是面色凝重地騎著馬。

唯有在這種場面下，我才會懷念起英雄們那吵死人的演說。

必須繃緊神經，一時一刻都不能放鬆——相反地英雄們卻不肯解釋這種局面是怎麼回事。在這麼下去，恐怕在敵人現身之前我們的精神會先崩潰。

——就在我這麼想的時候，有聲音打破了僵局。

就像是呼應著我的想法，敵人出現了。然而發出聲音的並不是他們，而是我方的士兵，每個人都對眼前的敵人感到困惑。

彷彿憑空出現在我們眼前的敵人——或許不該稱作敵人，他們看來是普通的村民。

他們沒有穿著鎧甲或拿著武器，外表不像是殭屍那般有著腐爛的肉體或是沒有軀體的幽靈，除了年輕和中年的男人，還有女人和小孩，就連老人也在。他們掛著一張沒有情緒的撲克臉，腳步緩慢地接近我們，

我們無法理解他們是什麼時候出現——抑或是從哪出來，我只明白等我們注意到的時候這些「村人」已經包圍了我們。

從我方士兵的聲音中能得知我們的後路也被村民給堵上。這對專程前來這裡的無畏戰士當然是無所謂，不過這對想著事有萬一還能逃跑的膽小鬼而言可以說是最糟糕的消息了。

至於我？可能兩者皆非吧！

「不要被迷惑！舉起你們的武器！被這些人碰觸到身體的話靈魂會被取走！不想死就殺了他們！部隊前進！」

等待已久的吶喊震撼我們至靈魂深處，金屬與金屬刺耳的摩擦聲接二連三地響起，白銀劍刃被抽了出來，反映著光輝，在士兵的吶喊下盡情揮舞著。

很快地尖叫聲、哀嚎聲不絕於耳，同樣地那並非來自我方士兵，而是眼前無表情的村民們，他們只有被殺害時才會產生反應。假若敵人派遣他們是想來打擊我們的士氣，那我想他們的戰術非常成功。

我也參與了這場殺戮，由於眼前被稱作敵人的他們不會反抗，我只需要舉起劍，將刃器嵌入他們的體內就行了，他們也不會積極地來接觸我們，只是如同行屍走肉般朝著我們走來。

男人、女人、老人、小孩……他們的數量不輸我們軍勢，為了讓英雄們進入神殿，我們一味地屠殺、前進、屠殺、前進……刺穿「敵人」的心臟，砍下「敵人」的頭顱，讓「敵人」的鮮血飛濺，讓「敵人」的氣息停擺。

重複再重複地單調行為，敵人不會反抗對我來說當然是件好事，畢竟過去每一場戰役的死傷數都不在話下，縱使是

為了名利才參與這種戰役，我們也是抱持著相當程度的覺悟才會前來。

然而讓我不解的是——若敵人不是我們無法想像的牛鬼蛇神，為何每一場戰役的死傷數都會那麼慘烈？是真正的王牌還沒展現出來嗎？

不管如何，這裡是戰場，我該做的就是除掉敵人，盡全力生存下來。

「攻陷門口了！」

與其說是攻陷，不如說我們是在開闢道路，就宛如一面除掉路上的雜草樹木一面舖上方石塊那樣。喊這句話的人似乎和我有著相同的感受，聲音中聽不出一絲喜悅。

「全軍按照計畫守住門口！死守到我們結束這場戰爭為止！」

英雄們依序跳下馬匹，其中代表以宏亮得能讓軍隊半數聽得見的嗓門下命令，一行人便推開木色的巨大拱門，潛入沒有光線的黑暗中。

是的，我相信我雙眼看見的，神殿內是伸手不見五指的黑暗。我不清楚是不是神殿的建築構造沒有窗戶或是對外的開口，才會導致內部形成如此的黑暗。

不過想想，照理說打開門的話，旭日的光線應該能透過門口照亮內部。不過英雄打開那扇看得見的木門後方，彷彿還有另一扇用黑暗打造的大門阻擋了光線的進入，英雄們則是毫不猶豫地跳進那片黑暗中。

除此之外，近看我才發覺神殿非常巨大，外觀也很新，在廢墟的襯托之下異常顯眼。要不是所在的地點特殊，否則要我相信這東西有百年歷史可真是個難題！

站在門口的我轉身，那時候我還認為我會看見大批我方軍隊和被屠殺遍地的村民屍首——雖然是如我的預期看見我該看見的事物，其中卻摻雜了我所不知道的事物。

「軍隊？那些人是什麼時候來的！」

「那些才是他們真正的主力嗎……堅守任務！只要我們死守這裡直到英雄們除掉路西法就行了！」

我們除掉前線的村民前進，第二隊的英雄隨後，由於我們的目的就是要保護第二隊避免讓他們消耗無謂的體力，所以針對他們不戰鬥一事沒有感到質疑。

只是我們料想不到，當我們轉身過去，後方的部隊已經正式交戰了。

敵人是全身穿著黑鎧甲的軍隊，和我們銀色鎧甲正好成為明顯的對比，黑色鎧甲的士兵混入我們隊伍中，現在後方可以說是一片混戰。

女人和小孩的淒厲叫聲消失了，戰場上只剩下男人的叫囂和吶喊，讓一度喪失戰意的我們重新找回戰爭的氣氛。

然而——該說是幸運？還是不幸？率先到達門口的我們受到的攻擊較少，讓我們有多餘的時間能觀察戰局，那時候我就注意到了——這片混亂中有種不協和感。

在對等的武器互搏之下，不會只有一方死亡。但很不尋常的是——我看不見任何援軍，卻有種敵人數量不會減少的錯覺。

當然，我不是從高處俯瞰，沒辦法確認他們是不是從我的視野死角裡潛入戰局。但我能確定的是，我看不見群集的敵人進攻，當我注意到的時候，敵人已經混在我方軍隊裡了。

我無法解釋那份不協和感是出自什麼原因，不然我還真想跟身旁的人討論一下。

不過現在還是先解決眼前的敵人重要。

混戰持續了一小時之久，說一小時也不過是我觀察太陽動向預測出來的時間，實際上可能更久。雙方數量都有明顯的減少，我們受到攻擊的次數也逐漸頻繁，這不是個好現象。

不管我們願不願意承認，我軍正在節節敗退——與其說是節節敗退，不如說是雙方的人數都在減少，只是後方的部隊有大半人數戰死，敵人漸漸把苗頭轉向我們這裡罷了。

戰局還要維持到什麼時候才會結束？

以現在的狀況來看，死亡人數恐怕和過去不相上下，若混戰繼續下去肯定會讓數字更加惡化。在神殿裡面的英雄究竟是怎麼了？難不成他們已經死在裡面了？那麼一來我們不就沒希望了？

對未知的可能性感到不安，我很想進去一探究竟。但我不想死，若英雄真的死在裡面，那我進去肯定也是死路一條。

我之所以參加戰役不是來送死的！我想活著回去享受王國給我的名利和富裕！

每一次戰役就算死傷慘重，最終仍舊能掌握勝利，這一次也不會例外。

沒錯——我不會那麼倒楣！好不容易得到這個最不容易受敵的配置，我想活下來！我想活到戰場的最後！回去享受我的後半輩子！

「喂！」

一隻手從身後搭上我的肩膀，我好希望那雙手是英雄的手，他們戰勝了路西法，從神殿中光榮走出來，告知我們戰役的勝利。

「什麼事？長官。」

「你進去神殿裡面看看情況。」

天殺的！你這不是叫我去自殺嗎！無論英雄是否活著，進去神殿恐怕是九死一生，這種工作你居然推給我？

「傳令兵呢？那是傳令兵的工作吧！」

「少囉唆！傳令兵已經死了！我要你進去看看情況，不是叫你去戰鬥！若發現危險就逃出來！」

若敵人真的那麼強大，發現危險才想要逃就來不及了！你連這點都不知道嗎！

「……好的，長官。」

長官的命令等於絕對，若不聽命於他我也是死路一條，在不得已的情況下，我只能給予長官肯定的答覆。這時候我的臉色一定非常難看，不過眼前的男人也沒好看到哪裡去。

背對著戰場，聽著殺戮的嘶吼，我推開大門。大門後就如剛才所見到的，還有另一扇黑暗之壁，我一言不發，踏入如黑夜般平靜的神殿。

雖說從門外偷窺時就能感受得到，但實際踏入裡頭的更是能深刻體會黑暗的領域。

即使門口敞開，陽光也無法透入這片領域。腳下能清楚感受到堅固的石地，肉眼卻無法確認。試著向前走了幾步，儘管沒有前進的感覺，不過回頭看依然能注意到我和門口的距離被拉開了。

突然「砰！」的一聲，嚇得我心臟都要跳出來似的——

大門被關上，殘留在耳邊的金屬碰撞聲和壯烈的戰吼消失了，我彷彿身處於不同的世界，視野完美地被黑暗給籠罩。從那一刻起我就知道自己沒有機會走出這裡了。

沿著神殿構造的牆邊排列著，鮮血般紅艷的燈火被一一點燃，在黑暗中閃爍著詭譎光彩，彷彿惡魔的低喃聲震懾我的靈魂。

在一道道的焰火下，讓我看清了殘酷的事實。

屍體，遍地的屍體，大多是不熟識的面孔，不過也有熟識的面孔。在鮮紅色的光源下，我無法辨識地面的鮮紅是紅光造成的錯覺——或者那真的是一片血海。

我幾乎不敢相信——英雄死了。

「怎麼會有這種事……」

「不要露出那種表情，他們不值得你同情。」

我的右腳退後一步，那是自然的反應，並不是我想逃跑，我知道我已經無路可逃。在我接受眼前的事實之前，有個人對我搭話，我將注意力放到他身上。

在那些遍地的屍體之中，只有一個人用正常的雙腳佇立不動，我從沒看過他的長相，但我就是能知道他是什麼人物。

「路西法……」

「我不會對你下手，只是想和你聊聊。」

他不是擁有三頭六臂的怪物，看上去也不像是陰險狡詐的魔法師。然而他有殺死一整批軍隊的能力，即使外表再怎麼像個普通人，在別人眼裡他必定是個披著人皮的惡魔。

「是你殺了英雄他們？」

「是的。」

他是個外表普通的中年男人，留著濃密的鬍子，一頭沒有整理過的捲髮，穿著看起來像居住在高級住宅區的平民，一臉深刻的神情盯著我瞧。

「那我們沒什麼好談的。」

「你在為他們的死亡感到憤怒嗎？」

「那還用說！你殺了我們的希望！」

「別說謊了，從你的眼神就能看得出來，其實他們的死活根本不關你的事吧？」

「……」

「你在乎的是他們的失敗，也就是戰役的失敗，你只想活著回去，接受國王賞賜的名利和財富吧？」

他看透我的一切，那雙瞳孔像是會吸取別人靈魂似的銳利，我無法正視他。

「老實承認也無所謂，抱持著相同心態來到這裡的不只你一人，姑且不論外面的人，至少『裡面』的人都是這樣。」

「『裡面』——你指的是英雄們？」

「是的，他們都曾經是我的好友，我們一起玩耍、一起喝酒、一起參與討伐戰役、一起做過很多蠢事——當然那時候我們並不會認為那是蠢事。」

男人看著地面英雄們的屍體，他懷念著過去種種，露出和藹的笑容。

「好友？這是怎麼回事……」

「在二十幾年前，我和那些被你們稱作英雄的人是一起長大的好友。其中就在某一年，我們參與了不死者討伐戰役。」

男人不理會我的困惑，自顧自地訴說起故事，我也不明白自己是該相信他的故事，還是該認定那是惡魔的竊竊私語而不予理會。

也許，我沒有選擇的權利。

「就和現在一樣，那個時代也有英雄，我也在某些巧合下進了神殿，看見了和你現在所看見的相同。」

我靜靜聆聽他的故事，卻不知道該做出什麼樣的反應才會正確，只能選擇沉默。

「『那個人』讓我成為新的不死者路西法，我的好友在不知情的狀況下以為戰爭結束而光榮歸返，直到下一個詛咒重生的年頭，他們以英雄的身分來到神殿。」

「他說的「那個人」是上一任的路西法嗎？」、「路西法究竟是什麼？」——我很想開口問，卻被自己的恐懼壓抑著開不了口。

我知道問了事實也不會改變，反倒像是在揭他的傷疤。

「我以路西法的身分告訴他們事實。知道了事實，他們發誓要讓我從這個詛咒中解脫，我很高興擁有這樣的好友，

他闔上眼，皺起眉頭，我看不出他是悲傷還是憤怒，但是聲音明顯較為激動。

「他們成為英雄之後被名利和財富沖昏了頭，將當初的誓言拋至腦後，之後一如往常帶著軍隊出征，然後以朋友的身分欺騙我，告訴我他們仍在努力尋找解除詛咒的方法，要我耐心地等下去，讓我就這樣等了二十幾年。」

「如、如果是這樣，為什麼你會殺了他們？」

「因為我對他們的謊言感到厭煩，就這麼簡單。」

好不容易鼓起勇氣開口的第一個問題就這麼被他打發掉了。也許接下來我得更謹慎思考過再發問，因為幾秒前我才問了個蠢問題。

「呃——所以……」

腦袋一片空白，這種時候沒讀過幾本書的大腦真是派不上用場。

「你沒想過為什麼戰爭會勝利嗎？」

「對……對！沒錯！呃——不是英雄們說服你嗎？」

「……看來你的腦筋不怎麼好。」

他帶著惹人厭的嘲笑嘴臉說道，我不能否定。

「我也是被強迫才坐上這個位置，若憑他們幾個人的言語就能抑制詛咒，那我何不自己想辦法抑制詛咒呢？」

「說、說得沒錯……」

我像個傻子附和著他。

「也罷，剩下的就讓你自己去體會吧，我不浪費時間了。」

「體會？你指的是……」

突然有種不好的預感。

「殺了我吧。」

「……你說什麼？」

他突如其來的衝擊性發言，讓我空白的腦袋變得像瘋子塗鴉般混亂。

「我說用你手上的劍，殺了我。」

他沒有一絲猶豫，那對令人不寒而慄的瞳孔彷彿在支配我的恐懼，讓它在我心中不斷肆虐。

「只……只要你死了，詛咒就能解除嗎？」

「閉嘴！我說過我不想再浪費時間，動手！」

我緊握著沉重的長劍，雙手的顫動傳達到鋒刃前端。

「動手，你只有這個選擇，你不動手就出不去。」

我往前幾步，腦袋裡迴響著他的聲音。

「你在怕什麼！動手！殺了我！」

我也不明白自己畏懼著什麼——殺人？剛才在神殿外不就殺了數不盡的村民？還是說我不敢動手殺害一個受害者？不死者路西法是受害者？這種話傳出去想必會變成廣為流傳的大笑話。

若這是個笑話，那也代表他在撒謊。

他有什麼必要對一個素昧平生的人撒謊，他可能動一動手指我就成了沒機會立起墓碑的屍體，他有什麼理由對一隻……螻蟻說謊，甚至要求對方殺了他！

「讓我去地獄見我的好友！」

是的，我是在解救他，我相信我是在解救他——

「啊啊啊啊啊啊啊啊——！」

聲嘶力竭的吼叫聲後，是一個軀體的落地——和另一個詛咒的開始。

殺死他那一刻，數以千計的靈魂從他的屍體移植到我身上。

我知道了所有的真相。

視野恢復光明，當我開啟大門，見到的是一片我軍的屍體，遙遠處還聽得見勝利的戰鼓和歡呼聲，那些人將會是新一代的英雄……是嗎？

他們從沒想過自己來這裡做了什麼。屠殺村民的靈魂——和自軍自相殘殺……直到眼前看不見敵人的蹤影，他們才很樂意地接納了「勝利」。

我已經無法回頭，接下來的幾年內我得在這鬼地方度過，等待新一批的「祭品」。

那是距今約一百年前的歷史。不死國度「艾恩菲利亞」是個四千三百二十六人居住的小城鎮。他們是人類，不是惡魔信者或反叛軍，單純是個務農貿易的村人。

要說他們和一般人有什麼不同，我想就是種族的差異。

不論在哪個時代，數量比例較大的種族自然都會據地為王，那個時代也不例外。

那是個獨裁的種族，他們排斥所有不同的種族，沒有任何理由地殺害他族的人。很快地，艾恩菲利亞的村民知道他們成為下一個目標，他們必須選擇逃亡或是死亡。

人類是擁有意志的生物。若生存意念強大，無論逃到天涯海角都有辦法存活下來。

但他們沒有選擇逃走。

那夜他們將全村的人聚集在一起，由村長和宗教的祭司對著所有人民演講，之後他們便唱誦著詛咒，以最痛苦的手段了結自己，好讓痛苦烙印在靈魂上，永遠記得他們受到的委屈。

隔天，進攻的軍隊撲了個空。那一天他們雙手沒有沾上任何血腥，卻受到遠比過去任何一場屠殺還要大的打擊。他們看見的畫面是言語無法形容的地獄。

我們可以假設有十名畫家被任命去現場將那一幕畫下來，裡頭可能會有七名畫家在作品完成之前自殺，剩下的三名在完成之後成了瘋子。

那一次的事件沒有人敢提起，他們隱瞞事實，卻讓沒有理由的殺戮行為持續進行。

那一次的事件中，軍隊裡有一個人失蹤了。軍隊貼出了懸賞通緝這位叛國者，卻在數十年打聽不到任何關於他的消息。

不死者的詛咒就是從這裡開始的。

不死者「路西法」一直存在的原因不是他會復活，而是他從來沒有死過。被稱為「路西法」的人不過是個「傀儡祭司」，真正的詛咒依舊是來自艾恩菲利亞的死者靈魂。

破除詛咒的方法也不是砍下路西法的頭顱，而是要奉上四千三百二十六人——也就是艾恩菲利亞的死亡人數作為犧牲祭品，才能暫時平息他們的怨恨。

換句話說，我們這些出征的士兵就是送來等著被屠宰的綿羊。

成為傀儡祭司之後，我才確實地瞭解到人類的愚蠢。起始是為了天性屠殺別的種族，其次是為了地位隱瞞事實，最後是為了名利編造謊言，無知的人民就只能在他們正義的口號下不斷被利用。

是的——他們是偽善者。

這場戰役中，英雄的死訊又會讓他們產生什麼樣的反應呢？他們會輕易的省悟？還是會顧慮自己的地位，以另一種謊言來欺瞞大眾？

和他們相較之下，那個男人——上一屆的路西法，他知道英雄們對他說謊，卻依然坐在這個孤獨的位子上等待他們的來訪……

不——我想他不是為了等待英雄才坐在這個位子上，而是不想讓其他人忍受這種痛苦才會坐在這個位置。最後之所以做出這個選擇，我想是他受不了看見那些朋友自私自利的臉孔，迫不得已才會下定決心的吧。

這個詛咒要到什麼時候才會結束？

我想，若那些人願意正視這個問題，詛咒也不會像這樣輪迴再生吧。是他們那副傲慢且不負責的態度，才會導致靈魂的負面情緒不斷擴大，最終產生詛咒效應。

靈魂開始悲鳴，看樣子偽善者們的答案出來了。

我名為路西法，是被禁錮在神殿的不死者，在詛咒之下我的心臟已不再跳動，我不能用自己的雙手結束自己的性命，我的工作是在這裡傾聽死靈的聲音，將聲音傳達給人們。

我會在這裡等待，等待下一場被詛咒的戰役。

（郭正宜老師講評：故事情節內容具有懸念，規劃頗具創意，易吸引讀者閱讀。文字洗鍊頗具功力。誠屬佳作以上。）

（宇文正老師講評：在虛擬的時空裡，一場詭譎的戰事，隱喻著重複、永無休止的人性與歷史，作者有很好的想像力。）

〈那年，拐個彎〉

第三名／高苑科技大學／應用外語系／林詩涵

繞過那條小捷徑，拐過那間古老還掛著蔣經國先生照片的照相館，一個老爺爺拿著藤編製的蒲扇坐在籐製搖椅上，搖阿搖的，戴著黑膠有歷史的粗框眼鏡，在這個夏末初秋的太陽底下，顯得格外的有泛黃色照片的古老，老爺爺酣了一聲後，又沉沉的淺入夢鄉，也許他是跟周公下棋，在那年幼的記憶裡，這個老爺爺，深植在我心底，無法連根拔起。年邁的腳踏車，在柏油路上顯得很賣力，發出嘰嘰咂咂的小聲響，還是孩子的我們，在田間小路上，一前一後的進行比賽。

「阿猴！你輸我的啦！」

阿雄騎的甚快，根本就是追不上的速度。

『奇怪耶！你的是新車，我是我阿公的車耶！能多快啊！』

那年我冒著被阿公追打的命運，偷騎著他的車子跟阿雄說要去冒險，在我們天真小小的世界裡，這鄉下小地方，簡直藏有太多的寶藏，還有秘密基地，阿雄是我國小三年級的同班同學，他家住再阿公的另外一塊田地旁，在這個純樸的地方，每一塊田地上依然擁有一間三合院或是一條龍的房子格式。阿公家是三合院，旁邊還有小雞跟著公雞母雞四處跑，還有阿公的四歲小牛。

對了！阿雄是個夢想家，當他小一時，他說要當總統，而之後看到警察帥氣的模樣，他又說他要當警察，而在國中的某天，他突然告訴我，他其實想當醫生，而之後到了高中，他實際的說，之前那些夢想都太難，他還是當個認命的上班族，不過他說他絕不當老師，他是個非常善變的夢想家，我想。

我們的國小非常遠，常常我都會邀阿雄一起走去學校，從家裡到學校走路大概有半個小時，而我們總是一邊走，一邊偷摘路旁田野的蕃薯，一拔就拔了快一書包，只是放學拿回家給阿嬤時，阿嬤總是很狐疑這些番薯哪裡來，而我總叫

她別多問了，她也只好拿著蕃薯進廚房料理，而阿公就會拿籐條出來追打我。一邊打，我一邊跑。然後會聽到阿公在後面大喊：「死囝仔咧！每次都跑去偷拔阿土伯的番薯，是不想活了喔！（台語）」之後我總是邊跑邊求饒和大哭。

那是多遙遠的過去了？好像是我遇到阿妹仔的時候了。現在三十歲的我走在這田間道路上，隱約還是能看到阿公追著我跑的樣子，只是現在，他老了，也沒那麼大的體力能追著我跑。

在爸爸媽媽決議好要離婚的那天，我也被姑姑偷偷送到了鄉下，只是這樣的離開爸媽，他們卻從未想到要接我回都市生活，於是過慣了鄉下生活後，就再也不嚮往都市的生活。

每當阿雄問我說為什麼沒有爸媽的時候，我總是快速的轉移話題，久而久之，他也再也沒問過了，也許是我轉話題轉的太成功，但還是不經意聽到阿雄的媽媽這樣跟他說：「阿雄，不要每次都問阿猴有沒有爸媽，他爸媽不要他了，如果你也不乖，我也不要你了！」之後，我回到家，回到房間，抱著棉被偷偷哭了很久，連吃飯時間都忘了，是阿嬤走進來拉開棉被問我怎麼了，怎麼不吃飯，我才嚎啕大哭說：『為什麼爸媽不要我！』我說。阿嬤沒說什麼，只是輕輕的撫摸我的頭說：「爸媽不是不要你，阿猴很乖，爸媽在忙，所以才會先把你給阿公阿嬤照顧啊！」之後阿嬤笑了笑，我撲向阿嬤，很大力的抱住她，我知道，是因為他們離婚了，所以不要我。因為我一直明白自己是個沉重的包袱。

在都市的那幾年，從剛結婚甜蜜的爸媽，在我國小一年級時，三天一大吵，兩天一小吵，害我才小一就要當個鑰匙兒童，他們不管我，每當吵架時，總是大剌剌的在我面前用言語互相攻擊，而我永遠只能在一旁看傻了眼，什麼話也不能說，因為我知道，他們眼裡沒有我的存在。於是被姑姑偷偷帶走送回鄉下，姑姑人很好，每個禮拜都會來看我，問我最近在學校乖不乖，有沒有吃飯，還是功課有沒有寫，常常也會帶一些文具或是零食給我，比起記憶已經殘缺的媽媽，對於姑姑，我的印象永遠清晰，她比起媽媽，更像媽媽。

姑姑曾經跟阿嬤說想要收我當養子，只是阿嬤怕在台北工作的姑姑，照顧我會太累，於是接下我說要照顧我，要姑姑好好工作，找個人趕快嫁了。曾經，我是大家極力想推開的麻煩。

而在我國小那年幼的童年裡，除了鄉下的景觀跟人，還有姑姑之外，似乎已經沒有爸爸媽媽這兩個角色了，每當看著其他的人有爸媽可以抱，可以撒嬌的時候，總是告訴自己說：『我有阿公阿嬤，我才不孤單！』也許是說給自己聽，但久了之後，就開始覺得沒爸媽也無所謂了，當初怎麼克服的？我也忘了。

其實，我不叫阿猴，名字裡也沒有猴字，只是因為小時候，很瘦小，還黑漆漆的，又很調皮，所以鄉下的大家都叫我阿猴，而我有個很好聽的名字，叫汪齊耀。

從小，就不知道爸媽是什麼功用了，也許你會問我，我不會羨慕嗎？是！我會告訴你，我曾經很羨慕過，嫉妒過，但在我國小三年級後，我就再也不羨慕了，還炫耀我有一對很好的阿公跟阿嬤，還有一個對我超級好的姑姑。在那小小的世界裡，我跟其他孩子一樣，也會懂得炫耀，而當大家開始炫耀起自己父母的時候，而我卻像是刺蝟般自信的跟大家說，我還是有很愛我的人。

姑姑在我搬回阿公阿嬤家後，也是常常來探望我，住台北的姑姑總是一個禮拜抽空一兩天下鄉下來看我，每次來，就帶一些文具跟玩具下來，還常常會幫我複習功課，念故事給我聽。我常常差一點就脫口而出叫她媽媽，因為她比起媽媽還要愛我，不管多遠要坐多久的車，她還是千里迢迢的來找我，關心我，而當她說，我有沒有被其他的小朋友欺負時，那個自信一樣來大說：『沒有，因為我有對我很好的姑姑，還有很愛我的阿公阿嬤！』而姑姑在聽完後，總是欣慰的對我笑笑，然後拍拍我的頭說：「嗯，齊耀好棒喔！姑姑也很愛齊耀唷！」

千萬次，差點脫口而出對姑姑說的那句「媽」還是緊緊的藏在心裡。偷偷的小小的，在那天真的世界裡，覆頌好幾次。

在這譁眾取寵的世界裡，沒有包裝的自己，越來越難生存，這是我到了國中後所領悟到的，正當我跟阿雄一起在學校角落抽著菸，才發現，這個社會，似乎沒有想像中的那麼簡單，也許大家會認為鄉下小孩比較單純，但說來不盡然，我也知道自己的糟糕，國中就開始學抽菸，覺得這樣很帥，我不敢把學菸的理由說為是因為阿公也抽，所以我也抽，更不容許把自己當成一般人一樣，也許我該更優秀的。每當抽完一根菸，就會這樣警惕自己，但誰知道，這菸會染上癮，一碰就戒不掉。

『阿雄，人為什麼要抽煙？』

那天，蟬還在樹上高歌。

「那你覺得是為什麼？」

阿雄反問我，而我順手又抽了下一支。

『我想是因為空虛吧！』

阿雄燃起打火機的火，往我的煙頭一燒，頓時間那煙火也燃燒了我的眼

直到大學畢業後，我才敢光明正大的在家人面前抽菸，我還忘不了姑姑當初的眼神。那個「你怎麼能抽菸」的眼神，讓我愧疚很久。沒想到，我會這麼在乎姑姑，也許是因為小時候得不到的母愛，全部轉移到姑姑的身上了。曾經，我多麼渴望有個母親，可以帶著我長大，曾經，我多麼渴望有個父親，可以跟我稱兄道弟。只是現在這個願望，隨著年紀的增長，也隨風飄逝而淡忘了。

到現在，我仍忘記父母親這個詞是什麼意思。

隨著年紀增長，歲月也在我臉上刻上了痕跡，年已三十的我回想起往事，依然是力道雄厚的。我不再為抽煙的原因感到困擾，因為在遇到阿妹仔之前，我是這樣把抽煙當習慣的人。

「你是汪齊耀嗎？」

那個充滿朝氣的聲音充實了那年的夏天，那年是重考大學的重要年度。

『我是，怎樣嗎？』

補習班的櫃檯旁，那個嬌小的身影，是阿妹仔。她小我兩歲，是應屆考生。

「那個，明天要考模擬考，班導要我告訴你。」

她笑的很燦爛，是一個該有這樣微笑的女孩，因為她看來就是很單純美好的樣子。而她也給了我一個美好的重考生的生活。

還記得她喜歡吃湯圓，而我們第一次的賭注就是暖呼呼的湯圓，她還喜歡看小丸子，每天補完習回家我總會好心的騎著機車載她到附近的租書店，陪她租小丸子的漫畫。

她有著一個圓圓的眼睛，跟圓圓的身體，比起現在時下的年輕女孩，她算是標準身材的女孩子，還有一個充滿朝氣的聲音，及肩的長髮。相同的也是個抱持著很大的夢想的人，那年的她說要考上台南成功大學的中文系。只是看錯字連連的她想要考上這樣的一個系，應該要很拼吧！不過我就是喜歡她這樣子的純真。

我跟阿妹仔的感情相當好，其他人看來都覺得我跟她是一對情侶，但其實上不盡然，因為她對我而言也許有那麼樣一點點喜歡的感覺，但強烈的是把她當成妹妹樣的情誼。阿妹仔不叫阿妹仔，叫文靜，但是她卻人不如其名，事實上我稱她為夢想家，她很會作夢，平均每天可以說一個夢想或是一個目標，我總是很羨慕她，至少她還沒被這個社會同化，還是個單純的小姑娘。而且在這樣的一個衝刺班，她依然是努力的向她的中文系前進，而我則是循序漸進的往歷史系發展，她的文采不錯，有時還會跟我交換我們寫的文章，討論什麼該改進，什麼該增加，只是她永遠唯一的缺點就是，她那惱人的錯字。

「如果有一天，我們在一起，你會覺得不好嗎？」

問起這句話的那個時候，是坐在補習班前豆花店的時候，她羞澀的說著。也許當時也真的是沒感受過戀愛的感覺，我回答了。

『好啊！』

考生是不應該談感情的，聽班導說這樣會分心，會讓我們的目標模糊，只是都是考生的兩個人，為什麼會不好？不是更能努力一同衝刺嗎？

還記得交往那天是接近聖誕節，天氣很冷，所以我們吃的豆花店賣的熱湯圓，回家時，我們還吻了對方。一切都來了很美妙，但我始終搞不清楚，那樣是愛還是兄妹情誼，或者只是同一戰線上的同胞？至少在接吻的時候，還感覺的到嘴唇溫熱的觸感。

社會變動的很快，從手機還不很普及的以前到現在，根本就是快速的在進化，而在國中剛學會抽煙的那一年，手機也才剛問世而已。文靜渴望買手機，但對我這樣一個不是很富裕的人來說，手機是遙不可及的奢侈品。

接下來的日子，在文靜父母的關照下，我們依然跟普通考生情侶的命運一樣，分手。那時的我還覺得沒有什麼感覺，只是心裡空了些，感覺少了些什麼，文靜轉了個補習班，連她家電話號碼都不知道的情況下，想找她真的很困難。於是我放棄了能找她的時間，衝刺著我的大考，果不其所然，就考上回了北部的大學，嶄新的生活就此開始。

「汪齊耀，你為什麼沒有爸爸媽媽？你一定是個壞小孩，所以你的爸爸媽媽不要你了！怪小孩，怪小孩……」

突然坐起身子，是在冷氣嘎嘎做響的凌晨四點，身旁的三位室友還熟睡著，我晃了晃腦袋，以為就此可以停住腦中不停恣意播出的字句，只是每晃一次腦袋，那個聲音，更變本加厲了起來。下了床鋪，我開門走到交誼廳，在凌晨四點的現在，宿舍的走廊是空盪無人，一點聲響也沒有，只剩我吸著拖鞋而沉重的腳步聲。

左手拿著煙盒，右手拿著打火機，那時的我，還是個名副其實的老煙槍。當我輕輕的抽出一根煙時，一個在女生宿舍層的女生走向我，是輕盈的腳步聲，心裡當時沒有太多的想法，只是望了一眼後又開始了下一個點煙的動作。

「汪齊耀！你是汪齊耀！」

這聲尖較劃破寧靜的現在，手上的煙盒跟打火機不偏不倚的打中右腳。那個女生，快步的向我奔來，心想不妙，會很多人開門怒罵。但事實證明，大家是熟睡的，只因當那個女生激動的抓住我的手時，我根本還沒回神。

「你還記得我嗎？文靜！我是文靜！」

命運就是這樣捉弄人，不過卻代表我們是有緣分的。

『文靜？阿妹仔？』

我操著只有南部會有的台語口音，她興奮的點點頭，像是要把頭點到斷的樣子。

「你怎麼也考到這裡來啊？我們還的真有緣分耶！」

她開心的說著，而那時的我們都已經三年級了，然而會見面的緣分，全拜她男朋友所賜，她是因為偷潛入男生宿舍來找男朋友的，那麼剛好的就碰上了在頭痛萬分的我。

「我交了男朋友，是電子系的，你呢？你過的怎樣？」

『不壞，至少還活在地球上，還能呼吸。』

「是喔！啊！趁舍監還沒發現，留下手機電話吧！」

拿著筆，一隻手掌伸出後示意要我寫在上頭，而我草草寫完了電話後，神出鬼沒的她，又消失了。

她變了，從當初高中規定的短髮，成了及腰的長髮，本沒戴眼鏡的她，也帶起了眼鏡，文靜，真的變的文靜的樣子了。但她依然像個和煦陽光，那樣的天真活潑。而喚起了當初重考的那個日子，只是當初的喜歡已經不在，剩下的是友情的氛圍，在之後的日子，她不停的說著過去總總，而我也慢慢的去享受這樣的友情，是知己般的難得。

流逝的青春不再回來，現在的我，雖還沒結婚生子，而站在這樣的阡陌的田園中感懷我的過去，上班族的明爭暗鬥讓我喘不過氣來，卻讓我想起寧靜的村莊中，還有我懷念的味道。馬不停蹄的，只想奔回純樸的鄉下。

我向公司請了長假，找了些日子回鄉下，至少也多年沒回去，從重考班開始，就一直住在姑姑家，姑姑生了一個兒

子一個女兒，而我的小堂弟妹現在也都是個國中生了，我感慨現在的國中生在也沒有髮禁了。每當我回去姑姑家中，看到小堂弟妹的外型是那樣的流行，不禁開始感到時間的流逝，就像是水龍頭的水一樣快速。

一回到了鄉下，人事已非，當初的田園有一些都變成現在的馬路，三合院依舊在那，而到處出現的雞鴨，早就消失無蹤。懷念當初跟阿雄偷騎腳踏車的過去，然而汽機車充斥著整條拓開的柏油馬路，我只能在現在二分之一的田園裡，一邊望著稻草人，一邊任由風親吻我的臉。

「阿猴！吃飯了！」

阿嬤的聲音仍宏亮，叫著已三十而立的我。

走回那古老而端莊的三合院，伴著童年的氣味，我深吸了口氣，一進廚房，年邁的阿公阿嬤仍健康的坐在鐵椅上，阿嬤一邊幫我盛飯一邊念著為何我還沒要成家，也許是粗茶淡飯或是再普通不過的家常菜，卻都是我的最愛，我懷念阿嬤的味道，阿公一邊說著他的田地的收穫，一邊咀嚼著米飯，仍是不忘一句，早點成家立業吧！

近年來，阿公、阿嬤、姑姑、姑丈都期盼我能早點娶妻生子，而我總是一笑至之，姑姑還擔心我是否因為當初童年的傷害而有恐懼，只是自己心裡明白，也許那是我一輩子的傷痛，但不會是我一輩子的絆腳石，只是時機未到，沒有適合的人選而已。

「鈴鈴鈴—」

一陣電話聲傳來。

「阿猴，幫阿嬤接一下電話。」

『好！』

『喂？』

我拿起電話。

聽到對方的聲音之後，我久久無法言語。

「齊耀嗎？是齊耀嗎？」

對方急促的叫喚著我，是個女聲，是……快遺忘的母親。

「你現在都三十歲了吧！不曉得你變的怎麼樣了，過的好不好，我是媽媽，你忘了嗎？」

「阿猴！是誰啊？怎麼你都不說話？」

阿嬤叫喚著我。

『是媽。』

我平靜的回覆著阿嬤。阿嬤急速趕來，接過我的電話。

「阿雲嗎？妳是阿雲嗎？」

阿嬤激動的說著。

我無法聽見那個是媽媽的人說了些什麼，但看著阿嬤落淚的樣子，我想三五不離十，也許是說著有關我的事吧！為什麼要在這個時候才重新在我的生命中出現？無法理解，我也無法明白，表面雖平靜，但我的內心很澎湃，也許我是想見到媽媽的，只是我見到她後，我該說什麼？

掛上電話的阿嬤，抓緊我的手，她很激動。

「阿猴，你媽媽回來了，你媽媽回來了！她就在轉角那個公車站牌，你去接她好嗎？」

『嗯。』

隔沒多久，我騎著機車到公車站牌，沿路上不過十分鐘的路程，滿腦子都是空白，抱著緊張又不平靜的心，拐了個彎到了轉角的公車站牌，一個剪著短髮，消瘦的背影單薄的身子提著一個行李箱的婦女，背對著我。

她轉了個身，看見了我，行李箱從手中掉了下來。她掩嘴，兩行淚就在我眼前落下，她全身顫抖的看著我，我也靜靜的看著她。

「齊耀，好久不見了，我是媽媽啊！我好想你，我真的好想你！」

我下了機車，走向她，她激動的抱著我，激動的說著。

『如果當初妳沒丟下我的話，也許我就不會被嘲笑是沒有爸媽的孩子，也許這樣，我的心裡也不會有著長年來的創傷，也不會覺得是每個長輩的拖油瓶，也不用在夜裡裹著棉被暗自哭泣，如果妳沒丟下我的話……』

語畢，眼淚就浸溼了我的眼。

「每當我佇立在這個公車站牌下，我就想去看看你，只是我沒那個勇氣，也沒那個權利，當初我相信你的父親會好好照顧你的，我不知道他居然把你丟下，我真的不知道……」

哽噎的聲音夾雜著濃濃的鼻音。

「你的父親不准我去看你，不准我帶走你，不准我把你接走，所以我永遠只能佇立在這裡，偶爾看到你從這邊經過，就會滿心感動的看著你走遠，好想聽你叫聲媽媽，卻只能永遠當成夢想，就這樣二十年了，你都長的這麼大了，都能成家立業了……」

我才知道媽媽是有苦衷的，只是現在的我根本不知道該怎麼辦，靜靜的讓她抱著，而此時我才慢慢的感受到媽媽的存在，媽媽的氣息，盼望了多久，等待了多久呢？我告訴自己是否能原諒她，在她失去了母職時，我有受到多大的心理傷痛。

我帶她回到阿公阿嬤家，阿嬤激動的抱著她哭泣，我才知道，我的媽媽並沒犯下任何的錯，她只是想當個盡責的媽媽，卻被爸爸限制，阿嬤一直很喜歡媽媽，在以前時就不停的說爸爸跟媽媽離婚是很可惜的事情，只因媽媽是個很善良，體貼又會持家的女人，全因爸爸的外遇，而讓她無法在孝順阿公阿嬤，事隔了二十年，我在一旁看著媽媽的樣子，覺得這二十年的她，是不是跟我一樣想念著對方？如果是這樣，那我是不是能夠好好的擁有這樣的母愛？

慢慢的我的生活開始有了改變，我開始釋懷了當初的無奈，去接受了我渴望已久的母愛，二十年後的媽媽，是鼓起了二十年來的勇氣，而我也漸漸不去怪她了，而是享受這樣遲來的母愛。

秋天一到，我一邊騎著單車一邊乘著風，心裡從沒這樣的舒爽，還吆喝遠在澎湖工作的阿雄回來，原來阿雄到最後跟澎湖的姑娘結了婚到澎湖當老師去了，想起當初他還說他絕不當老師，而現在他騎著單車在我身旁，大聲的嚷著——

「阿猴！來比賽吧！看誰先到阿滿姨的雜貨店！」

『好啊！拼就拼，誰怕誰！』

「你一定輸我的啦！」

『誰輸誰贏還不一定！』

「厚！你那台快掛的鐵馬還想跟我的捷安特比？笑死我了！」

腳一踏，我踩著阿公嘰嘰咂咂的老鐵馬，身子離開坐墊行半立的姿勢，向前衝！

拐個彎，進入眼底的是阿滿姨的雜貨店。

還有，已回來的童年。

（郭正宜老師講評：敘述小說主人翁的成長過程，頗有懷舊風格。故事結構完整，娓娓道來，如行雲流水。文筆洗鍊典雅。）

（宇文正老師講評：以散文化的筆法書寫童年與親情，有些細節頗有韻味，題材不俗。不過文字需要再鍛鍊，如「其實上」、「果不其所然」、「三五不離十」等詞語草率出手，加上太多的贅字和錯字，造成閱讀的障礙。此外，番薯是植物的根，必須從土裡「挖」，不太可能從「路旁摘」，這一類情節都必須細膩處理。）

【第二屆高苑科技大學網路文學獎——散文類組】

第一名／高苑科技大學／資訊傳播系／杜唯甄

〈情書〉

現在時間是凌晨兩點半，翻來覆去，手放在額上，吐了口長氣後起身坐著。

「八成是九點喝的那杯半糖綠。」

瞥一下埋在白床單裡的右邊的他。睡相實在是不怎麼規矩。我們最近在冷戰，公司下週要人事調度，他壓力大。

「但也不能找我出氣啊。」

媽說有些男人婚前跟婚後兩個樣子，嗤之以鼻的笑說我們都交往這麼久了，會差多少？結果這種人還真的存在，而我就是嫁給這種人。床頭櫃上放著一張金框，被欺騙的少女當年笑的真燦爛，唉。

「得到了就不知道珍惜了！」洩恨的捏一下他的大腿。「嗯……」吸了一下鼻子。

Windows 啟動音效因為我忘了關上喇叭而有點囂張的尖叫（老公翻了身），猶豫了一下要不要泡杯巧克力麥片，想起昨晚看 Sex and the City 時吃掉的半盒 GODIVA（它的榛果蓉真的是……不是他送的），理性點，還是算了吧。

打開 Word 後卻是來回打著「ㄎ」這字，靈感這兩個字原來離我這麼遠了，好想寫些什麼，可是我是個連部落格都沒在新增，留言也沒在回的人：

「姊！下次我們去看電影！」小我三歲的總機妹妹。

「好久不見，下個月的同學會妳一定要到喔」高中同學吳正祥。

「上次幫妳重灌的電腦應該沒問題吧？妳欠我一頓飯，哈哈」這是表哥。

「怎麼都沒新增，去哪裡了妳！」這是同事 Yuli。

「最近還好嗎?」這個沒留名字。

「安安喔，第一次來請多指教!有空也來我家參觀喔!」是無聊訪客。

怎麼好像除了老公以外的人，都很關心我。

放空了360秒後，快四點了，毅然決然:我要出門。胡亂把錢包、鑰匙、手機和化妝包丟入包包，從衣櫃拿出我最喜歡的那件杏色外套和黑羊毛圍巾……想了一下，把手機拿出來放在電腦桌上，看了一眼入夢甜的男人:「急死你!」

呼，十一月底，天氣你想會怎麼著?冷鋒面像錦鯉看到餵食的人，紛紛用力擺尾鰭，急著鑽進任何一吋可能暴露在空氣中的肉色，呼，拉緊圍巾，把外套拉鍊拉上最高。天色還是黑的可以，幾家早餐店已經綻出淡淡的光暈;剛炊好的饅頭和豆漿香攪和。記得大學他還在追求我時，我很喜歡吃某家早餐店的黑糖饅頭，他常常一大早買好暖和和的早餐，在宿舍門口等我，不管多冷。

可是結婚後，他從來就沒為我買過一杯豆漿。

拉緊外套領口加速邁向風最大的河堤，真不要命了。

以前他對我說以後要帶我們的小孩和我們養的黃金獵犬來這裡，放一整天的風箏，曬一整天的太陽。那是他進公司之前說過的話。

「月薪四萬八原來可以這樣改變一個人哪。」

身體吃著冷風，腦海大肆放空的時候，意外發現有對老夫婦在散步，在這麼冷的時候耶。老公公穿著傳統式棉襖，很合身，應該是訂做的。比較吸引我注意的是坐著輪椅的老奶奶，紅棗色厚毛毯下的腿是懾人的細瘦，輪椅右邊吊著點滴，左邊是一袋淺黃色液體;病痛摧殘的身體但臉上卻帶著笑:「老公，冷不冷?」「我不會。」理理老婆婆腿上的毛毯，握了一下自己結髮的手。「好冰喔……」他把她的手放進口袋，安撫的拍了拍。「妳要為了我活久一點……」他們手牽著，他們相視笑著。

他們眼睛旁深深的鑲著皺紋；不是那種年輕人轟轟烈烈的，是一種彼此依賴著、互相為對方活著。

是怎麼了我……

其實，嫁給他不就是願意有天也變得像那對老夫婦一樣嗎？

其實，體貼一直沒有變過，只是太忙了。

其實，為了要給我過好的生活，他是很努力。

其實，他已經是很棒的老公了。

其實，有的時候我是真的有點過分任性。

其實……

酸酸的，好想回家，忽然好想念那個躺在被窩裡的人，拍拍褲子，天色已經八分亮了。五點五十，小跑步回我們家。

把包包丟在沙發，才發現餐桌上有盒我昨晚沒注意到的東西，一盒 GODIVA 松露巧克力，和一張便利貼。

「和好吧，我知道妳愛吃這家巧克力，謝謝妳一直陪在我身邊。天氣冷注意保暖，我親愛的老婆」旁邊還畫了張歪歪扭扭的笑臉……這傢伙。

進了臥房，伏在床邊看著這個屬於我的人，忽然一個翻身抓緊了我的手：「好冰喔……」把我的手拉近被窩，放在他胸口上。這男人他壓根兒沒發現我離開過他。苦笑了一下，親一下他的額頭，用一整晚沒開口，有點難聽的語調：「寶貝，起床。」「嗯……」

繫上圍裙，今天早餐做脆糖吐司吧，然後再打杯鳳梨胡蘿蔔汁。蛋黃色，是我最喜歡的顏色。

「老婆，妳愛不愛我。」

「不愛。但是你永遠不可以離開我。」

（邱淵惠老師講評：故事平淡。）

（陳靖文老師講評：以流利的文筆，細膩地表現出女性細微的心情感受，敘事清晰，文章起落的掌握相當出色。）

（宇文正老師講評：描寫婚姻生活裡的瑣碎以及平凡的愛。有些段落的描寫（如寫十一月底的天氣）很吸引人，但其中想要分手或是決定和好的理由都太理所當然，此外，此篇比較像是較短的小說。）

〈一切是愛〉

佳作／高苑科技大學／資訊傳播系／黃雅玉

【媽媽說露水是玫瑰的眼淚，
每到天微微亮的那一瞬間，
就會看到眼淚停留在玫瑰的臉頰……。】

我記得很小的時候，媽媽都會在睡前講故事給我聽，千篇一律的都是玫瑰的故事。每當媽媽講這個故事時，她的眼睛都會閃著淚光。我問媽媽為什麼要哭？媽媽跟我說：「因為這個故事很感人，妳現在還太小，等妳長大之後就知道了。」

記得在國三的時候，我穿不下以前媽媽買給我的玫瑰花睡衣，我就把它丟進舊衣回收箱，媽媽很生氣，隔天又買了一件也是玫瑰花的睡衣給我。十五歲了，每到睡覺時間，媽媽還是會坐在床邊講玫瑰花的故事給我聽，我看著媽媽不講話，靜靜聽著媽媽用哽咽的聲音說著故事，她的臉上多了幾條皺紋，頭髮上也多了幾條銀絲，但不變的是媽媽那依舊閃著淚光的雙眼。我曾經問媽媽，為什麼都不像別的媽媽一樣，講白雪公主或是灰姑娘的童話故事呢？媽媽還是只跟我說，因為這個故事比較感人阿……就哄著我趕快入睡。

高二時，我開始嚮往愛情，也因此交了男朋友而變得早出晚歸。回家的時候，媽媽都已經入睡了。從那時我就再也沒聽到媽媽對我講那個故事，也沒跟媽媽說聲晚安就睡了。也是從那時沒了跟媽媽談心的時間，就連見面的次數也越來越少了。

我男朋友的家住很遠，但是他每天早上為了能跟我一起吃早餐、一起去上學，總是在天還沒亮時就起床，搭最早的一班公車到我家來接我一起去上課。我們的感情真的很好，雖然不同班級，但是每到下課時間，我們就會跑到彼此的班上去聊天、吃東西，也會一起討論功課，走對方的班級就像走自家廚房一樣，不用喊報告，也會有人幫忙喊：XXX，你的哈尼來囉！

這段甜蜜的日子說短不短，說長也不長，我們交往了一年多，幾乎羨煞了我身邊所有的人，但是只有一個人反對，就是我媽媽。

從媽媽知道我不是為了課業早出晚歸而是為了男朋友時，就急著想要拆散我們。每次講到關於這方面的事，媽媽就會拿課業來壓我，但自從我交男朋友後，功課從沒退步過。每次吵架我都想要跟媽媽冷靜地溝通，但是媽媽都不肯。兩方面的堅持，導致我跟媽媽開始冷戰。早上出門媽媽還沒起床，晚上回家媽媽又睡了，有時提早回家想再跟媽媽聊一下，但她總是一句話也不講的就走回她的房間。這樣的形況一直沒改善，就這樣我跟媽媽冷戰了很久。

直到有一天媽媽發現我男朋友一大早天還沒亮就出現在家門口，她大發雷霆，直接打電話去學校幫我請假，學校不用去了，課也不用上了，就是要我把事情解釋清楚。我不知道媽媽為什麼會那麼生氣，這不是她早就知道的事嗎？第一次看到媽媽這麼生氣的樣子，我嚇到不敢再頂嘴。

媽媽坐在藤椅上被我氣到說不出話來，叫我在她面前罰跪。客廳裡安靜到只聽到院子裡的蟬叫聲，和媽媽尚未平復的呼吸聲。過了許久，媽媽才緩緩開口說：「這個行為持續多久了？」我說：「剛開始交往時他就會在家門口等我了。」媽媽一聽到我這樣說，二話不說就要我馬上跟他分手。我傻住了，我不知道媽媽為什麼這麼氣這件事。有人保護自己的女兒，陪她去上學不是件好事嗎？又不是做了什麼越矩的行為，為什麼要拆散我們兩個？怎樣想都覺得自己沒有錯，更

沒理由答應媽媽的要求。那時正值叛逆期的我，想也沒想就說不可能，大力甩上門之後就走了，把媽媽一個人丟在家裡。

從這次之後，我跟媽媽的關係更是降到了冰點，趁媽媽不在家時，匆匆忙忙的跑回家整理了一些行李，卻忘記帶我的玫瑰花睡衣，就搬到男朋友家去住了。住在男朋友家的期間，心裡想著一定要考上一所好大學，一方面可以證明自己不會因為談了戀愛就不顧課業，好讓媽媽接受我們，一方面也可以跟男朋友讀同間大學，一舉兩得。但是這根本只是我單方面的看法，卻沒發現媽媽在意的並不是這個。在我努力唸書拚大學的幾個月裡，偶爾會繞個路回家偷看一下媽媽，好幾次都想鼓起勇氣推開門進去，但雙腳就是卡在大門不敢走向前，怕媽媽一看到我就會生氣，對她身體也不好。

就在大學放榜那天的一大早，我接到了舅舅的電話。電話的那頭說：「我不知道妳跟妳媽媽之間有什麼誤會，但如果妳再晚個幾分鐘，妳就再也無法見到她了……」聽到消息那一瞬間，我的頭腦無法思考，像短路一樣呈現一片空白，我的心跳簡直快停止了，就連呼吸都忘記了。

我丟下電話立刻趕到醫院去，站在病房門口深深地吸了一口氣，輕輕的推開房門，只見到外面的陽光刺眼的照在媽媽蒼白的臉上，我的眼淚不停地滴下。媽媽臉上有著乾掉的淚痕，睫毛上還有幾顆淚珠，我不知道媽媽為什麼會進醫院，不知道媽媽為什麼一下子變得這麼憔悴，我只知道我好久沒穿媽媽買給我的睡衣，我只知道我好久沒跟媽媽說晚安，我只知道我好久沒聽到媽媽跟我說玫瑰的故事，我只知道我的心就有如被撕裂般的疼痛著。我搖著媽媽，哭喊著要她趕快醒過來，從今以後都只聽妳的話，我現在立刻就搬回家，我會很乖、很乖，我不會再吵著要聽別的故事，我只要聽玫瑰的故事，好不好阿……妳快起來……。

看著病床四周、窗戶邊全擺滿了媽媽最愛的玫瑰花，我的眼淚又停不了了，我哭到自己都快不能呼吸，肩膀不停的抽動。舅舅看我這麼激動就把我拉到旁邊安慰我：「你媽媽是得了乳癌，前陣子情況就不是很樂觀了，但是她堅持要等妳考完試，放榜後才告訴妳，怕妳擔心。」想到媽媽這麼為我著想，而我卻這麼不孝的為了一個男生跟她撕破臉，眼淚又是不停的掉下來……。

舅舅拍了拍我的肩膀跟我說：「妳知道妳媽媽為什麼這麼喜歡玫瑰花嗎？」我搖搖頭不說話。舅舅又繼續問我：「妳媽有跟妳說過玫瑰花的故事嗎？」說到這個，我就很激動的說：「這是媽媽每天晚上都會跟我說的，只是現在……」我已泣不成聲。

舅舅看了一下我，從媽媽的包包裡拿出一本哥德詩集給我之後就走了，留下我跟媽媽在病房裡。我看著太陽把陽光灑在玫瑰上，玫瑰上的水珠晶瑩剔透，就跟媽媽的眼淚一樣。我翻開詩集，裡頭夾著一張有些泛黃的黑白照片，還有幾片玫瑰的壓花。照片中是一個男生的大頭照，看的出來照片有點舊了，但玫瑰壓花卻保存的很好，在我想繼續看下去時，心電圖突然發出急速的聲音，我突然有一陣不好的預感，立刻叫醫生護士來看。

醫生護士忙手忙腳上上下下的替我媽做檢查，身上的管線插了又拔，拔了又插，卻總是檢查不出問題來，我緊張的握著媽媽的手，發現媽媽的臉上又多了幾條線，頭髮也白了許多，手也比之前更粗糙了，指甲裡面也黑黑的。一直以來都是媽媽一個人把我拉拔長大，好不容易我現在長大了，該是輪到我孝順的時候，為什麼妳卻躺在這麼一張冰冷的床上一動也不動呢？如果可以，這些痛苦讓我來承擔，我真的不想失去妳，不要走，不要丟下我一個人。

我顫抖的摸著媽媽的臉，輕輕的擦掉她臉上的淚痕，可是卻擦不完我自己的眼淚。心電圖的聲音，越來越大聲、越來越大聲……，曲線慢慢的拉直、慢慢的拉直……，我看著心電圖我崩潰了，「不要！我不要！求你，醫生我求你，快救活我媽媽，求求你！快！快救我媽媽……快救阿！」我還有好多話想跟媽媽說，我還想再聽媽媽說玫瑰的故事，我不要妳走。

我跪在地上哭喊著求著醫生，早已不知什麼叫做理智，什麼叫做冷靜，女孩子平常該有的矜持，這種時候該死的根本不需要！我只知道媽媽快離開我了，將要到遙不可及的地方了。快救救她阿……我像是瘋子似的，在病房裡大吼大叫，大哭大鬧。

舅舅一進到病房，看到的就是我跪在地上像瘋子一樣哭喊，亂抓著醫生的衣服大叫，他把我拉起來，緊緊的抓住我的肩膀，要我面對現實。他不懂的，世界上唯一的親人離你而去時，你是沒有辦法冷靜的，當醫生宣告不治，把白布蓋在你親人身上那一刻，時空好像扭曲般的慢動作，週遭的聲音慢慢靜止，只有早已哭紅的雙眼仍在滴著眼淚不肯斷……

我哭乾了淚水呆坐在椅子上，舅舅在櫃台準備退房的事宜。到現在還不相信媽媽已經走了，其實只是被醫生上了麻醉藥，沒有知覺罷了，等麻醉一退，媽媽就會醒過來，一樣帶著笑容問我要不要聽玫瑰的故事……。這一定是一場夢，我還沒醒而已……

舅舅走了過來，對我說：「妳媽媽以前在國中的時候愛上一個小伙子，那個小伙子風度翩翩，很有學問，他最喜歡的一本書就是哥德的《浮士得》。他在追妳媽的時候，天天帶著一朵玫瑰到家門口等妳媽，他還說妳媽簡直人如其名，跟玫瑰一樣美。在她生日的那天，他把這本書送給了妳媽媽做當生日禮物，也是在那天妳媽媽答應了他的追求，從此以後他們就一起吃著早餐、一起走路上學。由於那個小伙子住在另外一個村莊，每天天還沒亮的時候，就花快一小時的路程走路到家門口等妳媽，只為了想跟她一起上學。某一天，他無畏著外頭的大豪雨，就是想跟妳媽見面，一如往常的在家門口等，因為捨不得讓他在外面淋雨，就叫他先進屋子躲雨，一男一女的獨處下，兩人發生了關係……因而有了妳。」

我非常驚訝的看著舅舅，我才發現原來照片裡的那個男生就是我爸爸……

舅舅繼續說著：「之後他們還是一起去上課，一起讀書，一樣每天都見面。他總是在清晨去找妳媽的路上，偷摘有錢人家裡種的玫瑰，每次妳媽看到玫瑰上的露水，都會很開心的直喊著好漂亮。這樣的日子持續了很久，直到有天妳媽發現她懷孕了，非常的緊張，立刻跟那個小伙子說，他還算蠻負責的，聽到之後很高興，想立刻跑到妳家找妳媽，但不幸的是，他在路上發生了車禍，死了……」

聽到這裡，我愣了一下，原來媽媽是擔心我男朋友每天在來我家的路上會發生什麼不幸，不想讓我步入她的後塵才會這麼做的……我卻什麼都沒想到，還不孝的跟母親大吵一架……我真的好自私。

「之後妳媽也輾轉得到消息，非常的難過，我跟妳阿嬤都很積極的想找個好男人給妳媽認識，順便忘掉那麼小伙子，誰知道妳媽用情太深，不願意接受別人，只好一個人養妳長大。每天到了跟小伙子約定要出門上學的時間，就會準時起床，望著門口是不是有人拿著玫瑰在等她，就這樣一天一天過去了，你媽也慢慢接受事實，但還是會難過，只要每到清晨天才濛濛亮時，就會想起他，又不自覺的流淚，哭著睡著……。」這時我才明白媽媽每次說玫瑰的故事都哽咽的原因了……。

直到今天，媽媽已經離開我兩年多了，腦海裡依舊清晰記得媽媽臨走前，那蒼白的臉上掛著兩行淚痕。我穿著過小的玫瑰花睡衣準備睡覺，床頭邊擺放著玫瑰花還有爸爸最愛的哥德詩集，入睡前，我仍然感覺到媽媽在我床邊跟我說著《玫瑰的故事》。

【露水是玫瑰的眼淚……

每到天微微亮的那一瞬間……

就會看到眼淚停留在玫瑰的臉頰邊……】

不孝的女兒黃禹婕——送給最愛的母親——————黃陳玫瑰

（邱淵惠老師講評：故事情節不讓一部電影般的戲劇化，引人入勝。）

（陳靖文老師講評：敘述清楚明白，脈絡清晰，首尾呼應。但應注意句型，以避免國台語夾雜的狀況。）

（宇文正老師講評：文字流暢，曲折的情節猶如小說。不過太強調玫瑰的象徵，反而失去真實感，減低了感動力。）

〈賣夢的老人〉

佳作／高苑科技大學／機械與自動化工程系／傅得益

轟隆車陣，高聳橋墩下。幾根老竹桿所搭的破帳，下頭一位老婦正在那，老邁楚楚，駝著腰背在那兒挑揀著菜葉；一會兒捲起臂袖，看來細柴般的手腕，又拿起大肉刀子賣力地舉起，開始剁起那粗蠻大骨。這畫面就如菜市景像般，活生生的一家自助餐就這樣子，無牌無號的掛了起來。攤前人車往常的通過，我疑惑的彎下身子，拉出桌下的鐵板腳凳，想給它這麼的一探究竟，屆時老婦見我，用著和氣的台語說道：「來吃飯吃十塊！」。剎時莫名的還弄不清，趕緊摸了摸口袋，順意的拿出十元硬幣投往那攤上的小鐵筒，後見老婦添了一碗熱飯遞上，我捧著碗筷，隨後她又拿起夾子隨意的填滿了一盤子的魚肉青菜。「十元！」當時心裡是這麼想著，於是我趨上前使著蹩腳台語問說。

「阿嬤！恁菜攏賣這麼便宜喔？」

「嘿啊。」

「啊恁這樣成本甘算會合？」

「啊我沒在算，啊就沒在算買菜買多少錢啊！就盡量款，款款賣賣，加減錢收回來這樣子。」

她叫莊朱玉女阿嬤，從業以來五十多年的堅持，路人們皆知她半買半相送的經營模式，而她的飯菜更是附近勞工朋友們每日的飲食指標。溝通時，她口中的隻字片語，灰白髮際，早以用那臉上的橫橫摺皺解釋於我。順時有感阿嬤的語調很可愛，已屆朝杖的歲數了，仍在這破攤前屈就著，回頭她想了會兒講了講過往。

「那時便當一個三塊而已！」

「別人都賣多少？」

「別人攏賣五塊。啊那時開球間別人一小時十二塊，我收六塊。我攏……做每項事業……我心肝軟啦，不敢給別人賺多。」

午後收拾完攤面；日正當中，烈映照在燒透了的柏油路面，板凳上她換起褪了色的粉紅雨鞋，緩緩的從攤上一處小角邊拉出一部，看似髒殘破損且帶銹味的嬰兒推車，一問這是她孫子用舊了的東西，不丟反倒是被她拿來撿著用。起身踏著蹣跚步履，開始著手著下午的例行工作「資源回收」，四處的撿拾奔波；這動作並非因她生活困苦，而是十元吃到飽的經營方式，常使得為了買菜錢時而入不敷出，有時還得忍著牙一大清早，至附近的工廠打打零工謀得菜錢。看她說得輕鬆，可聽的人心揪的是沉重。當我問道時

「阿嬤，恁這樣賣萬一沒夠錢款這的菜要怎辦？」

「不夠錢……，我兒子一個一萬給我兩個兩萬，啊一個小漢仔做工仔沒錢給我。」

「這樣甘有夠？」

「啊不夠再去跟會來補，我現在還有欠人耶！」

「還有欠人！啊現在頭尾開多少錢下去，現在還欠人家多少錢？」

「我現在喔！我算算差不多五十萬，我現在跟會繳一萬的還要繳二十幾會，啊不就二十幾萬！」

「恩……。」

「啊還有那個一千的，要交七個……。」

無怨尤的頭手舉足間，倍感不捨，眼眶內蘊釀著打轉的熱淚，順頰而下。這也難怪兒女們皆欲制止；生意初始雖兒女、媳婦們會到攤上幫忙，但日久眼見歲月的不饒人，便望阿嬤能早點退休享福，可她自己認為仍煮的動硬是撐了下來，眼見母親的倔強，便決心放手想讓阿嬤知難而退，晃眼二十五年仍毅然堅守。今孩子們雖各有成就但也絕非不孝，只是她停止不了對於這十元意涵的信念！

飯後自勺一碗味增豆腐湯，自己收拾碗筷順道再往水槽邊抹個嘴，這是每日顧客們的簡單寫照。問她賺到了什麼？她只說：「賺個心安啦！」。一日看來反到是為自己賺了個「相信」，相信這社會仍有人存著如此的價值觀，施授於他人。

近年莊阿嬤因輕度中風，受限於行動不便，而無法繼續販售那倍感溫暖的十元自助餐，今雖橋下身影不在，可那無私飯香仍深烙在我們腦海。

（邱淵惠老師講評：文字簡練成熟，行文不矯情，值得推薦！）

（宇文正老師講評：生動地勾勒了一位慈善婦人的身影，題材很好，很動人。但文字不夠流暢，還須練筆。）

〈陌生人〉

佳作／高苑科技大學／資訊傳播系／謝其佑

如今，我才知道，他是多麼的渴望的想告訴我這一切，就像我不顧一切的想要打破這時間的魔咒來呼喚你。

現在的他，正努力力圖引導我走向另一條路，雖然我無法了解他的意思，但我很明白的知道他不會放棄，就像我和你。也許現在的你無法理解，但可以肯定的，你將會和他和我一樣，想要拯救那視你為陌生人的可憐蟲。

我了解你，非常的了解你。從小，你就是個不愛讀書、好逸惡勞的傢伙；玩樂是你的專長，當你還不識字的時候，電腦遊戲卻能一摸上手，即使完全不了解遊戲的內容；你討厭文字，因此從不接觸報章雜誌，就算是漫畫也只看那線條之間的黑與白。

曾經，我大罵：「你算哪根蔥！」是的，當他意圖改變我的人生時，我是這麼大喊的，你一定也是一樣。我們都擁有同樣頑固的個性，卻一直不知道這同時也是一個大缺點。

這個缺點的可取之處在於，擁有堅定不變的自我。對於什麼朋友、同學之類的，小時候就明白是人生中的短暫過客。後來遇過一些事情，從此之後你開始封閉自己，卻也因此不會與人同流合污，更不用說當季流行的卡通、連續劇，甚至是明星偶像，當別人沉迷在其中而不可自拔時，你卻自認為眾人皆睡我獨醒，無奈高處不勝寒。

在高中之前，你的糗事一籮筐：使用學校的掃把時，不小心就將掃帚頭拆了，還趁著四下無人偷接回去並若無其事的歸位，天知道誰是下一個倒楣鬼；學校的運動會是全校皆知（更不用說那些來找朋友的別校學生，還有家長），你卻偏偏故意穿制服去學校，還被迫在廁所和人換衣服去參加比賽，在大隊接力的比賽中，你竟然可以和隊友失聯，導致原本領先的局勢遭到逆轉。

嗯……文繁不及備載，總之你是出了名的出糗大王，那些人們知道的、人們不知道的，零零總總加起來，十隻手指頭也算不完。後來，你學會了如何面對、習慣。是啊，既然都遇到了，又為何要煩惱？

你的善辯從國中開始快速成長，立志將死的說成活的，不管和誰說話都喜歡在言語之中帶著可以刺傷人的利針，當別人聽不懂時你會更為驕傲，因此在你的腦海中會不斷盤旋著各種對話的攻與守，以備不時之需。當應付那些受呈口舌之快的利刃時，你絕不會吞回那口氣，勢必將對方攻個體無完膚才肯善罷甘休。

只是，當你沾沾自喜於自己的利劍時，卻不知道人外有人、天外有天的道理，人家只不過不想和你一般見識罷了，假如有人想要和你計較，那真正體無完膚的只是你自己。

不知何時，你多了一個人生的座右銘，也認定這句話將陪伴你一生：「船到橋頭自然直。」當有認識很久的老同學和你吐苦水述說自己心中的煩惱時，你總會講這句話來讓對方放鬆心情。其實你自己也知道，那不過是你自我逃避的藉口罷了。

唉，講了老半天，好像變成都在指責、批評你的不是。我感到很抱歉，這是我們的本性，對別人、對自己總是批評多過讚美。你必須知道，這是求好心切，他不希望看到另一個他，我不希望看到另一個我，相信你一定也不願看到同一個你。

許多認識你較久的人，常會說一句話：「冷漠。」講難聽一點叫無情。但會被講成這樣，是因為你認為人世間一切

都是因果報應、業力牽引。無論發生了車禍、搶劫、偷竊，甚至是不小心的踢到鐵板，你皆認為是天意。只是，你從來沒公開表示過這種想法，所以沒有人了解，才會認為你太過冷漠、不近人情。

會有那種想法，原自你本身的信仰，你相信自己所信的，並習慣性的將吸收到的資訊加以分解與轉化，無論能不能說服你，都將在你的心中佔有一席之地。

我告訴你我現在有一件很喜歡的事情，就是打小說。

你一定不敢置信。是啊，曾經，我們都不愛唸書、討厭文字。對了，「曾經」，你第一次寫小說是在國中的時候，隨手拿起沒有要用的作業簿就提筆寫了起來，還不要臉的將文不通、詞不順的作品拿給同學們看。

在畢業前，你整整寫了快要三本的作業簿。那時，有個同學問你，這是結束了嗎？你搖頭。沒辦法，那是大家都該面對的畢業，此後他們再也沒看過續集。

那位同學的疑問，燃起了你寫作的慾望。從小，寫故事就是你與生俱來的本能，只是從來沒有注意到，因此也忽略了。腦海中不斷構思、佈局，是你在課堂上打發時間的活動。

接著，你將那篇小說轉寫到了電腦上，而且不斷的寫。雖然過了快十年還沒寫完，不過不用擔心，總有一天，你會將它完成，而且你也深信，那將是一部很好看的武俠小說。

你充實自我的時間太晚了，所以後來變的很會利用時間。光是「愛寫」的天分並不足以駕馭心中的想法，因為起步的時間比人短，你必須利用時間來提昇自己並達到別人所認真的程度。

是的，我現在可是在稱讚你。這都得託他的福，雖然我聽不到他的聲音，但卻可實實在在接收到他所傳達的訊息─多看書、努力點、不要太愛玩！如果沒接收到那些訊息，也許就不會有現在的我。如今，我想將它們轉送給你。

我希望我的訊息也能如實的傳送給你，只有將這則訊息不斷的傳送下去，才能放下我們心中的一塊大石頭，畢竟，我小時候實在是個令人擔心的小伙子。

另一個未來，將交在你的身上，那塊重擔，將由你來承受。他引導了我，我引導了你，你將會成為一個陌生人而去引導那個人，那個人不認識你，不接受你的存在，但是，你的重擔終究得落在那人的身上，到那個時候，你將不再是陌生人。

當我們都不再是陌生人時，還有另一片未來需要去開發、營造。他從沒告訴過我未來會發生的事情，所以，我也不會再告訴你更多了，就先這樣吧。

等待你成為陌生人的那一刻。

（邱淵惠老師講評：文字漂浮，不易解其意。）

（陳靖文老師講評：獨特的敘述形式，娓娓道來，彷若與自我對話，真摯而動人。唯應注意文章分段及文字精確度的掌握，並避免夾雜太口語化的語句。）

【第二屆高苑科技大學網路文學獎——新詩類組】

第一名／高苑科技大學／電子工程系／李哲宇

〈輪迴〉

逝去的蟬肆，蕭瑟的蛙鳴
逐漸黯淡的螢火，宣告著南方帝國的敗亡
枯黃樹葉低音的哀號著
輕聲的、細微的
舊山古道兩旁的芒白，也起了愁緒
小溪非等到楓紅上演才明瞭，秋意濃
就連夕陽美景，也猶如瀕死的向日葵，努力的低頭
我才頓悟，秋風送來的是無盡的惆悵和生離死別……

濁黑，沉思的空間
老是在深夜，映出海岸的影子
總能冰冷的地平線上，找尋到一絲絲的憧憬
黑布上搖曳的燭火，還再替誰指引著歸途
在它們燃燒殆盡之前
旅人們是否能就此找尋到返鄉之路？

嘩！嘩！
若霜似的浪花，如波塞冬苦澀的眼淚
狂放而悲壯，永無止盡的落下
只願追尋遙不可及的願望
彷彿告訴我這凡人
只能靜靜的、靜靜等候歐洛拉的凱旋

渾沌，破曉前的天空
就像那殘缺的故事篇章，模糊不堪
選擇拋棄那帶來的希望的過去
期望寒朔之後，杜鵑鶴唳爭豔
遺忘的故事可以再從新開始

開啟序章之時
當晨曦再次的灑落
會再次看到很藍的、很廣的海天一色
接續著下一個輪迴的開始

（張宏宇老師講評：結合希臘神話人物之意象於詩中　不失為佳作）

（郭寶元老師講評：結構完整，遣辭用字頗具巧思）

（宇文正老師講評：從季節的變換領悟世事輪迴，題材不是很新穎，但文字不錯。）

〈畫後的故事——致梵谷〉

佳作／高苑科技大學／應用外語系／劉佩辰

在你充滿迷惑的筆下
也許，我們都是烏鴉
等待難遇的機會
衝破囚禁飛翔的裱褙
追尋對遠方的渴望

不安渲染了整片夜空
星星互相碰撞
激盪著你鬱悶的心情
隨著銀河糾結出
一個震撼新月的漩渦

你的世界已經半聾
漸漸遺忘正常的心跳聲

還能不能作夢
而你焦躁地變成
一隻撞進我思緒裡的無頭蒼蠅
嗡嗡的節奏在叫囂
我絕望似的拿起小刀
瘋狂的將左耳切掉

（張宏宇老師講評：對梵谷生平的敘述 無特殊詩句）
（郭寶元老師講評：能道出梵谷的焦慮，氣力有餘，但未能盡意）
（宇文正老師講評：從梵谷的畫，進入梵谷的世界，乃至於進入梵谷的心靈，很有層次地寫出對畫、對梵谷的眩惑神迷。）

〈跡〉

佳作／高苑科技大學／建築系／江若慈

究竟
是何人將今天的夜 又漆了一層的黑
又是誰偷摘滿天的星子
讓寂寞無盡的在這夜裡蔓延
就此
流了一長串的明亮
落入名為一生的黑暗

那耀眼的希望
已被枷鎖牢牢的禁錮
但夢想仍在振翅
想飛往那寬廣的蒼穹
但澄黃的黎明已破裂
空白了人生的這一頁
最精彩的扉頁仍在
只是
緊握名為未來的筆呀
不再為自傳
留下任何的墨跡
卻也刪不去
有關你姓名的字句
仍字字清晰的
印在書頁裏
烙在我心底

（郭寶元老師講評：頗能結合時空意象於作品中，立意不俗。）

〈殤詩〉

佳作／高苑科技大學／機械與自動化工程系／蔡哲豪

你回頭望　海面上泛著光亮
離去的腳步顯的滄桑

你還期待　海風也在歌唱
湧出的詩句卻字字悲傷

皎潔月光　過了一個晚霞
思念的重量腐朽了堅強

整夜惆悵　讓思緒堆積成傷
對岸卻依舊一片安祥

冬季裡滿片雪花　你卻一心在外流蕩
寂寞氾濫　聽你一聲聲長嘆
那枯老的樹幹　掉落最後一片絕望
斑駁的圍牆　隱藏天地的關懷

凌亂街巷 相思兩度佔兩旁
銀白的月光下呈現一片荒涼
語話委婉 不忍戳破荒唐
賦酒酣殤詩裡的芬芳

一夜奔波剩下悲傷
一聲輕響繫在心上
一世驕傲老了臉龐
一首悲詩道過盡往

(張宏宇老師講評：整首詩有韻律起伏 充滿許多意象 不乏佳句 但有錯字。)
(郭寶元老師講評：道盡創作者的孤獨，用字稍俗。)

【第二屆高苑科技大學網路文學獎——小說類組】

第一名／高苑科技大學／建築系／林嘉慧

〈看不見〉

死很久了。

死在這裡很久了。

怎麼死的？自殺？謀殺？事故？

什麼時候死的？幾點？幾分？哪個年代？

沒有印象，記不得。

已經死很久了。

久到這裡成立大學，新建學生宿舍。

久到一屆屆新生入宿，一屆屆搬出這裡進社會打拚。

很久了……已經死在這裡很久、很久了。

腦袋破了個大洞，雜亂的長髮沾著灰白色黏稠腦漿，撕裂的斷腿露出白骨，手上抓著分離身軀的左腳肢體，全身流血的穿過掛滿T-恤跟牛仔褲的通道，以緩慢地速度從你的衣櫃裡爬出來——

為什麼你看不見？

為了引起你的注意，嘗試用各種人類辨不到的姿勢跟不同的移動速度，在你的衣櫃進進出出，你還是不看一眼。無重力飄出、猙獰爬出、倒掛走出、學殭屍跳出——種種媲美好萊屋電影的視覺震撼效果對你都沒有用，耐心也這樣反覆到被你磨完為止。

正在打電腦的你看不見。

雙眼認真盯著電腦螢幕，沉浸在遊戲世界你的，絲毫沒有發覺。

惱怒下用「力量」打開你的衣櫃，你才勉強轉頭將視線從螢幕上移開看了一眼。

「……門怎麼突然開了？」你說，手依然握著桌上的滑鼠。

坐在你左邊的室友大笑兩聲：「哈哈！衣服太多，衣櫃爆開了。」

你碎碎念著「等等下去舍監室寫維修單」後，又把注意放回電腦上，即使將沒血色的慘白臉孔擠入只跟螢幕離十五公分的你眼前，你還是繼續你的線上遊戲。

試著朝你頸子吹口氣，你也只是說了聲「有點冷」，起身拿冷氣遙控調升溫度，把電風扇從強轉到弱而已。

為什麼看不見？

你看不見，只好找剛剛大笑的室友。

你的室友面無表情的坐在椅上，前方桌面攤著一張半開圖紙，桌上擺放各種尺規跟工具筆，乾淨的圖紙上有著大大小小的方格子和尺寸標記。

在你室友面前掀開上衣將血淋淋外露的腸子拉出，順便取出其它內臟整齊的擺放在圖紙上，等待你室友的反應。

幾分鐘過去，你室友依然手拿著筆，兩眼呆滯的望著前方。

伸手將內臟塞回身體時，你室友突然將手上的筆投擲出去，雙手抱頭縮在椅子上發出痛苦的哀嚎聲。

「唔啊啊啊啊——什麼鬼啊！」

看得見？你的室友看得見？

驚喜的感覺只有維持幾秒，你的破口大罵如冷水般澆熄了那股被人看見的喜悅。

「靠夭喔！平面圖畫不出來就不要畫啦！」被哀嚎聲嚇到的你，將怒氣發洩在滑鼠左鍵上猛點擊。

你的室友哀嚎過後無力的趴在桌上:「我也不想畫啊!老師幹嘛出個這麼難的作業……」

「總評是下下星期二,還有兩個禮拜的時間你在緊張什麼?玩電腦啦!」

沒幾分鐘,你室友收拾好桌上的圖紙跟工具,打開電腦坐在螢幕前,跟你一樣握著滑鼠猛點。

看著你們熱衷玩線上遊戲的模樣,只能悲哀的扯開流著血的嘴角。

看不見。

你看不見,你的室友也看不見。

不管如何賣力引起你們注意,你跟你的室友一邊玩電腦,一邊討論著如何計畫用有效的時間熬夜趕作業。

對從頭到尾都沒反應的你們,報復是用「力量」關掉你們電腦的電源。

「靠!怎麼重新開機?」

「不會吧?我在打王啊!」

看不見,都看不見……

捧著快掉出來的大腦穿牆進入隔壁寢室,就看到躺在上舖看書的你。

你悠閒的側躺在床上,單手撐著腦袋,認真細讀著手上的書籍。

好奇的躺在你身邊,發現你看的是有關鬼怪的靈異小說,看到精采的恐怖橋段還會下意識的拉拉棉被。

「奇怪……怎麼越看越冷?」你縮著肩膀說。

為什麼你看不見?

明明緊貼在你身上跟你看同一本書、蓋同一條棉被,你還是看不見。

隨手翻了個幾頁,你把書闔上放在枕頭底下,將臉埋進被窩裡。

匍匐到包裹住你的被單上，將你四肢壓在身下，聽到你在棉被悶悶的嗓音。

「……不太舒服，等等再看好了。」

相對在上舖休息的你，你的三個室友在底下一邊打撲克牌一邊聊天。

從朋友間的八卦聊到政治，再從政治聊到演藝圈跟職棒——完全沒關連的話題毫無邊際的跳躍著。

接著，你的室友話題一轉，談起了鬼故事。

「A一支，聽說我們宿舍有『阿飄』耶！」

「唔、真的假的？過。」

「有學姊說，她半夜起來上廁所，看到留著長髮的女鬼在宿舍的外牆爬上爬下——」

「咦？我聽到的版本怎麼是裸著上身的男鬼？方塊2。」

「比你大一點點……紅心2，裸體的鬼皮膚是綠的還白的？」

「我哪知道？又不是我看到，鬼應該都綠的吧？」

「嘿嘿、搞不好是粉紅色。」

「粉紅？頑皮豹啊？」

「鐵支啦！你們兩個夠了，這個話題到此為止，不要亂講！」

為什麼你們看不見？

牌不斷的打，你們還是看不見漂浮在撲克牌上方，拿著斷腳在你們頭頂打轉的鬼。

話題不斷重複，你們還是看不見一直在聽你們講鬼故事，七孔流血死狀悽慘的女鬼。

看不見，即使身上不斷流出的紅色的液體，還是會在低落到紙牌後消失不見。

突然在床上休息的你，用手指著下舖的室友們大聲怪叫。

「鬼啊！有長髮女鬼在這裡啊啊啊——！」

你激動的指著底下，誇張的反應讓室友們丟下手中的撲克牌在房內到處亂竄，驚慌的喊問：「哪裡！？鬼在哪裡？」

看得見？在床上看靈異小說的你看得見？

不敢相信的瞪大著眼，從床下往上與你直視，看到的是你眼睛微彎的笑意。

等你室友們慢慢冷靜，你才噗叱一聲笑出來。

「哈哈哈哈！騙你們的啦！」

你摀著肚子在床上大笑出聲，你的室友則是默契十足的，一起在抬頭賞你個白眼。

「你吃飽太閒喔？」

「無聊耶你。」

「哈哈哈！你們會不會太好騙啊？怎麼可能有鬼嘛！」

你騙人，你根本就看不見。

你看不見一張蒼白到病態的臉緊貼在你面前，緊咬著流血的下唇，睜大佈滿血絲的雙瞳，怒視著你。

「這樣騙人好玩嗎？」剛剛出鐵支的室友，雙手插腰對你吼道：「你就小心有鬼託夢給你，要你不要開鬼的玩笑！」

你不以為意的笑了笑，拿起還沒看完的靈異小說：「好好好，等到有鬼托夢給我警告我再反省囉！哈哈！」

因為你的這句話，欺騙看不見的室友說看的見的你，等著。

為了讓你反省，今夜夢裡一定與你相見……

嘩啦啦的水聲配合刷子扒刷的聲音，你一個人在走廊盡頭的曬衣場洗衣服。

將衣物浸濕塗上肥皂，用刷子把髒汙的地方刷洗乾淨，再將汙黃的髒泡沫沖掉——雖然一直重複著無趣的機械式動

作，但你卻愉快的哼著流行歌曲。

緩慢朝你逼近，就在快貼近你的時候，你誇張的打了個噴嚏。

「哈啾！……怎麼有股冷風吹來？」

你停下手邊的動作，縮著肩膀抱著手臂，不斷轉頭查看背後。

為什麼你看不見？

明明站定在你身後，一回頭一轉身就能看到、碰觸到的距離，你還是看不見。

像是給自己添些溫暖，你伸手磨擦手臂幾下後，再開始動作浸濕下一件要洗的襯衫。

「我以為要是唱得用心良苦，妳總會對我多點在乎——」

你唱起了陳奕迅的【K歌之王】，動手刷洗著襯衫衣領，手中的刷子跟著歌曲的拍子一起有節奏的擺動。

「我已經相信，有些人我永遠不必等；所以我明白，在燈火闌珊處為什麼會哭……」

突然唱到副歌歌詞的你越唱越小聲，然後停了下來，沉默了一會兒換一首歌又開始動作。

「愛你變習慣，不再稀罕，我們該冷靜談一談——」

這次也是唱起了陳奕迅的歌，【預感】。

不過當你唱完最後一句「我坐立難安，望眼欲穿，我會永遠守在燈火闌珊的地方」時，又停了下來。

僵硬著不動的你，發出小聲的碎碎念，抱怨陳奕迅的歌越唱越恐怖。

又過了一會兒，你甩甩頭，改唱起林稷安跟程于倫合唱的【我一直都在】。

「遙望著、你背影、有孤單、太蒼白；我多麼、想陪著你走過人山人海——」

像是振奮精神，你開頭唱的非常大聲，整間曬衣場都是你的聲音。

「我一直都在你身後等待……」

不過就在進入副歌的時候，你第三次的停下來，拿著勺子的手就這樣停在半空中。

慢慢減弱的嗓音在顫抖，再仔細看，你舀水的手在發抖。

你三次唱歌停下來的地方，是因為歌詞暗示著什麼？還是你能感覺到什麼？

慘白的手臂爬上肩膀纏住你的頸子，感覺到你明顯的打了個冷顫，頸後的寒毛豎起。

無血色的唇貼在你耳邊，完整的唱出你剛沒唱完一句的副歌。

──『我一直都在你身後等待……等你有一天回過頭看我……』──

「啊啊啊啊啊啊啊啊啊──」

下一秒你動作迅速的將水關掉，一邊哭一邊把刷子肥皂跟未洗完的衣服塞回洗衣籃，抱著籃子直衝走廊上的某間寢室。

整個動作一氣呵成，連跑過走廊的刺耳尖叫聲也綿延不斷，讓許多學生紛紛打開房門查看走廊外。

雖然你引起的騷動讓不少人往曬衣場看，但是每個人的臉上都是充滿著疑問跟困惑。

因為你們看不見，全部都看不見……

死很久了。

死在這裡很久了。

怎麼死的？沒人知道。

什麼時候死的？沒人清楚。

沒有人記得，記不得。

已經死很久了。

久到成立學生宿舍，宿舍傳出鬧鬼。

久到一屆屆新生入宿，一屆屆搬出這裡進社會打拚。

很久了……已經等很久、很久了。

——『我死在這裡啊……』

（陳立驤老師講評：此文為女鬼自述，結構嚴謹，首尾呼應，唯篇幅稍短。）

（宇文正老師講評：一篇寫法頗有創意的黑色小說，作者很能蘊釀氣氛，並從鮮活的語言、對白帶出學生的生活面貌。）

〈水曜之夜〉

佳作／高苑科技大學／資訊傳播系／林哲安

眨眼間，世界喧嘩休止。

那是無法被點亮的黑暗，在這與破曉絕緣的水曜日夜晚——

× × × ×

筆名「川谷・澈」。

一位勇闖東京文壇的新銳小說家，寓言故事是令我觸及每個心靈的絕佳題材；移居東京工作兩年半，已是個二十四歲的成熟男孩，過著每日兼職的獨居生活，何等愜意。

今晚，仍持續著創作；鍵盤被逐字敲打出絞盡腦汁的故事劇情，雙手隨著打結的思緒變得僵硬不已，我知道，靈感又悄悄遠離。

托腮望著句末一閃一滅的游標，腦袋和未完的篇末一樣空白；一旁時鐘跳走聲告誡我逐秒流逝的光陰，今晚，依然無所進展。倦意驅使我關機，右掌擺晃滑鼠，卻始終尋不到螢幕上那隨之共舞的小老鼠。

『……當機？』

心裏被意外與困惑所問著：二十三時五十九分五十九秒，銀色秒針停了下來，但這莫名的時刻並未引起我的關注，因為自己早已被無法斷開的電源給嚇了住，一切開關全都失靈，連插頭與插座間的親密關係都已昇華到無需肢體接觸的地步。

『叩！』

桌下起身的我猛然一撞，「唉呦！」直覺後腦腫了數分，但此刻已無心留念陣陣疼痛，因耳邊早已聽不見除了這陣巨響以外的任何聲音，那靜謐得比睡夢般更加徹底——

眼前急停的扇葉、被風半掀而靜止的布簾、甚至是那懸在半空的窗外落葉，楞得我連眼皮也直忘了眨。「騙人的吧……？」摘下粗黑鏡框賣命擦拭，確認自己的離譜錯覺不是百度近視下的產物。

『我是否無意觸動了禁忌的開關？抑或這本身就是場荒謬的夢境？』

即使這麼想著，但眼觀的視覺、指掌撫過鬍渣的粗糙觸覺、地心重力的知覺、甚至是緊擰皮膚的真實痛覺卻一再地駁回我的論點。

抓起手機查遍名冊，欲將這場鬧劇分享給我所知道的每一個人，但聽筒那頭竟也全都無聲無息……

當下，一股恐懼湧上心頭，驚恐得隨意抓了件風衣便逃離房門，頂著寒冷氣溫，以百米腳程跌跌撞撞地奔去，在大街上像暴發戶般盲目地鬼叫——

× × ×

但繁華街道沒了聲色綴點，顯得格外乏味；深夜寂靜，街上僅存的行人皆是一具具的完美蠟像，用盡一切呼喊，始

終無法證實自己的存在，我就像個被時間遺忘、讓世界封閉在外的落難者。街旁提腳搔癢至半的小狗、屋簷躍下而浮在半空的飛天花貓，全都成了哭笑不得的離奇光景。

假如是別人，大概早在這千載難逢的機會下幹盡混帳所能作的一切壞事，而我卻滿腦尋求如何能讓時間再次甦醒。曾聽人說：「有些夢境，不到醒來的那一刻是不會察覺的。」倘若真的是夢，那我一定困在了這該死的夢魔之中，希望誰能來將我狠狠打醒。

很快，一切都變得無趣，疲累的我失神坐上路旁長椅，含淚品嚐這份路燈下無人爭奪的寧靜，逐漸朦朧了睡意——

「請問……」

「咦，也沒有回應……」

「誰、誰能告訴我為什麼呢？」

神智模糊中，我被不遠處一道年輕女性的聲音給喚了醒，那是一名在前方街道上呼喚著各個行人的女孩，正重複著自己不久前所幹過的蠢事。

女孩望去年約十九，身材嬌小，樣貌甜美可人，灰色毛帽套上烏黑長髮，身著長擺厚衣、紅格短裙與黑色長襪，一副教養良好的乖巧模樣。

但她卻未發覺由身側接近的我，直到我主動呼喊後，女孩才赫然驚覺；口中吐著冬天蒼白的霧氣，一雙清澈的黑瞳大眼由訝異轉為喜悅地直望著我。

「請問，妳為何……」我疑惑地緩緩問著。

「說、說話了！終於有人說話了！」

我的話才說到一半便被打斷，女孩雀躍地直跳著，猶如見到動物言語般地稀奇。

言談中得知彼此兩人竟身陷相同困境，整座靜止的城市僅僅留下兩道存在，其餘生命不過是裝飾街道的陳設品；感謝時間之神在殘酷中仍保有一絲仁慈，賜我一個相談甚歡的美女。

漫談中，兩人經過一家尚未打烊的書館，門口正擺著傍晚才上架的新書——寓言小說《時間的盜賊》，作者「川谷・澈」。

沒錯，那正是我細心琢磨的處女作，內容描述著一名竊取時間的盜賊，專門偷走人們所荒廢的光陰，待到人們後悔歲月離去時，再以高價販賣人們寶貴光陰。然而，這本書卻也引起了身旁女孩的強烈關注……

「妳也喜歡這本書嗎？」我稍稍接近，試探性地問。

「嗯！早在今日就寢前就讀完了呢！」女孩滿腹心得的樣子說。

「是嗎？我的作品能有人欣賞真是太好了……」雖然內心無比喜悅，面容卻只逞強地露出優雅笑意。

「……咦，你的作品？難、難道你是……川谷先生？」女孩訝異地一會兒望著書、一會兒望著我說。

原來，今晚那名滿懷憧憬眼光的女孩正是我的讀者，兩人皆對彼此關係感到分外驚奇，這也令我恍然大悟，原來，我們所面臨的情景正是故事中的投影。

故事結局，一群絕頂聰明的騙徒欺騙了盜賊，以少數金錢換取了盜賊蒐集的所有光陰；騙徒們竊喜自己將會因此長生不老，便將蒐藏時間的包袱給一把打開，未料，卻讓自己受困在一日百年的時間煎熬中，無比難捱。

我想眼前的這些人們，都曾是時間的騙徒，總嚷著「下次再做吧，反正還有明天！」、「如果能有多一點時間的話就好了！」卻一再荒廢著現有的光陰，日復一日、年復一年——人們惰性如此，這也正是我的作品所要傳達給讀者們的警惕。

那麼現實中，該如何將這些人和這個世界從時間的枷鎖中解救出來呢？……很遺憾，我並不清楚，也沒想過我和我今晚的第一個讀者可能成為解救世界的無名英雄，也可能是在靜止世界中老死的可憐蟲。

我轉首問向女孩：「對了，妳的名字是什麼呢？」

「我、我嗎？」女孩傻傻地回過神說：「遙……雨宮‧遙。」

「那麼，雨宮小姐，時間已晚，還是讓我送妳回家吧！」我如此說著，沒有任何邪惡企圖，只是擔心一個女孩三更半夜在街頭遊盪而遭遇不測罷了。

「但川谷先生，時間會一直凍結下去不是嗎？」女孩直接了當地說。

「……」聽了這番話，我只能以沉默來應答。

「請問……川谷先生，雖然可能會礙手礙腳，但有我能幫得上忙的地方嗎？」女孩將左掌輕倚胸口認真地問。

我稍作沉思，搜索任何可能的解決之道，既然事件與故事中的劇情如出一轍，那麼身為作者的我就一定會有解答。

我脫口而出：「雨宮小姐，妳有什麼最想作卻一直未完成的心願呢？」如此問著，卻自私希望她說出「想交個男朋友」之類的話。

只見女孩低頭陷入數秒的苦思，而後小聲且靦腆地說：「我……想對今天生日的母親說聲『我愛妳』，對惹得生氣的父親說聲『對不起』……」

乍聽下近乎令我動容，說：「這就對了，可能擱上一輩子的心願不如就在當下實現，只要這麼作，我想時間的齒輪就能繼續轉動了吧！」

女孩聽了窩心地笑了，問說：「那麼川谷先生呢？川谷先生的心願是什麼？」

「這是祕密。」我狡猾地賣了關子，其實是難為情說出「希望結束單身生活」這樣丟臉的話；但女孩眉頭稍稍皺起，似乎有些悶悶不樂，我趕緊掰出了「希望能成為全東京最有名的小說家！」這樣狂妄的心願。

女孩笑了，並微笑著說：「一定可以的喔，我相信川谷先生會為每個人的心靈帶來溫暖的！」說著，從提袋中撕下了筆記本的一角，並寫上某些字樣折了起來，要我回到家前不許偷看。

最後，書店外兩人彼此再三道別，女孩道謝後小跑步地在那繁華街角盡頭處離開了我的視線……

回程路上，我竟愉快地哼起歌來，哪怕我的預言天差地遠，那怕世界會凍結在這時光片段，直至永遠──

×　×　×　×

回到房間的一路上依然是相同光景，我也早已麻痺許久；電腦桌上的螢幕依舊顯示在文章的段末，即使那插頭與插座早已分家許久。

若循常理推斷，現在早該是凌晨三、四點的時間，我想起在那女孩面前說出的心願是距離實現格外遙遠的夢想，然而真正的心願亦然，或許那女孩會一輩子就此怨恨我也說不定，想到這裏，心就酸了半截。

我摘下眼鏡，無力地在床上倒成大字，全身疲倦皆於此時喚醒，我明白我永遠不會睡過頭，因為我永遠見不到那溫暖的太陽。

掏掏風衣的右側口袋，我拿出了女孩所遞的小紙條……

紙條上寫著女孩的名字與一連串數字──竟是那女孩的電話號碼，我拿起手機連忙撥去，得向她道上千百次歉意才行；只不過這必定是場沒有回音的對白，失望的我將手機撤離耳邊，卻意外聽見聽筒那頭『嘟……嘟……』地響起──

「……喂？」

「一定是……川谷先生吧？」

……………………………………

當晚，兩人通話時間或許有兩、三個鐘頭之久；雖然無法獲得回應，但女孩還是對她的雙親說出了埋藏心中許久的話語；而我在向女孩道歉後，說出了最想達成的真正心願……

×　×　×　×

原以為這瞬刻永恆的水曜之夜盼不到盡頭，卻在女孩對我說出回應的話語後，轉動了這個世界——

翌日，木曜日。

天氣・晴。

（陳立驤老師講評：文辭優雅，文章唯美，惜篇幅稍短。）
（宇文正老師講評：對於蒐集時間的想像很有意思，引人深思，可惜沒有在這個主題上充分發揮，還是回到通俗劇的模式裡。）
（謝芬英老師講評：鋪張完整，但結局不夠有說服力。）

〈舊世界之墓，新世界之民〉

佳作／高苑科技大學／應用外語系／陳彥融

—我不知道是否會有第三次世界大戰，但是，可以確定的是，不會有第四次世界大戰。—

Albert Einstein

一

舊世界之墓，新世界之民

「而我們活下來了，不是嗎?這位一千多年前的偉人也不是每件事都說得準的。」一張長椅上坐著一個外表二十歲上下的男人，正在翻閱著一本厚重的書籍，正當他看得入迷之時，他的背後突然出現一名長髮女子，雙手放在椅背上如是說到。

「被妳嚇了一跳，妳又有什麼事情，每天都往我家跑，要是給那種三姑六婆還是老古板的人看到了八成會說你不知檢點。」男子耳上的水晶耳飾閃動了一下，卻頭也不回的繼續看著書本。「話說回來，他在那時候被稱為科學家，可不是占卜師，而且他說的話雖不中，亦不遠矣。」瞇著眼睛聽完她說的話，長髮女子舉起原本靠著椅背的左手轉而拍了拍那頭銀灰色的頭髮，就像是在摸小狗一樣，只差口中沒有說：「好乖，好乖。」

「說這種話的人才是老古板吧，提魯阿伯。」被叫做提魯的男子闔上那本藍色封面的精裝書，然後往女子頭上輕輕一放，並且不帶慍色的說：「不要用現代的通用語念我的名字，音調很奇怪，再說那也不是我的全名。」

「你就是常常在這種小事情上計較所以頭髮才會那麼快就白了，嘿嘿嘿，不說這個了，今天是假日，出去走走吧，每天窩在家裡多沒意思呀。」拿開頭上的書本，無視嘀咕抗議著：「我的頭髮從小就是這顏色的。」的銀毛小狗，她打開了門，讓那東方金黃色的和煦灑落原木色的地板。

「希爾莉薙，說真的，妳有辦法每天都這麼悠哉的過日子也真是不簡單。」提爾從椅子上站起來邊往門口走邊說著，口氣中不帶有一點氣憤或無奈。日光照在那對水晶耳飾上，反射出水藍色的淺色微光。

「『人生促狹，如白駒過隙。』，是吧，這句話可是你教我的，即使擁有莫大的權力或是堆積如山的財富，也不過就能用它個數十年，我倒是覺得，充滿喜悅的人生才真正有意思。嗯哼，不過這也是我生活的方式就是了。」說完轉身往門外走的希爾莉薙，及腰的長髮微微飄散在空中。一身中性裝扮的她，要是不看他那頭柔順、褐黑色的青絲，和輕柔、高亢的嗓音，單聽她說話的風格，還真像是熱血青年。

兩人在街上信步而行，在這滿是木造建築的城鎮巷弄之中，微風和寥寥無幾的行人穿梭其中。街上攤販也是屈指可數，所販賣的舉凡肉品、水果、蔬菜等食物，以及衣物、飾品等等，其中較為特別的是有一攤小販，攤子上擺著裝在玻璃瓶裡的鵝黃色的石頭。那種淡淡的黃色光芒，卻有一種充滿力量的奇妙感覺。

往西行，沒多久就出了城鎮，這個城鎮裡外區隔的相當明顯，在象徵界限的圍牆和大門之外，是無人的原野，在青綠色的地毯上，有幾束芒草與其他不知名的花朵參雜其中。這個城鎮位於山邊不遠處，在這個天氣晴朗的日子，山的稜線清楚的描繪在點綴著綿柔白雲的蔚藍天空中。兩個人影就在青翠的原野上漫步，緩緩的登上一座山丘。

希爾莉薤坐在一塊石頭上，望著天空，許久，她彷彿是在自言自語似的說到：「吶，提魯，在這片天空之下，我們人類做了很多的事情，其中有好事；也有壞事。可是這片天空卻還是這麼清澈。」一晌，她身旁的草叢中傳來一陣慵懶的聲音：「因為人類的自以為是。在同樣的天空下，誕生於海洋而生活在大地上的生物何其多，僅有人類進化成能夠思考、使用工具的族群，卻也被衍生出的各種情感迷惑，導致誤以為人類是自開天闢地以來獨一無二的存在，進而想支配養育我們的一切。」銀髮青年坐起身體，繼續呢喃：「其實人類很多感情都是雙面刃，例如因為想要探索，才會行遍世界各角落，才會發現地球特有的面貌；卻也使更多的人開發土地。因為想要滿足食慾，進而嚐試每種動植物；卻也因為過度的慾望而導致某些生物—或者說是食材的消失。」

希爾莉薤將紮住她那一頭長髮的墨綠色緞帶解下，褐黑色的思緒更無所罣礙的飄散在風中。「就像是『舊曆』的毀滅性戰爭嗎？照目前流傳的資料來看，我們能夠活下來根本就是個奇蹟。全世界都沐浴在足以鎔化金屬的高熱之下，以及那些被舊世界的兵器汙染成永遠無法居住的土地。甚至改變了所有物質的結構。」她抓了抓頭，繼續自言自語：「諷刺的是，拜那種毀滅性的力量所賜，我們才得以存活。」再次躺回青翠的草地，銀髮青年臉上多了些許憂愁：「存活下來的也不過少數。若根據以前的人口來衡量，現存的人類還不到百分之一；而能夠居住的土地也寥寥無幾。不過妳說的沒錯，人類被自己的兵器毀滅，卻也被自己的兵器救贖，呵呵呵，『這』算是人類自己的救贖，還是征服一切的反抗因子呢？」他看著遮住陽光的手，緩緩的蓋住自己的臉。

時間依舊流逝，數週後，一封來信攪動了原本平靜的日子。

敬啟者：

首都—Celestial Sphere 將於七月十五日在本城舉行建城四百四十年紀念活動，屆時請務必到場共襄盛舉。

一張四開的信紙上面只寫了短短的一句話。

「怎麼看都很奇怪呀提魯。像這種消息應該是透過鎮長發佈的吧，而且我家也沒有收到這封信。」才剛聽到門關上的聲音，人卻已經到身後的希爾莉薙提出疑問。

「是啊，笨蛋都看得出來很奇怪，可是那些人卻樂此不疲。這種信是要這樣讀的。」他起身就往放在客廳一角的櫃子走去，身後傳來「你的意思是我是笨蛋嗎？」的怒聲。劃亮了一根火柴，將那封信燒的一乾二淨。

在火光將紙張吞噬乾淨之後，一塊黑色的版子掉落在地面。

Tyllmiusse Frozenshell：

百忙之中打擾了，那麼不需要寒喧，直接進入主題。國家直屬機構，也就是鍊金術研究院和議院共同提出的「舊世界之墓探索計畫」已經獲得總統同意實行（總統令第 000017563 號）將於建城紀念日當日之總統演說中正式對外佈達。而你之前也知道此項計畫一些必要措施，因此希望你能夠參與此項計畫。此項計畫關係到人類未來的發展方向，請你務必參加。另外，由於你是這項計畫的重要關係人，為了保護你的安全，我們已經委由國家第六軍團全面照顧你的作息，請寬心。

鍊金術研究院 院長 Gill E Ericson

「換了院長可是制度還是沒變，換湯不換藥，挑明了講就是『我要你配合我們（愚蠢）的計畫，如果說不的話會有一堆人看著你吃飯洗澡直到你答應。』」

「哇，那還好提魯你是男的，不然就傷腦筋了。對了，我還是第一次看到你的本名耶，這怎麼念啊？」

「只要是正常人都會傷腦筋吧，不接受他們的要求就形同被軟禁。我的名字如果用標準語念應該是：提爾繆司 冰殼，所以說你平常提魯提魯的叫很奇怪啊。」

希爾莉薙轉身進入廚房，不久拿了一壺熱茶出來。並且從提袋拿出了一些餅乾，兩個人就坐在餐桌邊開始享用。

「吶，提魯，為什麼那些人非得要找你不可？既然是國家級的機構，怎麼還要向民間招募人才？照理說想擠進去的人是車載斗量吧。」

提爾繆司將半片餅乾丟進口中，細細咀嚼之後舔了舔手指，喝完杯中的茶後，拿起茶壺又到了一杯。溫熱的水蒸氣自杯中升起，在空氣中化開。晌久，他才開始告訴希爾莉薙：「大概是因為兩個原因，第一我曾經是該院的研究員，對於這個計劃我當初也參與規劃，雖然說我是持反對意見，畢竟我也對這個計劃有一定程度的了解。再者，和這個計劃也有關係，這個計劃，需要像我這種有特殊體質的人參與。」

他喝了一口茶潤潤喉，接續剛剛的話題，隨著茶杯和桌面接觸的聲響再度開始：「妳應該知道，舊世界曾經因為爭奪能源而進行了一場涵蓋全世界的戰爭，戰爭並沒有持續太久的時間，因為舊世界有一種利用不可見射線以及物質產生高能量的兵器，稱為核子兵器。除了高熱之外，伴隨的輻射汙染以及輻射線對人類的影響讓世界的土地有超過 70% 以上受到汙染，而且人類本身也受到輻射影響，可是，諷刺的是，某些人類的身體竟因此產生異變，對於輻射線有免疫的作用，也就是即使暴露在高輻射劑量之下也不會受到傷害—稱為 AR。而……這個探索『舊世界之墓』就是要穿過受到輻射汙染的土地，進入舊世界人爭奪的土地，探查進入的方法、是否有可用的資源、是否適合居住等。雖然說該地未受到攻擊，但是在旁邊的土地卻是滿目瘡痍，就像是……墓碑上的墓誌銘以及在它之下的屍體。」

「那麼。」喀的一聲咬了一口餅乾，那香甜的糖味在希爾莉薙的口中散開，「你會回來嗎，提魯？不管探索的結果如何，我希望你可以活著，然後回到這邊，回到這個、這個城鎮。」她越說越小聲，臉也略微低下。

提爾繆司看著坐在他眼前的希爾莉薙，看著這個自從他住在這個城鎮之後，一直給予他許多幫助；給予他許多快樂回憶的女孩子。他微微一笑：「會的，希爾莉薙，在這個計劃告一段落之後，我會安然無恙的回來，回到這裡，這個有妳在的城鎮。」

希爾莉薙抬頭愣了一下，接著笑了起來「嘿嘿，你這樣說好奇怪喔，提魯，一點都不像你呀。」淚水在他眼眶中打轉。

第二天早上，在城鎮正門的車站前，等著搭車的人三三兩兩，而提爾繆司也是其中之一，他背著一包佔據他整個背部的行李。搭上車之後，他望向窗外，希爾莉蕥正向他揮手，兩個人就這麼互相凝望，直到遠離。

二

在這個世界的首都，Celestial Sphere 中，正舉行盛大的慶典，也就是建國四百四十年的紀念會。

「會取名叫天國，也不過是為了排遣對未來無知的無助罷了，這種矯揉造作的城名不知道是誰取的。」與熱鬧的街上格格不入，倚在牆邊的人是提爾繆司；而在他身邊的是一個滿臉鬍渣的中年人，他抓了抓臉，用低沉的聲音反駁提爾繆司：「人類的目標不就是建立天國嗎，從許多舊資料就可以知道，這種思想遠自六千多年前就已然存在，例如舊世界的宗教書籍就有提到人類一開始的旅行，源自於找尋奶與蜜流經的富庶之地。而在一篇文章中也清楚的描繪出，所謂烏托邦的雛形是人類不分族群、身分，使弱勢族群有所照護，使有為青年得以貢獻心力。像這樣描繪出未來的願景，並沒有什麼不是之處。」

「而最後人類還不是走向以金錢為本位的資本主義，所以烏托邦才會衍生為『無法實現的夢想』或是『空談』之意。」提爾繆司的背部離開了冰冷的牆面。轉身往人群的反方向而行。在空氣中留下「別擔心，院長，出發的那天我會到的。」聲音，消失在巷道裡。

「真是的，還是這麼隨性，就像貓一樣。」

這時候，有個男人走近了鍊金術研究院院長，他一臉不悅的對院長說：「那您為什麼要把他加進這次探索隊的名單呢，難道不怕他在調查報告上動手腳嗎？」

這時候總統準備要上台演講了，全場響起一片掌聲及歡呼，而那兩個人卻絲毫不受到影響的繼續交談：「柏德曼，

你就是太會操心了所以才會一根頭髮也沒有。提爾繆司雖然叛逆性強，卻不會做出傷害隊友的事，況且你應該也見識到了，他在鍊金術方面的知識以及才華，以他的能力可以解決路上諸多事情，況且他不具有隊長的權限，除非探險隊最後只有他一個人回來，不然你們的資料我會採第一優先順序考量。再者，要是真的只有他一個人回來，我看那個地方也別去了。」

柏德曼將臉貼近院長，以略帶憤怒的笑臉問他：「院長，也就是說你把我們四個人當作棄子囉？」「這個嗎……要當棄子或者是過河小卒就全看你們了。」鍊金術研究院院長推了推眼鏡，陰沉的笑了。

提爾繆司躺在旅館的床上，手上把玩著一個項鍊，他輕輕的打開玻璃面的蓋子，裡面鑲著一顆鵝黃色的石頭，須臾，那顆石頭散發出耀眼的光芒充滿了整個房間，房內空氣的溫度也略微上升。這顆名為「阿斯卡」的石頭，和市面上裝在玻璃瓶內出售的石頭功能完全一樣，是現在人類的照明用具，以舊世界的名詞來解釋，大概就像是「燈泡」之類的東西。而提爾繆司項鍊裡的這顆石頭發出的光芒要比一般市面上販售的強上數十倍。

他回憶起甫剛抵達首都的那天，因為被一個禿頭研究員嘲笑並質疑自己的能力，而向他展現這顆石頭的畫面：「哼，你們現今研究的「阿斯卡」公式還不是拜我所賜，結果一樣過了這些年，你們淬煉的濃度也才不過進步了一點，要是我手上這顆叫做「阿斯卡」，你們研究出來的不過是黃毛雛雞而已。」關上了項鍊的玻璃蓋，提爾繆司自知這麼做是過份了點，但是面對那些不知感謝的人，他還是控制不住情緒。

這次旅行的目的，提爾繆司也猜到了七八分，否則研究院不會除了派出現今最優秀的人員以及保鑣之外，又把他叫回來參與，因為在這個城鎮，想要揍他一拳、恨他入骨的人可是多如牛毛。話說回來，自己當初也是因為和這個院所、這個城鎮格格不入，才會離開，跑到位於南方的邊境城市。「明明就只剩下現在這塊土地可以居住，為什麼還要去開發一些莫名其妙的武器呢，人類真是缺乏安全感的生物。」他又想到今天早上那個滿臉鬍渣、邋遢的男人說的話，不禁低聲呢喃：「天國啊，人是想成為神，而不是想製造天國吧，舊世界的毀滅是因為探求過多的科技，而在爭奪中毀滅；現在所研究的鍊金術何嘗不是舊世界的遺產呢?研究的本意原是帶給人類更優質的生活，卻為了少部分人的享受，犧牲大部份人的生命。歷史一直在重複，人類早就有以史為鏡的警戒，卻難以身體力行。」

很快的，到了實行探索舊世界之墓計劃的那天，參與這項計劃的人包括：

研究員：提爾繆司 冰殼，柏德曼 邦博，席格 沙爾。

護衛：法馬斯 鷹喙。

出發前，正好是建城紀念日為期一週的慶祝日的最後一天。全城居民歡送他們直到出發的軍用車站為止。背向出發的城鎮，四人在車上開始思考接下來的方向：「雖然車輛可以駛入，但是之前沒有試過在污染土地內車輛會不會受到影響，因此隨時都要有徒步的打算，而且司機並不像我們有這樣的體質，也就是說一到了最邊境的車站，司機就要由我們之中的一個人擔任。」

法馬斯首先舉手：「我不行，因為我是護衛，我必須要警戒週圍的狀況。」

再來是提爾繆司：「我也不行，因為我根本不會駕駛，還是你們要讓我在這路上練習好讓我回家之後能夠考駕照我也不反對。」

柏德曼哼了一聲：「一開始就派不上用場，我看之後也別指望你了。」接著他看了席格一眼，席格就結結巴巴的說：「我—我來開—開車好—好—好了。」

車子繼續在杳無人煙的荒地上行駛，柏德曼接著說：「雖然北方我們完全沒有探索過，因此也無從得知接下來的地形，確定的是，根據舊世界的地圖……。」他指著寫著 World Map 的紙張說：「進入污染土地後往西北方走，會看到一條海峽，從這裡渡海之後，就是目的地。而我們渡海的工具，就是它。」柏德曼掀開了後座的一件大型帆布，覆蓋的是一台掛有引擎的船。

「快艇？這東西打哪來的？而且這個東西不是使用汽油的嗎？」提爾繆司提出了他的疑問。

「不錯啊，這種莫名其妙的東西你倒是知道的不少，這玩意是之前在遺跡找到的，至於燃料方面，之前藉由植物的提煉，已經可以有近似汽油的燃料了，但是產量畢竟有限，所以也不知道能跑多久。」

兩天後，車子駛過邊境車站，自此這開始，他們四個人完全被孤立了。被汙染的土地內別說是食物了，一根草也沒有。他們只能靠著車上的一切，度過這趟未知的旅程。車輛似乎沒有受到輻射太大的影響，依然平穩的行駛。污染大地的白天是一片灰濛濛的，夜晚則是一片靜的可怕的深黑色布幕。他們四個人每天除了確認週圍的情況、記錄地形、並且注意有沒有遺跡之類的物體之外，並沒有太多的交談。

旅程開始第八天，他們遇到了第一個異相，那是一種生物，如果會動的都稱為生物的話。

「哇啊啊，那是什麼。」車子突然轉向，將車內的另外三人嚇了一跳。

「你看到什麼了，席格？哇。」即使是做過各種試驗，看過各種結果的柏德曼，看到眼前的物體也是大吃一驚。

「啊，好大的蟑螂喔。」提爾繆司將頭伸出窗外一看，驚歎道。

擋在車子前面的是一隻只比軍用車輛小一點的蟑螂

「要把他打死嗎，隊長。」法馬斯將步槍上膛，隨時待命。

「不行，法馬斯，你的子彈有限，而這隻蟑螂如果和一般的蟑螂一樣，只是大隻了點的話，那麼你起碼要開個幾十槍才打的死他。加上它應該是沒什麼攻擊性……。」話才說完，那隻和車子差不多大的生物朝著他們衝了過來，衝擊力差點將車子翻了過來，並且用他頭上和電纜差不多粗的觸鬚碰了碰車子後，就離開了。

「我—我以為在這塊土—土地上應該沒—沒有—有生物的。」席格一臉驚恐的說。

「既然人類都能異變成能夠抵抗輻射了，那麼蟑螂這樣子也不奇怪了。只是說以這幾天的觀察來說，數量應該是不多。」

果然，接下來的幾天，他們再也沒遇到任何生物；卻也沒看到任何海峽。

雖然提爾繆司也會就路途上提出一點看法，但是柏德曼每次不是隨便帶過，就是輕蔑的否決，漸漸的，也沒人想多說什麼了。

就在出發的第二十六天，不滿的情緒在他們之間醞釀。

正當晚上停下來休息的時候。

「怎麼這麼久還沒看到海峽。照理說方向沒錯啊。」

「誰－誰知道。」

「柏德曼，你不要現在才哈哈哈的說我弄錯方向了，現在可是進退不得了。」

「你們兩個不要在那邊說風涼話，我是隊長，你們只管聽我的話就是了，不滿的話就說出來啊。」柏德曼忍不住大吼。

「你－你平常在－在研究所就－就這樣自以為－為是，加－上這次路－路上都－是你獨斷獨－裁，連提爾繆－繆司的意見你－你都否－否決，誰知道你－你帶的－路是對的還錯的，現－現在都已經過－過了那－麼久了－連海－岸都還沒看－看到。」席格的火氣也被挑上來了。

「你這結巴仔有什麼意見嗎，要不是老子的推薦，你今天能夠坐在這裡嗎。」柏德曼拍桌大吼。

「好了，你們就……。」法馬斯試圖打圓場，但是直到現在他還沒發現，這三個人之間的裂縫已經在這趟旅途中越裂越大。

「這種研－研究計－劃我寧可－不－不來參加，像這－這種前途－不明的－旅途－跟送－送死沒什－什麼兩樣。」席格大聲的反駁。

「渾蛋，老子就真的送你去死。」柏德曼，拿起法馬斯從遇到巨大蟑螂以來就天天上膛，放在身邊的步槍，往席格頭上就是一槍。子彈貫穿了席格的前額，鮮血濺滿了座椅，席格抖動了兩下就不動了。

「柏德曼，你……。」法馬斯站了起來，但是這個動作卻讓柏德曼誤以為法馬斯要攻擊他。第二聲槍響結束之後，法馬斯腹部被鮮血染紅，躺在地上掙扎。

「怎麼樣，提爾繆司，你也想死嗎？」柏德曼殺紅了眼，槍口指向從頭到尾不發一語的提爾繆司。提爾繆司從口袋中拋出一條項鍊到柏德曼眼前，強烈的光芒讓柏德曼大吼了一聲。提爾繆司趁機閃離槍口。但是當他再次往柏德曼的方向一看，只看到柏德曼倒在地上抽蓄，頸動脈不斷噴出鮮血。而法馬斯倒在他的身旁，手上拿著一把匕首。

「嘿……活該。」法馬斯吐出最後一句話之後就不動了。

一個晚上，調查團就分崩離析，而且還是最糟糕的結果。

兩天後的清晨，一輛車子駛到了一條冰河的岸邊，下車的是提爾繆司。他將那三人的屍體埋在當晚的地面後，就開著滿是血腥味的車子來到這裡。

「三個笨蛋，不過就差一天的車程而已……。」他眼中泛著淚光，拿著工具，開始測量冰層的厚度。

「看這個厚度，應該可以直接開過去，看來一千年前的氣象資料說的冰河期已經開始了。」接下來的五天，是無止盡的冰河，雖然說食物已經剩不到三分之一了，但是飲水到還可以從冰上取得。

「看這個樣子，不知道回不回的去呢？希爾莉雍……。」

在這個如同與世隔絕的冰原上，孤單是唯一的伴隨，而據說人處在單獨的情況下，只要幾天沒有與人交談，精神就會開始出問題。

出發後第三十四天，眼前出現了一片土黃色的地表，以及青翠的植被，而提爾繆司的臉也隨之雀躍，臉上逐漸浮出了笑容。

三

「嘿耶，聽你這麼說，你能回來還真是奇蹟呢，雖然說我聽到消息說在北方邊境發現探險隊的其中一人恍恍惚惚的倒在地上的時候真是快嚇哭了。」希爾莉薙拿起盤子裡的一片水果，放進口中。

這裡是提爾繆司最熟悉的地方—南方城鎮的家中。

在出發第八十天整的時候，他回到了北方邊境的檢查哨，而且是用徒步的。沒有人知道發生了什麼事，只知道裝備精良出去的研究團隊，最後只剩一人回來。因此產生了多方揣測，有人說是愈到怪物的攻擊；也有人說是車輛經不起輻射的傷害爆炸；更有人說是他們迷路了。

只是這麼多人急欲知道真相，提爾繆司在恢復體力後，只花了兩天就交出長達數十頁的報告書，據他的說法是在旅途中早就完成大半了，他只是加以整理。

「吶，提魯，你交給他們的資料都是真的嗎？以我對你的了解，你不會這麼乖乖聽話吧！」希爾莉薙向那個坐在他對面，拿著厚書本的銀髮青年問到。

提爾繆司頭也不抬的說：「是真的，關於資料的部分都是真的。畢竟那是我的夥伴，用他們的生命寫出來的。若是造假或隱瞞，難以撫慰他們的靈魂。」

「嘿嘿，我聽出來囉，只有資料的部分是真的，那麼最重要的終章呢？」希爾莉薙狡黠的微笑。

殘存在這片大地的人類，不斷尋找能夠居住的新大陸，以及新資源。在與舊世界訣別之後，依然遵循著舊世界的冒險性。再多的資源、再新奇的事物都遏止不了人類的求知慾以及貪慾。或許千百年後，當這世界的鍊金術發展到足以將人類送上其他的星體之後，將會分隔著銀河，爭奪各個行星的所有權吧！但是，這已經不是提爾繆司以及目前的人類可觸及的未來了。

提爾繆司輕輕的放下書本，臉上微微一笑，那神祕的笑容和耳上的水晶耳飾伴隨著陽光閃耀出柔和卻耀眼的光芒。

一旁的報紙的頭版頭條則寫著：

舊世界之墓探索隊歸來並發表了研究報告

結論：那裏已不適合人類居住。

（宇文正老師講評：未來小說，文字以及敘述的節奏都很好，能夠吸引人讀下去，可惜結尾交代得太簡單，言有未盡。）

（謝芬英老師講評：文筆不錯，作者頗有野心，但主題不夠明確。）

〈夜晚校園驚魂記〉

佳作／高苑科技大學／資訊傳播系／謝其佑

大學四年級，一切都是如此虛幻。憶起孩童時，有個夢：坐在教室裡，外頭的天氣陰陰的，像是要下雨卻又悶雷陣陣。

我坐著面對講台最右邊後方的位子，也許是個性使然，即使是夢也是在混不入人群的角落，那零零落落的分鏡讓人印象深刻，也許是漫畫家的勾勒，又或許是電影中的某個片段，像是長時間鏡頭的攝影機停留在我的左前方。

一派悠閒，彷佛是在享受下午茶或喝咖啡。我拿著一支筆，看著走廊外面的陰沉世界，課堂上的老師在說什麼，我聽不見。

沉浸在自己的世界，不需要耳機，只需要專心。

好像有許多似曾相識的人影在我眼前流動著。也許是這個走廊沒有電燈，使原本陰深的天氣，從走廊的高大柱子照射進來的光線不足，四周陷入一片黑暗。我彎過轉角，和那些似曾相識的人影打過招呼。

兒時對於大學生活是如此的夢幻，從來沒想過，長大後要接受的東西這麼多，包括被人稱為「年紀與壓力是成正比」的必要承受，因為我也是凡人，沒有例外。

而且也沒想過，大學生活有一段這麼刺激的過程。

「唉，又要發表了，真煩。」阿正兩手抱著頭，頗有「頭殼摸在燒」的架勢。

現在是系上召集全系的同學在開會，除了在說明畢業展出的事情外，還有下一次專題發表的時間。

「不然就擺爛啊！」我說。

「這真是一個好主意。」這話似乎是直接使用英翻中的語氣，講起來口音特別奇怪。說話的是應格利，他姓應，因為總是喜歡用奇怪的英文語氣說話，故得此綽號。

「那邊的同學，安靜一點好不好！」遠在台上的畢籌會會長大喊。我們幾個吐了吐舌頭，除了阿正低聲的暗嗆一聲。

所謂的專題，就是將這四年所學的東西整合起來，然後發表新的東西。聽說有的學校在四年內就發表了兩、三次專題，光用想的就頭皮發麻，很難想像如何承受那種壓力。但換個角度想，其實那是好的，因為如果想要進步，唯有強迫自己不斷練習，自己無法強迫自己，就由學業來強迫自己。

看了前幾屆學長姐的作品，有些似乎不是學了四年的成果，而是一年所趕成的。以前有一組的學長姐，他們做 3D 的遊戲，聽說負責寫程式的學長只用了兩、三個月的時間自修，其他都是邊學邊做，不過因為那屆有三組做 3D 遊戲，後來系上終於也開了這門寫程式的課。

我們也是做 3D 動畫的小組，組員有我、阿正、應格利、歪妹。歪妹是阿正的女友，他說他都已經叫做「正」了，所以不允許女朋友叫「正妹」，故賜他「歪」。但我覺得他的加入只是當花瓶用，沒有實質用處，我們實質有在做 3D 的還是只有三個人而已。

討論、提問、表決。我腦海中像是沖上沙灘的海浪，來來去去、週而復始。我們所在會議室的開了四台冷氣，將會對地球造成哪種程度的破壞呢？外面的冷氣水不知道又滴到樓下的多少人了。

我幾乎沒有印象這場會議是怎麼結束的，當我還在胡思亂想的同時，應格利正在玩手機，阿正和歪妹親熱到一半就倒頭昏睡，因此，會議就在大家都毫無知覺的同時結束了。

正巧是四點多，每天我們組員都要到攝影棚附近的 409 教室做 3D，因為專題需要，409 開放給做 3D 的小組，從以前就是如此，據說以前有學長曾經睡在教室裡過夜，隔天早上的課又正好是在 409 上，下午的教室又沒有別班的人要上課，所以那位學長幾乎待在 409 整整兩天，都在做 3D，尤此可見他的執著已經到了沉迷的地步。簡直就是怨念纏身。那位學長現在是我們資傳系 3D 屆的一項傳奇了。

409 教室之所以是 3D 專用教室，是因為這間教室的設備全是針對 3D 作業所設計，例如擷取 3D 動作的 Motion Capture 就是在此進行，因此進入教室必須脫鞋子。

「你們有要留 409 嗎？」歪妹拉著側背的包包，問道。

「Why Not？」應格利說。

「是、喔？」歪妹好像覺得自己良心過不去的面露難色，「我還要打工，先回去了，你們加油吧！」

我們倒沒多說幾句，最多就是一句再見。

從第一次專題發表以來，我們三人幾乎天天都留在 409 到半夜，深深覺得怎麼做都做不完，人物不想要有類似重複的情形，每個角色幾乎都得重做一次，還有廣大的場景要做。想起來就頭皮發麻。這都只是前製作業，後面還要將 3D 的角色做成動畫，再剪接。無論如何，時間都不夠用，能做多少就算多少。

四年級還沒開始，我們就每天都到 409，一路努力到了現在，剛才會議的集合只是每日生活必經的小插曲。不知道點了幾次的滑鼠、按了幾次鍵盤、聽了多少的歌，晚上固定前往第三宿舍的餐廳吃飯。

「好懶，好遠。」阿正全身攤在椅子上，雙腳蹺在另一條椅子，「你們幫我包便當回來好了。」

「去吃屎吧……」我站起來，擺動一下幾乎快要生鏽的手腳，伸展之後暢快多了。

「吃我的屁屁吧！」應格利大喊一聲，我全身顫抖一下，卻見阿正差點從椅子上摔下來。看來應格利積壓了不少的壓力，這一釋放非同小可。

阿正知道，他如果不跟來，就得喝西北風，因此還是乖乖的走出來了。我們將門鎖好以防遭小偷，一路從資訊大樓穿過土木大樓，經過高苑湖，走了一大段路才可以聞到食物的香味。

「學校為啥不在資訊大樓旁蓋一間餐廳算了。」阿正邊走邊抱怨。

「你怎麼不去看二宿的情況，好像只剩一間在營業似的，如果晚上裡面就像鬼屋。」我說。

「哈哈，難怪每次校慶都要在二宿做個鬼屋來嚇人。」

「有道理。」應格利說。

「餐廳有啥用，最實用的東西就是蓋一個超長電梯，可以從停車場通到資訊大樓的，這樣我們就不用每天上課都要走這麼長的一段路，每次想到這段路我就懶得出門。」我的抱怨比阿正的還有建設性。

「在生化大樓的真爽。」應格利笑著，「不過建築系館的正妹比較多，在停車場旁就沒辦法天天看。」

在三宿吃飯時，電視上又在重播早上的「台灣洋基隊」比賽，某電視台一天至少播個三、四次，服務我們這些沒時間看電視的人們，也順便將那些很少在看 MLB 的人洗腦成「台灣洋基隊」的球迷。另一邊則在播中職的現場直播。

因為是一邊吃飯一邊沉迷在電視裡的情節，所以吃的特別慢，等到吃完離開時都已經快要七點半了。接著我們回到 409 繼續做 3D。

又熬了一個半小時，我實在受不了這種不斷重複的煩悶作業，將一個材質畫完後，我將繪圖版等工具收到書包裡，打算要回家。

「這麼早啊？」應格利問。

「煩。」我說。

出到外面，還是會想念冷氣房的溫度，氣溫有點高，悶熱了些。我估計應格利和阿正至少會做到十點才回家，如果做的太晚，樓梯的鐵門都拉起來，到時就出不去了。我想他們應該沒有學長那種超強的怨念。

這時還不到關電燈的時間，差不多十點以後，出了409將是一片黑暗。有個老師說「晚上學校都沒有人，我們學校蠻特殊的。」我想他的意思是指有些人竟然都不用為了專題而忙碌，不然夜校的學生總是要上課的。

以前有好幾次孤單留在學校的經驗，一次是剛好阿正和應格利都有事沒來，其他大部份都是別人提早回家。有次不小心太投入，3D做到忘記時間，當我回神時已經十點半。那時一個人走出409，正巧月黑風高，寒風襲來，冷到骨底，雖然只是一瞬間，卻也令人印象深刻。

終於走到停車場，剛才好幾隻狗衝著我吠，還好我的書包裡隨時帶著機車大鎖，在空中揮了幾下，將他們嚇回樹叢中，只敢在陰暗不見五指的樹叢裡亂叫，卻又不敢出來單挑。我甚至無聊的用手指朝著黑暗中勾了勾的挑釁，如果是對著人比，可能早被揍的連老媽都認不出來了。

騎著機車，隨著車速迎面而來的風是短暫的舒適，等到車子停下又必須忍耐高溫的折騰。路竹火車站旁停了許多車，碰巧遇到車班抵達，窄小的車站登時容不下人潮離開帶來的車流量。因此我繞別條路回到自己住的地方。

在電腦前坐了一整天，覺得全身快散開了，洗完澡後，在網路瀏覽了一下今天的新聞，就關燈睡覺。

以前看過一則新聞，有個人說因為熱的受不了，想起有句話叫「歸懶趴火」，所以就將電扇朝著自己的下面猛吹，據說妙用無窮，還告知親朋好友，就連朋友們都說很有效，因此一傳十、十傳百，傳到媒體耳中，不過有醫生說別讓小弟弟著涼了。

最近天氣實在太熱，我忍不住也試了試，想不到真的有用，將懶趴的火都吹的煙消雲散，原本熱到睡不著的我，竟也一覺到天亮。

隔天早上，有一門選修課要上，我才剛在教室外面吃早餐，就看到阿正匆匆忙忙的跑過來。

「火雞！火雞！」阿正跑的上氣接不住下氣，還可以將我的外號喊的這麼大聲，簡直就像殺雞般的叫聲。

「啥事，這個蛋餅真好吃。」我說。

「蛋……蛋蛋……」他雙手按著膝蓋，「蛋……」

我有點嚇到，連忙將自己的蛋蛋保護好，「幹啥，別對我亂來，該不會你昨天和歪妹太激情把蛋蛋搞破了吧！」

「蛋你個頭啦！昨天應格利的鞋子消失了！」他終於恢復正常的音量。

「消失？」我皺眉。

「昨天你走的時候有在嗎？」他問。

我仔細回想昨晚的情景：我走出教室，將腳套進鞋子裡，似乎沒注意到地上的鞋子有幾雙，以圖面化的記憶表示，就是我的焦點都集中在自己的腳上，因為光圈開到最大，所以背景是完全模糊的。

「沒印象。」我聳聳肩。

「有沒有搞錯？我們只有三個人，如果少一雙鞋子你一定會注意到的！」阿正頗為激動。

「沒印象就是沒印象，我可能在想事情，就沒注意了，那到底是怎樣？你們什麼時候走的？」

「大概十一點多吧，我看應格利剛開門出去，我就關燈了，卻聽到應格利在亂喊，我馬上把燈打開，才知道少了一雙鞋。該不會是你回去的時候拿走的吧？」他竟懷疑我。

「屁，我有那麼無聊嗎？」想到昨晚對著黑暗中的野狗挑釁，覺得自己真的蠻無聊的。

「奇怪！奇怪！」他瞪著我，「嘖！要是你記得的話，我們就可以知道是不是你離開後才發生的！」

「你不爽不會去調監視器嗎？我哪知道會發生這種事？最好你平時都會注意到鞋子還在不在啦。」我不懂為何阿正這麼激動。

阿正坐到我旁邊，深呼吸，吐了一口氣，「算了，反正又不是我的不見。」

「你也變太快了吧，剛才還那麼激動。」我笑著說。

「我只是想到一則網誌。」阿正說。

「啥？網誌？」說起網誌，我也快要兩個月沒有上去寫東西了，感覺腦筋都快變鈍了。

「有一個以素還真的兒子素續緣的名字當做筆名，連大頭照都放素續緣，可能是素續緣的瘋狂粉絲……喂，你該不會不知道素還真是誰吧！」

「我怎麼可能不知道啊，在台灣誰不知道霹靂布袋戲的第一男主角？不過他的兒子就沒聽過。」我說。

「對啦，那個自稱續緣的傢伙，好像也是唸高苑的，因為他有一篇『鞋子失蹤記』的小說，還分上下篇。」

「嗯……該不會和這件事有關吧？」

「老實講，他寫的內容實在超唬爛的，因為他寫的小說大部份都很唬爛，所以我都覺的他寫的親身經歷，看看就好。但這個鞋子失蹤事件，從他寫的對照我們發生的，好像有點類似啊！」原來這就是阿正激動的原因。

「你怎麼知道是高苑的？」

「因為也是409，夠明顯了吧。」

這時，老師從他們的辦公室走出來，經過我們，還不忘說：「快點吃一吃進來上課了。」

阿正就先進了教室，我將早餐吃完後，拿到垃圾桶去丟順便撒了一泡尿才走進教室。

在電腦教室上課的好處就是可以上網，剛好這節課的老師不會將畫面切掉，所以我就偷偷上網去看阿正說的那篇網誌，找了老半天才找到，原來是目前台灣最多年輕人用的 Blog。

兩節課，都被我用來看小說，一開始看了幾篇最新發的，覺得這個作者真是太誇張了，明明就是寫「自傳」，卻寫的天花亂墜，靈異部份寫的跟真的一樣，實在看不下去。慢慢的才找到阿正說的「鞋子失蹤記」，上集寫的很正常，就像是有人偷鞋子的惡作劇事件，但下集超唬爛，明明提名「鞋子失蹤」，結果失蹤的鞋子根本是配角，都在寫作者自己經歷的鬼怪事件。

下午的409，應格利沒來，阿正說他可能傷心過度。

「他光著腳走到停車場，途中還踩到乾掉的狗屎。」阿正打開軟體。

「真是衰上加衰。」我笑道。

「他一路上哭喪著臉告訴我：『八年的感情，就這樣拜拜了。』」

「怎麼聽起來像某部電影的台詞。」我說。最好是八年，哪有鞋子穿那麼久的?

我們又東扯西扯談天說地，手可沒閒著，滑鼠的遊標還是得動，右手食指還是得按，眼球依然跟隨頭腦的思考而離不開螢幕。

大約五點半，阿正說要去圖書館找一些資料，看是否有一些比較好看的圖片可以參考，我叫他順便買吃的東西回來，電腦裡有些影片可以看，到時可以邊看邊吃，簡直就是人生至極的享受。

接著，我又一頭栽進 3D 的世界中。

外頭傳來嘻嘻哈哈的打鬧聲，該是夜校的學生上下課的時候了。

一年級的時候，誰會想到四年級的我竟然在做 3D? 以前我曾覺得拍片是很好玩的工作，但拍片實在太累人了，身

體實際活動的時間比坐著思考的時間還要多很多，我可不喜歡這種工作。

「喀嚓」一聲，阿正回來了，拿著一個袋子，裡面有兩個便當。我坐在位子上並沒有去招呼他，但他卻愣愣的站在門口。

一會兒，我才覺得奇怪，轉頭看阿正的臉色不對勁，「幹麻不進來？」

阿正又在門外搖頭晃腦的看了附近，又過了幾秒鐘，他走回來，「你的鞋子勒？」

「啥小？」我起身，走到門口。

馬勒，我的鞋子不翼而飛，探頭出去看，整條走廊平時髒的要死，現在卻乾淨的連個紙屑都看不到，更不用說鞋子了。附近又沒有需要脫鞋子的教室，當然也就沒有鞋子在地面。離這裡比較近的另一間需要脫鞋子的教室在攝影棚旁，是專門錄音用的音效教室。

「你先拿進去，我去附近找一下。」阿正將便當拿給我，往攝影棚的方向走去。

雪特！雪特！雪特！雪特！心裡不知道訐譙了幾次。我將便當放在桌上，實在是沒什麼心情吃飯了，眼睛所見、耳朵所聽的，也彷彿沒有看到、沒有聽到。腦筋一片空白，似乎這世界所發生的一切事情，都不再重要。

過了約三分鐘，阿正回來了，脫了鞋子之後，將鞋子拿進來放在靠近門旁地上。他將門關好後，走過來，說：「完全找不到。」

「啊？」

「垃圾桶、回收桶、廁所，這樓的附近能找的地方都找過了，甚至教室上面的凹槽也找了，只有一堆木屑和灰塵。」

他搖搖頭，還嘆了口氣。

「是喔。」我茫然。

「樓下福利社有在賣類似室內拖的鞋子，我去幫你買吧。」

「你怎麼知道？」

「我本來也不知道，那篇小說有寫。」

「喔。」

說完，阿正轉身又出去了。

今天早上，我將應格利的鞋子失蹤事件當成笑話在看；上課時，看了那篇網路小說，認為這不過是幼稚學生的惡作劇；現在，我想要找人算帳，如果被我逮到是誰做這麼幼稚的事情，一定要毒打他一頓。

對，我應該去找這附近正在上課的夜校生才對。

當我從坐位上起來時，阿正回來了，拿了一雙用目測就知道不合我腳比例的鞋子。

「這麼小？」我說。

「沒別的，只有這種，將就吧。」

「我想去找是誰幹的，肯定是某個夜校生。」

「先吃飯吧，我的肚子都在叫了。」他說。

這麼一講，我才察覺自己已經餓了，於是回到位子上，拿出便當，順便將便當錢扔給阿正。他拉了另一個椅子，擠到我的電腦前，我打開一部日劇來看。

主題很新鮮，劇情很老套。日劇都喜歡演一些看起很熱血，實際上很不切實際的劇情，主要是他們針對年輕人，總是套一堆教育性質的東西在裡面，好像把大家都當成小孩子一樣。

為了快點查證發生在我身上的事情，我扒飯的速度很快，那種下意識的動作，連阿正都看的目瞪口呆，後來他才開口：「你吃這麼快幹麻？」

「時間一分一秒在流逝，我必須去尋找兇手。」我說。

「你還要等我吃完。」

「嗯……那你吃快一點。」

「盡量啦。」

結果當我們都吃完飯後，卻沒有離開坐位，甚至剩下的紙餐盒也沒收，直到我們將電腦正在播放的影片看完後，才開始收拾。

「你不是說吃快一點……」阿正嘴角微揚，正在奸笑。

「唉，我沒想到自己會看的這麼入迷，你也不叫我。」

「叫個屁，我也想繼續看啊。」

當我們把垃圾都收好後，我順便將包包收好，準備回家，還裝腔作勢的看了看手裱。

「你要回去了喔？」阿正問。

「沒心情再做了，回去之後順便去找個像樣的鞋子。」我背著包包，拿著剛剛打包好的垃圾，穿著那剛買不合腳的拖鞋，「我先拿去丟。」

「嗯，我東西收一收，也要走了。」他說。看來我的鞋子失蹤，對他的心情也有影響啊！

穿著這雙小了好幾號的鞋子，大約走了幾十步，皮膚被摩擦的有股炙熱感，隨之而來的疼痛就像被不銳利的刀子刮到一樣，雖然只是表面擦傷，得到的痛覺卻是比被子彈打到還要痛。

我努力不去想雙腳的陣陣磨擦，但不斷傳來的痛覺卻使我無法不正視它的存在。我停在走廊旁將腳抬起來，伸手撫摸著炙熱感的根源，有一層淺淺的皮膚已被鞋子粗糙的硬製鞋頭帶刮起來。我暗罵了好幾聲。

如果這時有布料類的東西可以墊著當然是最好，但我附近看了看，根本不可能會有那種東西。如今手上只有一個塑膠袋和兩個裝有菜湯和殘留一些肉絲的骨頭的便當盒，我靈機一動，便忍耐疼痛走到電梯旁，將兩個便當盒扔到垃圾桶，把塑膠袋硬拉硬扯的扯成兩塊，分別放入左右腳。

走到廁所小便斗的這段路程當成是試走，雖然會摩擦出聲音，但沒有直接接觸到皮膚，感覺好多了。

不過剛才走到廁所時，幾乎沒聽到附近有什麼講話聲音，實在有些奇怪，照理講，夜校的老師還是會用麥克風講話，偶爾還會將教學內容傳到對面的走廊。

洗完手，我才剛走出廁所，一陣涼風吹來，像是以前曾經經歷過的那一瞬間寒風透骨。

忽然，廁所裡傳來「滋滋」的聲音，像是漏電時所發出的聲響，更像是恐怖片中常製造氣氛所使用的音效。從地板的餘光就可看到，廁所裡的電燈一閃一閃、或明或暗。

這段留在學校到晚上的經驗裡，沒有一次發生類似的事情。因此我幾乎可以斷定，自己遇到那從沒遇過，只會在影片中出現的東西。

我不敢回頭。

想到網路上的那篇小說，他說這個世界沒什麼大不了的，去體驗那些沒體驗過的事情以後才不會後悔。我現在真想跟他大聲罵一聲：「聽你在放屁！」

我大步邁前狂奔。阿正他還在409呢！只要有個伴我就不怕了！

不過，當我轉過攝影棚的轉角，我愣住了。原本前方應該可以一直通到土木大樓的樓梯，現在，在我眼前遠處與土木大樓的銜接處，是一面大牆壁。我記得兩棟大樓只有二、三樓沒有通，四、五樓是有通的，否則我每天也都不用走這條路到409了。

剛才轉過的地方，應該是攝影棚沒錯吧？雖然極度不願意，但我還是得轉身一看。

看起來就像是關著鐵捲門的攝影棚和音效教室。

只是燈光昏暗，看不清楚。

等等，燈光？

四樓的燈應該已經壞了啊？否則我們也不用每天晚上都摸黑回家了。我慢慢抬頭，依稀聽到那「滋滋」聲在耳邊環繞，高掛在天花板的長條日光燈，此時卻發出陰沉的綠色燈光。

如果不是我眼睛有問題，就是在作夢。在那綠色的燈光旁，我好像看到陣陣的霧氣飄過。也許是燈光的問題，照到的可能是灰塵。

但……這一切都太過虛幻，那阿正到哪裡去了？我現在又在哪裡？如果我已不在原來的地方，阿正又在哪裡？

逼不得已，我雙手抓住鐵欄杆，朝著圍繞的教室大喊：「阿正！」剎那，回音在我耳邊響起，阿正阿正阿正……

為什麼會有這麼廣大的回音？我雙手合十，心裡請出觀世音菩薩、阿門、聖母、阿拉……甚至是鬥戰聖佛，假如是孫悟空的話應該沒有打不贏的妖怪吧！

不過，不管我唸了幾尊佛都沒有用，不遠處的牆依然健在、綠燈不熄、聲音不減。

我忽然覺得自己坐在欄杆旁邊是一件非常愚蠢的事情，假如有一支長滿濃毛的怪手抓住我，將我拉下去不就一切完？我連忙起身，背對著牆，靠到原本應該是辦公室窗戶的牆壁，看欄杆似乎沒有任何異樣，心下稍寬。

剛才往樓下看的景象與之前的印象完全不同，之前就算是晚上七點，從四樓往下看還是依稀看得到花草樹木，但剛剛看到的景色是一片黑霧，就像是在遊戲的程式語言中加入了 Set Fog 的指令。

這種時候，說不害怕是騙人的。偏偏一個東西放到我的肩上，就好像是從背後的窗戶裡伸出來的一樣。

我嚇的向旁邊退了好幾步，轉身看了窗戶這一面，卻沒有任何可能打到我肩膀的東西。

「拜託……拜託……我不好玩，不要來玩我……」我一直默唸著，眼睛卻不敢閉起來。

可惜我的默唸在惡作劇者的耳中是個屁，因為這一切都沒有好轉，反而變本加厲。

原本發出「滋滋」聲的電燈，忽然從遠處傳來「咔」的聲響，雖然看不到發生什麼事，但我直覺不妙。那聲音由遠而近，「咔」的一聲，我頭上的綠色燈管瞬間熄滅。

從擋著的那面牆開始，一直延續關燈到我頭上的，卻停著不再繼續。那排還亮著的燈從我這裡連到電梯與廁所。

我腦筋一片混亂，邏輯在這裡不管用！

轉頭，通往上下樓的電梯也是一片黑霧，就像是在禁止我過去，卻創造光明想要讓我通往廁所，但我偏不！我不玩了！

我咬著牙，心一橫，往下樓的樓梯衝過去，衝像那片不可預知的黑色霧氣裡。可想而知，接下來的下一樓，一定是一樣的地方，而且怎麼走都走不完。

並沒有。

當我穿過那片黑霧時，心裡雖然著慌，但當我跑到樓下盯視著四周不斷喘氣時，卻可以明顯感受到那氣氛的差異。在我右邊的是攝影棚，依然捲下鐵門，正前方的廁所燈火通明，看得出來是將兩個開關都打開了，就像我剛才去廁所時一樣的情景，那些無可理解的奇怪現象已經消失不見，頭上的燈依然發出淡淡的光源，像是開了開關卻無法點亮。

「哇！」不知道從哪裡傳來一聲尖叫。

我開始左顧右盼，那聲音有點像是阿正的。剛被遇到怪事情被拖了一下時間，現在他應該還在 409 附近吧，我趕著跑到 409，卻已經深鎖大門，四周又是一片黑暗。

尖叫聲是從哪裡傳來的？

「火雞！火雞！」

這下子我可完全確定了，是阿正的叫聲，而且很有距離感，像是在附近的什麼地方，卻又像是在更遠處傳來。該不會我才剛脫離的怪事也被他遇到了吧。

只要有個伴我就什麼都不怕了！阿正一定也這麼想。

我不會放下朋友不管的，不，我不會的！

「火雞！」阿正似乎嚇怕了，急著要找我。

從哪裡來的，就從哪裡去！我連忙跑到剛才跑下樓的樓梯，才爬沒幾格，越想越不對，剛才出現怪事好像是從我走出廁所開始的，現在走的樓梯是個出口，也許出口是不能進入的。

當我走到五樓時，我確定了這個理論，因此又跑回四樓，直接衝到廁所。才進了廁所，先喘了幾口氣。

冷靜，我需要冷靜。

若照著剛才的劇本走，我必須先到小便斗撒泡尿，然後洗完手再出門，一切就會變的不一樣。

但我走到便斗前，卻發生意料之外的事—擠不出幾滴尿來。該死！正常人遇到可怕的事情不是都會嚇的噴尿嗎！

在便斗前裝模作樣了一番後，沖了水，到洗手台。

這次應該可以成功回去了，阿正一定還在等我。

不過，沒有那種氣氛、沒有那種感覺。剛才方踏出廁所就有明顯的氣氛對比，只是我沒注意到，但現在我一心都專注在這事上，沒道理不發現的。

還是原來的四樓。

我慌了，又再次跑到教室旁大喊：「阿正！」

出乎意料的，竟然再次聽到遠處傳來的高喊：「火雞！」

兩人的聲音像是分別存在兩個不同的空間，無法交會，卻又可以彼此傳達。

我必須找到阿正，問題是，該怎麼找？從哪裡找？

「憑你的感覺，憑你的直覺，願原力與你同在。」這是星際大戰裡，絕地武士常說的話。

那就憑感覺吧。

我又走到廁所旁的電梯，已經被清空的垃圾桶裡不規則的放著我剛剛丟的便當盒，再過去有一台飲水機，接著是另一段可以從一樓直達頂樓的樓梯。窗外，是體育館的屋頂，還有排列整齊的窗戶，裡面依然大燈開著，還聽到桌球的敲擊聲。

這個時候的其他人，都在做些什麼呢？我和阿正所發生的事，和別人是完全不相關的嗎？如果我們就此失蹤了，地球是否依然在轉？或者打桌球的人打桌球、玩電腦的玩電腦，甚至有些人可能還在情人碼頭拍片吧。

三樓……二樓。

從二樓往上看，看的是通往三樓樓梯的背面，漆著白色的油漆，稍微沾到一些髒污就會印在上面。這層樓的燈也關了，透過體育館散發出來的餘光，卻可以在那樓梯的背面看到腳印，還整整齊的就像是順著路走過。

那可是「背面」！如果有人可以走在上面，那肯定是嚴重違反地心引力法則。更可怕的是，它竟然順著轉角處朝牆壁的地方走。也許前面幾個腳印可能是人為惡作劇，但一直接連到後方牆壁的最高點，就算長兩百公分也辦不到。

順著那一路腳印，我看到了似層相識的黑霧。

我認為，阿正的聲音一定可以從這裡傳來，就算這裡太過陰暗，陰暗的讓任何人都覺得那是正常的黑影，我還是幾乎失去理智般的跳躍、再跳躍！

我想抓住那團黑霧，但他太高，我唯一的方式就是盡我所能的去跳。不然就得拿工具來。

附近，除了體育館裡偶爾傳來某人殺球的鬼叫聲，就屬我的喘氣聲最響了。我幾乎想要放棄了，也不管牆壁是否乾淨就靠上去。

「這裡到底是幾樓啊？」一個像是自言自語的聲音從旁邊傳來。

我嚇了一跳，全身顫抖的往左邊垃圾桶的方向看去，竟然是阿正！

「火雞？火雞！」阿正跑過來。

我也衝過去，兩人差點就要擁抱起來，因為我們兩個就在快要抱到的同時，忽然發現對方都不是夢想中的女主角，所以立刻收手。

「你怎麼在這裡？我到處在找你。」我將衣服拉起來擦掉滿頭大汗。

「我還要問你勒！怎麼不見了，還以為你先偷跑！」阿正說。

「什麼偷跑，我哪會做這種事！只是，忽然……跑到一個奇怪的地方。」

「奇怪的地方？我覺得現在這個地方就夠奇怪了。」他竟然還笑了幾聲。

「你笑屁啊，馬的，我嚇到都快噴尿了，剛才明明就是在四樓，卻有一面牆擋著通到土木大樓的路，真他媽的見鬼！」

對於這一切，我還是覺得莫名其妙，什麼人不找偏偏找我們。

「我剛剛有喊你。」他說。

「我有聽到，也有喊你。」

「嗯，你到底是發生什麼事？」我問。

「我出了 409，就沒看到你，於是就去廁所，卻也沒看到你，出來時聽到一些怪聲，還看到垃圾桶自己位移，我只好尋著可以走的路趕回去，結果就像你說的，一面牆擋著，我要走樓梯，不知道跑了幾層，卻又是同一個地方，在我找你時，忽然一隻手抓住我的腳，我嚇的叫了一聲。」阿正說話時，還不忘表情動作，看不出來他是高興還是害怕。

「看來我們的遭遇差不多……」我遂將發生的事說出。

聽完我的故事後，阿正問：「那現在怎麼辦？」

「我覺得這不像是故意要惡整我們，像是……在引導一條路？」我皺眉。

「通往地獄的道路嗎？」阿正這時已經可以開玩笑了。

「我想快點回家睡覺，不想再這裡繼續耗下去。」

阿正點頭，「贊成。」

「如果應格利在場，恐怕會說『我同意』。」我笑道。

他聽完也笑了，氣氛總算輕鬆許多。也許表面上看起來已經不緊張，他心裡是怎麼想的我不知道，至少我的身體還因為剛才發生的事情微微顫抖著。

如果要走最快的逃避道路，當然就是眼前這段樓梯。我們順著樓梯通到一樓。竟然可以通到一樓了，真是令人高興的消息，只是旁邊原本有一條斜坡道，可以通到體育館的側門，此時，又是一面牆。

我們兩人看著對方，愣了大約三秒。我問：「怎麼辦？」

他聳聳肩。

「你有摸過這個牆壁嗎？」

「有，實體的。」他說。

真不得不佩服阿正的膽量，連這種憑空出現的牆壁也敢摸。「那我們就延著路走吧，總有一條路可以通出去的。」

他點頭。

因此，我們走到資訊大樓一樓的花園處，再過去是可以通出去的通道，也是另一個樓梯，此時又是一片黑暗。平時，

那裡有一塊綠色的燈在跑，寫著學校公佈的一些事情，以及英文練習，所以多少會透出綠色光芒。

假如我們應闖越那片黑暗，也許這一切就會消失，我們就可以平安順利的回家，但我看了阿正一眼，又覺得，都已經被作弄了這麼久，如果不去查一下發生的原因，有點無法原諒自己。

「只能通向這片植物，」阿正說，「兩邊的走廊都是一片黑。」

「我討厭這些樹和草，一定有很多蚊蟲，還有蜘蛛，只要不注意身上就爬一堆。」甚至是奇怪植物的汁液，或是從樓上扔下的垃圾堆，總之我對這塊地的印象很不好，也從來沒進去過裡面。

「那我們要走過那片黑暗嗎？」

「算了吧，走資訊大樓這片美麗的後花園看看吧。」我帶著一點諷刺意味的說。

我們翻過欄杆，我覺得手上沾到一些噁心又黏黏的東西，渾身不自在。

「這麼暗，什麼都看不到。」阿正撥弄著雜草，說道。

忽然，我好像踩到什麼硬硬的東西，有點不規則形，不是埋在土裡的，所以踩到時還會翻轉，我原來就穿著不穩定的鞋子，踩到時差點被絆倒。

我蹲下，調整一下有點歪掉的鞋子，摸了摸剛剛伴到我的東西，似乎是個……鞋子。

「阿正，這個是不是鞋子？」

他沒有過來，「我也找到一個。」

我們將找到的鞋子對照後，確定不是同一雙。

「再找找看。」阿正又到別的地方，用了手機裡的閃光燈功能，在這種黑暗裡也算是一盞明燈了。

我也拿出自己手機的閃光燈在照，發現有東西從土裡面露出來。反正手都已經髒了，就不計較這一項，用手去將土挖起來，竟是與剛才找到鞋子的另一隻。「我找找同一組的鞋子了，埋在土裡。」

「真的假的？」他聽到後也將注意力集中到地面，「靠，我也找到了。」

不知過了多久，我們總共找出了八雙鞋，包括涼鞋、拖鞋、運動鞋，甚至還有皮鞋。品牌不一、樣式各異，有價錢不到一百元的室內拖，有高達三千塊的名牌運動鞋。

我們走在學校的大道上，還有一大段距離才會到停車場。黃色的燈源只照在前方中央大道附近，接近體育館的這裡並沒有開燈。

「為什麼都沒有人，現在幾點？」阿正問。

我拿出手機看，驚訝於現在的時間，停下腳步，有點驚恐的看著阿正。

「幹麻？該不會才七點吧？」他想說我們剛才經歷的一切都是作夢。

「十二點。」我則是驚訝於竟然已經過了這麼長的時間。

「有這麼久！」他果然也嚇到。

我們又繼續走，冷靜、理性的繼續走在前往停車場的路上。

「那剛才我們在樓上聽到的桌球聲……」阿正開口。

「別說了！」我喊道。

氣氛冷了下來，即使天氣炎熱，在經歷過一連串亂七八糟、不合邏輯的事件後，也覺得稍微有點冷，再加上吼了阿正這一聲，更冷了。

大約走到轉向中央大道時，我看到遠遠的有兩坨不知名生物蹲在昏暗的燈光下。我抓住阿正的手，「那是什麼？駝鳥嗎？」

阿正也站在原地不動，「應該是人吧。」像是經過冷靜分析後所得到的結果。

等我們走近，才知道原來是兩個女生，看到地上有個全身都是毛的小動物，忍不住蹲下來捉弄。那也是我們學校的特產之一，路上常會出現全身毛茸茸的小鴿子，不知是從樹上摔下來的還是父母不負責任亂扔。

「別嚇人好不好……」我低聲唸著。

終於快要接近停車場了，在圖書館的旁邊，總是有狗在這裡亂跑。果然，我才剛要提高警覺就聽到狗叫聲。不過我們兩人都當作沒聽到般的走過去，直達停車場。

我們車子停在一起。

就在穿戴整理時，我問：「那些鞋子丟在那裡好嗎？」

阿正將包包塞到車箱裡，「你明天會來學校吧？」抬頭問我。

「應該會吧，不過我不想再留這麼晚了。」我苦笑。

「明天再來看看，那些鞋子是不是還在原地。」

「嗯。」

「回家小心一點，別分心了。」他說。

「呵，你才別一邊看檳榔西施都不注意前面勒。」我希望講一些冷笑話來控制自己的情緒。

就這樣，在經歷一個晚上的「奇幻冒險旅程」後，我們各自帶著自己的「收獲」回家了。

我手上拿著的另一隻鞋子，是剛剛在挖寶時找到的，是我的鞋子，所以我將自己的拿走了，其他的還留在原地，明天早上再做打算。

坐在車子上，我將右腳抬起來，原本保護腳的塑膠袋已被撕成碎片，皮膚已經刮出好幾條血痕，其中一條特別顯眼。

我苦笑了一下，將東西都整理好後，發動引擎，回家。

「早啊。」應格利拿著一個三明治從餐廳的櫃台走過來。

「早……」我看到應格利，才想到他的鞋，「對了，應格利，我們找到你的鞋子了。」

「鞋子？算了吧，我敗了一雙四千多的，那雙就不管了，你要的話送你。」他一臉不屑的說。

哇哩勒Fxxk！「就算不想你還是得去看一下！」我面色微怒的低吼一聲。

他不知道我怎麼忽然變臉，所以也不敢違逆，「喔……好啦，在哪裡，下課再帶我去。」

「屁，等我買完早餐馬上就去。」

買完早餐後，我帶著他要去昨天發現一堆鞋子的地方，就在爬上土木大樓的樓梯時，從我後面傳來一個詭異的問候聲：「昨天睡的怎樣？」

「哇喔！」我敏感的嚇了一跳，原來是阿正。仔細一看，他雙眼發黑，一臉疲憊，和我早上在廁所裡看到鏡子裡的自己差不多。

「早。」應格利說。

「嘿，應格利……」

阿正剛要開口，我就打斷：「我們正要去。」

「喔。」

「我昨天整晚作惡夢，五花八門，什麼都有。」我講完，低著頭又暗罵了一聲。平常作夢總是很難回想，昨天的夢卻記的清楚無比。

「我夢到一個人，他好像跟我說到有關鞋子的事。」阿正說。

「我也是。」

他盯著我，似乎了解我所了解的事情。我們兩人互看了一會兒，笑了出來。

「笑什麼啊？」應格利問。

「沒什麼，到了。」我說。

應格利激動的跨過欄杆，「真的是我的鞋子！還有……這些鞋子是怎麼回事啊！」

就在應格利自己一人在那歇斯底里的同時，我和阿正說：「那個影子、或者說是那個人，他要求我們把這些鞋子清掉是吧。」

「差不多是這個意思。」

「事情都搞清楚了，我要好好的睡覺。」

「在這之前，先把這些鞋子拿去扔掉吧。」阿正倒很有遠見，以防到時又忘記這件事。畢竟我們都不想再經歷「奇幻冒險旅程」了。

接下來的課，我和阿正都睡死在教室，整整三節課。因為我們是坐在最前面，也是老師的正前方，據說老師對別的同學們稱讚說我們兩個很有勇氣。

不過，有些解不開的謎，我們都沒有興趣去解。到底是誰要讓我們找出這些鞋子呢？無論如何，他叫人去找鞋子的方式也太粗魯了，我實在無法接受；還有，為何要找出這些鞋子呢？如果我們不把這些迷失的鞋子處理掉，會否又再次遇到同樣的事情？

也許，只有用裝神弄鬼的方式才能強迫我們前往我們不想去、甚至四年都不會去的地方吧。也正因為如此，我們、包括在網路寫小說的那個傢伙，才可以都經歷過事情，卻又平安無事吧。

從這件事以後，我留在學校只到吃晚餐的時間，吃完晚餐就立刻回家。為了趕專題的進度，即使是回家還是必須要做，在學校只是多個討論的空間。

聽說以後的學弟們在別間教室有發生其他怪事，不過那個已經是屬於別人的故事了。

（陳立驤老師講評：遣詞用字過於粗俗，驚魂時之張力可再加大些。）
（宇文正老師講評：文字流暢的一則靈異故事，很好看，但未能蘊釀出令人屏息、驚悚的氣氛。）
（謝芬英老師講評：鋪張完整，情節懸疑有趣。）

〈虛月之夢〉

佳作／高苑科技大學／應用外語系／林怡妏

霧濛濛的山裡，明明現在山下天氣是炎熱的，然而這座山的天氣卻如此的怪，霧濃到路人都看不清眼前的路，但卻有個女子在這種惡劣的環境下不慌不忙的走，看她一點也不怕迷失在這個地方，似乎熟悉這裡的路。然而她卻不知道後頭跟了一個人。

直到她走到一個山洞的洞口前停了下來，她站在洞口前有好一段時間，然後抬腿決定走進去。走到底卻是個死路，然而她卻沒轉身離開，反而舉起手碰牆壁，嘴裡唸著類似咒語的話，接著牆壁發出一陣強光包圍住女子，等光芒消失，女子已經從牆壁前不見了……。

十　十　十

剛剛從牆壁前消失的女子，此時來到一個特殊的國度，她站在一處可以稱為美麗的地方。

她望著眼前的景色，後頭有許多高聳的山，在她的右手邊不遠處有清澈的水，眼前更是一大片綠油油的草地。現在的她站在高處的斜坡，於是她往前走，直到她漸漸地看到下面有許多的屋子。她慢慢地走下去，直到走進村子裡，她看著那些屋子，發現有些是用稻草築建起來，有些則是用木頭，這裡一點都沒科技化的東西，只能說這裡還相當的落後。

再看看街上的人們，有些人忙著賣東西，有些人在搬運東西，還有其他人做著自己手邊的事……。她看著那些人的外貌與一般人差不多，唯一不同的是他們的耳朵微尖，然而女子卻知道他們是誰，他們是應該不太可能存在的妖精。

她為什麼知道他們是妖精？太多太多的秘密隱藏在這個地方……

走在街上，女子一身的裝扮，吸引了妖精們的注意力，她穿著連帽的長黑色大衣，裡頭的衣服和褲子也是黑色，連她腳下穿的皮靴子也是，一身的全黑，加上她戴上帽子幾乎快遮住她的全部容貌，令人想看看她神秘的真面目。

忽然她好像看見前面不遠處有一個熟悉的背影，她走過去靠近，那人是一位有著褐髮的女子，她正蹲著整理不知名的農作物。

停下腳步站在她後面，褐髮女子發覺有人在她身後，於是轉過身抬頭看，見到那人的面容，臉上頓時佈滿了驚訝。

「沁……」話未說完，便被那人用一根手指頭輕碰她嘴唇示意她別出聲，並用眼神示意進屋去。

「快進來吧！」女子趕緊起身拉著那人走進身後的屋子裡去。

「沁舞！沒想到還能見到妳。」一進到屋子，褐髮女子就迫不及待的抱著那一身黑的女子。

「卉君，見妳平安無事，我很高興。」被稱為沁舞的女子輕輕拉離她，將帽子往後，露出黑髮黑眼的臉孔。看到卉君平安無事，心中的擔心也落了下來。

「嗯……因為有人幫助我。」說這句話的同時，卉君低下頭，臉上浮現出幸福的樣子。

「有妖精幫妳？」會有妖精幫人類？沁舞輕輕皺眉看著她。

「嗯……他對我很好。」

「妳想留在這嗎？」看著卉君一臉幸福的樣子，沁舞心想她可能愛上了救她的妖精吧？！

「我……」

「只要妳沒事，且他對妳好我就放心了，祝妳幸福。」見她猶豫不決，沁舞明白她想留下，她也不勉強她，只要她能幸福快樂就好。

「沁舞！」卉君猛然抓住沁舞的手，「妳要回人類世界了嗎？」

「不……這裡……還有事情要去做。」沁舞向外看，一些事情總是要解決。

「是嗎……？」不捨好友離去的卉君抱住她，「妳小心一點。」

「嗯。」沁舞抬起手輕輕回抱她，「妳也是。」

經過這一次見面，以後可能就再也見不到了，她最重要的朋友——卉君，望著她的臉，沁舞心裡有些感傷。

「我該走了。」拉起帽子蓋住臉龐，沁舞走向門邊。

「再見……」卉君結哽的說著。

沁舞轉過身看著卉君，心裡還是希望以後能再碰一次面！她對著卉君一笑，接著轉身打開門走出去。

「妳怎麼了？」另外一頭的門內走出了一位藍髮綠眼的男子，從後頭抱住卉君。

「沒事……」卉君抹去臉上的淚水，轉過身看著他，「你會一輩子愛我吧！？」

「當然。」男子深情地看著卉君，吻……慢慢地落下。

十　十　十

才剛與卉君分離的沁舞，抱著滿懷的悲傷來到一大片滿是花草的地方。她站在花海裡，微風徐徐地吹拂她的臉龐，牽動她的髮絲，帶來花香的味道。

熟悉的香味，熟悉的地方，記憶慢慢地回到她的腦子。沁舞閉上眼睛張開手，在這一片花草裡不斷地旋轉著。

「是誰？」突然冒出一道低沉的男聲，沁舞聞言停下腳步尋找聲音來源的方向。

當她注意到她的後方遠處站了一個人，她定眼一看，對方有著金髮金眼的人，他有著令人著迷的臉孔，修長的身材

更是一般人想要的理想比例。他站在陽光底下，簡直像是天使下凡一樣。不過，這麼說也差不多，只差他是個妖精。

這片花園是個隱密的地方，一般人根本不會這麼輕易的進來，怎會有人闖進來？男子不解的看著沁舞。

「悠……」沁舞輕輕地叫喚，而男子聽到則是臉上佈滿了驚訝。

「妳是誰？」遠處那人被帽子遮住眼睛，只看得到眼睛下的面容，悠想看眼前的人真面目，究竟是誰敢直接稱呼他。他——悠，是這個國家，實日國的王子，每個人見到他都喊他一聲殿下，除了親人與少數的親近好友才稱呼直接稱呼他的名字。然而，他卻不認識眼前的這一個人。

悠才稍微走神，沁舞就已經來到他的面前，沁舞稍微抬起她的臉，讓悠看到她一點點的容貌。

「陰……陰月？！」悠驚訝地退後一步看著她，「妳不是在真夜國裡？」

「你覺得我跟真夜國裡的陰月公主是同一個人嗎？」沁舞冷下眼神神秘地笑著問他。

「妳是誰？」察覺不對勁，悠緊戒著眼前的人，「妳假冒陰月公主有什麼企圖？」

「你認為真夜國裡的是真的陰月公主嗎？」沁舞突然說這句話，讓悠心中一顫，「答案就在你心中。」說完，沁舞就走過他身旁離開這裡，留下悠一個人站在那。

聽過剛剛那人說的話，悠回想起以前自從發生那件事後，陰月就變得很不一樣，跟他最開始認識的陰月有些微不同。剛認識的陰月就是在這片花園裡認識的，那時的她，坐在花海中背對著他，她的長頭髮在微風中輕輕地飄逸著，她聽見他的呼喚，便微微轉頭對他輕笑著，那時的她是那麼的溫柔可親。

但是，自從發生那件事後，她整個人變了，變得不再溫柔可親，而是變得……活潑？他一直以為是那件事後所造成的後遺症，反正活潑不是一件壞事，因此他並不以為意，但是如今又看到另外一張陰月的臉，讓他不禁懷疑……難道真夜國裡的陰月是假的？

不……這件事還要調查清楚，現在還不能下定論，必須理清事實。悠轉身望著沁舞離去的方向。

十十十

實日國的宮殿內，某一間書房裡坐著一個人，微長的金色頭髮散落在他的肩上，被陽光照射下看似閃閃發光。

「什麼事？」金色的眼眸正專注的看著手上的資料，突然無預警的出聲。

「公主還待在真夜國裡。」在男子的旁邊窗戶外出現了一位黑衣人，他恭敬地向坐在裡面的人微微彎腰。

原來坐在這裡頭的人是實日國的王子－悠，而他派一些任務給正站在外面的黑衣人去調查。

「還有查到其他事情嗎？」

「沒有。」

「我知道了，你可以下去了。」說完，站在外頭的黑衣人已經消失不見，而悠金色的瞳孔裡隱藏著壓抑的怒火。

居然有人敢假冒真夜國的公主，絕對要抓到那個假冒者，他不允許任何人有機會傷害陰月。

接著過沒幾天，悠就下令實日國的士兵去尋找那個假冒者，捉到他後帶到實日國關起來審問。

十十十

被實日國的士兵們追逐著的沁舞，跑到了森林裡，沁舞見後面的士兵似乎沒有追上來，她停下來靠在樹幹上喘息。

過了一會，呼吸漸漸地平穩，她坐下來閉上眼休息，由於剛剛跑了好久，現在雙腳有點酸，而她自己本身也覺得有些累了，漸漸地她想睡覺。

忽然她睜開眼睛警覺地聽聽四周，前、後方有許多的腳步聲，而且越來越接近，沁舞站起身馬上往右邊跑，那個方向是……真夜國。

「悠也真是的，害我得躲躲藏藏。」即使沁舞邊跑邊在抱怨，嘴角依然不自覺微微勾起，因為悠會這麼做是為了保護國家，這是應採取的動作。

然而，這些士兵太多了，跑到一半沁舞看到眼前的士兵停下了腳步喘息著，現在的她已經被四周的士兵包圍著。現在的情況對她很不利，隱藏在帽下的眼睛，皺著眉看著眼前的狀況，看來也只能叫出它了。

「鳳！」沁舞用微低的音量叫喚。

「什麼事？」在她體內，有一個聲音回應她。

「出來吧！帶我突破他們並離開這裡。」沁舞命令道。

「好！」那個聲音有些微興奮的回道。

此時，從沁舞體內射出一道光並向上，在陰月的背後出現一隻很大的鳳凰，鳳凰朱紅色的羽毛既鮮豔又亮眼，而鳳眼也似乎閃閃發著光，牠用力的振翅牠的翅膀，傳來的一股神聖氣息讓人感覺到牠的莊嚴。

「那是……」看到眼前那隻鳳凰的士兵們，驚訝地瞪大眼睛，似乎不敢置信眼前這個景象。

沁舞坐上鳳凰，然後鳳凰慢慢地升起飛到天空中，周圍的沙塵也因為鳳凰拍打翅膀而產生的強風，吹開沁舞的帽子。

「那不是……」又一陣抽氣聲響起，眾人看到沁舞的面容，所有人頓時呆住，即使他們已經離去了，依然動也不動的保持著原有姿勢。

似乎過了好長一段時間，終於有人回過了神，他是帶領士兵們的將軍。

「剛剛那個人是真夜國的陰月公主嗎？但是殿下怎說她是假的？可是……她召喚出神聖鳳凰……她到底是誰呀？」想到這，他煩悶地抓著頭皮。

已經被鳳凰載遠離士兵的沁舞，她低聲地呼喚鳳。然而鳳凰卻很專心地飛不理她。

「鳳……」沁舞的音量提高了許多。

「幹嘛？」被沁舞一直呼喚的鳳也終於不耐脾氣地用不悅的口氣回應她。

「你飛錯方向了。」

……

……

……

要是有人正走在實日國的森林裡，往上抬頭朝天空看，可以看到一隻鳳凰表演緊急煞車外加甩尾動作。

還好沁舞在心裡有想到可能會被甩出去的風險，在鳳做這些動作時，她緊緊地抓住鳳的羽毛，幸好沒真的被甩出去。

「為什麼不早點告訴我。」鳳氣急敗壞地看著坐在牠上頭的沁舞。

「有呀！我剛剛一直呼喚你，但你不理我呀！」沁舞無辜地望著前面那顆大頭。

「……」這麼說好像是自己的錯，鳳懊惱地垂頭。

看眼前的這隻大鳳凰，沁舞不禁無奈地搖頭，眼前這隻明明是守護真夜國的神聖鳳凰，然而現在像個小孩一樣，會跟她鬧脾氣，而且還是個方向感差的一隻鳳凰。

「真不知道讓真夜國的人看到他們所崇拜的神聖鳳凰居然是隻方向感差的鳳凰，真不知道他們會做何感想。」

「那是我的記憶還沒回來，妳趕緊回真夜國坐回妳的位子，好讓我可以拿回我的記憶。」鳳不悅地瞪著坐在牠上面的人。

沁舞曾經說過，牠的記憶被封印在真夜國裡，當下一位繼承國家的人出現，被繼承人召喚出後，記憶也會隨之恢復。

「你想要拿回記憶？」沁舞用複雜的眼神看著鳳的側臉。

「當然，那是我的記憶。」然而鳳卻未察覺沁舞複雜的心思。

十　十　十

在真夜國宮殿裡的某個角落亭院，亭裡坐著一位女子，而身後來了一位男子。

「主子。」見男子一來就單腳一跪在女子身後。

「賽奇。」女子站起轉過身微笑地看著他。

她有著一頭淡紫色的頭髮，其眼睛是柔黃色的，像天空中的月亮一樣，讓人覺得柔和。

她與真夜國的陰月公主長的一樣，可她不是陰月，她是沁舞，然而叫賽奇的男子卻喚她主子，其隱藏的事實令人匪夷所思。

「賽奇，起來吧！我不是你的主子。」沁舞向前將賽奇拉起，「真夜國裡的公主才是你的主子。」

「不！只有您才是我的主子！您才是真正的公主！」賽奇激動地反駁，眼前這位才是他所認同的主子。

「……」沁舞看著眼前這位從她出難後一直默默陪著她的下屬，「裡頭的公主有能力獨撐這個國家嗎？」

「不！」聽到這句話的賽奇，明白沁舞的意思，「請公主回來，您才是真正的公主啊！」說到最後，賽奇又跪下去求沁舞回來。

「那位公主不好嗎？」沁舞坐下來手托著臉望著他。

「這……」被問到這問題的賽奇，他不知所措地撇開頭，他不知道該怎麼回答這個問題。

「她待你好，是吧？」看見賽奇這樣，沁舞明白了，她微笑地看著賽奇。

「不！」聽到這樣的話，賽奇驚慌地向前爬了幾步，「在我心中，只有您才是我所認可的。」

「哎……」看著賽奇驚慌失措的樣子，沁舞不禁嘆息，「這一切都還是未知的。」

「別叫我主子吧！叫我沁舞就好。」沁舞手伸過去拉他起來。

「主……沁舞……小姐。」被沁舞拉起的賽奇，正要叫主子卻被沁舞的瞪視下趕緊改口。

「或許那位公主可以勝任這個位子。」沁舞若有所思的道。

「沁舞小姐，您才是真正的公主，請您揭發這件事其後的陰謀，向陛下證明您的身分。」賽奇將手放在心臟，「我，賽奇也會全力以赴幫公主要回您的位子，即使會死我也在所不惜。」

聽到這句話的沁舞皺了眉，雖然聽了很感動，但是她好不容易放下報仇的心，也不想再回來當本來屬於自己的身分，回到精靈的世界也只是來找她重要的朋友，還有……她想看看許久沒見的父母親還有她的青梅主馬——悠。

「你的好意我明白。」沁舞抬頭望著站在她眼前的賽奇，然而心思卻不知道漂到哪裡去，接著像似喃喃自道，「我去會會那位公主……看她是否能擔任這個位子。」

十　十　十

在真夜國宮殿某一間寢室內，一位紫髮金眼的中年女人，她穿著有蕾絲邊的白色長袖睡衣，靜靜地坐在椅子上，突然門被打開，走進一位跟坐在椅子上的婦人一樣，擁有紫髮金眼的女子，而從她臉上的面容，可以發現似乎與婦人有些相似，只是年輕了點。

「陰月。」婦人見到來人是誰後，便微笑地朝她伸出一隻手示意她過來。

「媽媽。」陰月走到母親的身邊甜甜地笑著並蹲下身將頭靠在母親的大腿上。

「妳這孩子真是會撒嬌。」似乎知道陰月都會這樣的母親，慈祥地看著陰月的側臉。

長那麼大了，陰月依然愛撒嬌，但……望著眼前的陰月，似乎與小時候的她有些不同，靜靜坐著的母親說不上那種感覺。

「母親……」

本來露出溫柔地眼神看著陰月的母親，突然聽到這一聲呼喚，驚訝地抬起頭四處觀望尋找聲音來源。

這一聲呼喚是陰月的聲音，但眼前的陰月卻沒出聲，那麼到底是誰的聲音像陰月，而且那呼喚聲讓她感到一股熟悉感。

「怎麼了，媽媽？」察覺到自身母親不對勁的陰月，抬起頭露出疑惑的眼神看著母親。

「沒、沒事……。」望著陰月，她慢慢地面作鎮定的回道。

剛剛呼喚的聲音究竟是誰？為什麼讓她覺得有一股熟悉感？究竟是誰……。

在寢室裡，除了坐在椅子上的婦人與靠在婦人大腿上的陰月外，寢室外頭還躲著一個人，而她正是沁舞。

「……」此時的沁舞蹲下身掩住嘴巴，而臉上早已淚流滿痕，泣不成聲。

剛剛在窗戶旁望著裡面的人，見到她熟悉的面容，一股濃烈地思念之情就這樣湧了上來，好幾年……好久沒見到母親的身影，好久沒依畏在母親的身邊，母親好聽又悅耳的聲音……母親溫柔的眼神……和母親熟悉的味道……，她好想念好想念……她恨不得現在靠在母親大腿上的人是她，但目前的她不能就這樣衝進去，她必須把事情做完……。

再次望向母親的身影，對母親滿懷的思念，將在離開這裡後，隱藏在心中，這是最後一次來到這了，離開這後，這裡的事物就跟她自己沒有任何關係。

陰月站起身，用好不容易下定決心的念頭，不再留戀的轉過身離開這裡。

永別了……母親……。

十　十　十

在真夜國宮殿裡，走廊上有一個人手上拿著一支糖高興地跳著，後頭還跟著幾位焦急的宮女。

「公主！請小心一點呀！」跟在後頭其一穿著黃色衣裳的宮女擔心地小跑步跟上公主的腳步。

在前面穿著粉紅色的上等絲綢，並擁有一頭美麗的紫髮，能隨心所欲的在宮殿裡任意穿梭，這人正是真夜國的公主——陰月。

「公主！請注意貴身的安全呀！」跟著後頭其二穿著藍色衣裳的宮女笨拙地拉起裙子，努力的跟上腳步。

「公主……」跟在後頭其三穿著綠色衣裳的宮女正要說話時，最前面的陰月突然停下腳步，她也跟著停下腳步微彎腰喘息，因為從剛剛到現在都一直在追著公主。肺活量不是很好的宮女們，個個都停下彎著腰喘息。

「你！你！還有你！」陰月轉過身，一手叉著腰，另一手拿著糖的指著他們，生氣道，「不要再跟著我了！」

「公主……」穿著藍色衣裳的宮女難為情地皺著眉，似乎不知道該怎麼辦才好。

「公主，請不要難為我們，保護您的安全是我們的職責。」看起來似乎最老練、穿著黃色衣裳的宮女，微微欠身向公主道。

「妳……」望著眼前忠心耿耿的宮女，陰月氣得不知道該說什麼好。

另外兩個宮女見狀也跟著向公主欠身，不想要讓宮女跟的陰月，看到她們很忠心的執行命令，她也不能再任性地要求什麼。金眸瞪著眼前低著頭的三位宮女，氣氛也一直這樣僵持著下去。

「怎麼了？」在陰月後頭的走廊轉角走出了一個人。

「賽奇！」陰月轉過身見是賽奇，開心地奔過去抱住他。

「發生什麼事？」低頭看著抱住自己的陰月，賽奇皺著眉並巧妙地拉開在他身上的陰月。

「我不想要讓她們跟。」陰月站在賽奇面前皺著眉並含住手上的糖果。

「妳們都下去吧！」

賽奇抬起頭望著前面的三位宮女，這位任性的公主真令人頭疼，為了不讓事情僵持下去，賽奇只好遣發她們走。

「耶！賽奇，你真好！」開心的陰月再次抱住賽奇，而賽奇則是皺著眉想拉開。

他不喜歡陰月抱著他，因為對他而言，眼前的陰月是假的公主，他不想對假的公主付出自己的忠誠。

「我帶妳去一個地方。」

對眼前這位假公主，賽奇不屑對她用敬語，而陰月也沒指責他什麼，也就是因為這樣，陰月對他特別黏，只有他才

不會像其他人恭恭敬敬的。

「去哪？」陰月興奮地看著他。

「跟我走就是了。」看著陰月，賽奇神秘地微微勾起嘴角。

賽奇帶她來到一座涼亭，而涼亭裡已經坐了一個人，他全身上下被一件黑色大衣包裹著，此刻他背對著賽奇他們。

「賽奇，他是誰？」站在涼亭外的他們，陰月納悶地轉頭問賽奇。

賽奇並未回答她，只微微勾起嘴角，邁開腳步走向那個人。他走到那個人身旁，接著對那人恭敬地行禮。

「小姐，我帶她來了。」

聽到這句話，陰月驚訝地瞪大眼睛看著賽奇。為什麼？除了她自己以外，他還有其他的主子？難道賽奇是個……間諜？

好像確實是這樣，賽奇好像從未叫過她公主，而且對她也不用敬稱，她以為賽奇是那種了解她的人，結果居然是已經跟了其他主子的人……她是那麼的真心相信他……。

「嗯，辛苦你了。」被賽奇稱為小姐的人轉頭看著賽奇，那人的聲音聽的出來他是個女的。

而在後面的陰月，因為被帽子遮掩住，因此看不到那個人的側臉，但卻因為那人的聲音驚嚇到。

「你……是誰？」陰月顫抖的的聲音洩漏了她此刻的感覺，因為那女子的聲音正是像自己的聲音。

那人站起身，接著轉身走向陰月。見到女子慢慢地走過來，陰月下意識的往後退一步，她心裡不自覺地在害怕，不知道什麼原因，她害怕眼前的黑衣女子。

「您好，我叫沁舞。」那人拉下帽子露出面容，溫柔的臉帶著笑容自我介紹。

陰月看著她，她的面容跟她自己一樣，不同的是她的眼睛和髮色與她不同。她自己的是金眸紫髮，而她是黑眸黑髮。

「我是……」陰月正想自我介紹時，沁舞打斷她的話。

「我知道您是誰。」沁舞依舊溫柔地看著陰月。

「這是為什麼……」陰月顫抖道，「為什麼妳的聲音跟我很像，連面容也……」似乎還處於驚嚇狀態，眼神裡充滿了恐懼的陰月看著沁舞。

「沁舞小姐，您不恢復原貌嗎？」在旁的賽奇上前一步提醒。

「這樣會嚇到她的。」

不懂他們在說什麼的陰月，帶著驚嚇的心情慢慢的不斷往後退，沁舞見狀也不多說什麼，只是靜靜地帶笑看著她。

「妳要逃到哪去？」在旁的賽奇可是不會讓她逃的，他上前走向眼前的假公主，「這次妳該消失了。」

聽見賽奇的話，陰月已經掩飾不了心中的恐懼，一轉身接著像逃命似的快速奔跑。

「妳休想逃走。」

一個沒受過任何訓練的公主，怎會逃得過有練過的武士呢？很快地，才沒追幾步，賽奇就捉到陰月。

「不要！放開我！放開我！！」被賽奇捉住的陰月掙扎著身體，她的雙手一直用力捶著賽奇，但賽奇依舊沒放開手。

「夠了，賽奇。」一直站在涼亭的沁舞出聲道。

聽到命令的賽奇往涼亭的沁舞看一眼，然後又低頭看著他手上的陰月，接著憤恨的將她甩在一邊任由她摔倒在地。

被甩在一旁的陰月害怕地遠離賽奇，並一直發抖地縮著身子，她不明白，為什麼賽奇這麼的憎恨她。

沁舞走向陰月，在她面前蹲下身，伸出手撫摸著陰月的臉，後者則是當沁舞碰到她時抖的更厲害。

「抱歉，讓您受驚嚇了。」沁舞溫柔地眼眸看著眼前被受驚嚇的陰月。

「小姐……」看到沁舞這麼溫柔的對她，賽奇不滿地叫沁舞。

「放心，沒事了，別再害怕了。」溫柔的聲音，溫柔的言語，讓陰月慢慢地抬起頭看眼前的沁舞，她還是保持著她

那溫柔的臉。

「走吧！我們去那邊坐坐。」沁舞微笑的指著涼亭。

沁舞溫柔的扶起她。陰月望著她任由她扶起自己，呆呆的隨著她走向涼亭。

「小姐，您為什麼要……」跟隨在沁舞後頭的賽奇口氣不好的想問沁舞，卻被沁舞回頭比了一個要他別再說話的動作。

扶著陰月坐下，沁舞也在旁坐下。她幫陰月倒了杯茶，將茶放在陰月的面前。這時賽奇也踏進涼亭裡。

「賽奇，你先下去吧！」沁舞對著賽奇命令道。

「但是小姐……。」不滿這個命令的賽奇走向前想要抗議。

「放心，不會有事的。」沁舞對著他微笑道。

「小姐……」還想再說什麼的賽奇被沁舞冷下臉與眼中的冷意給禁聲，他知道小姐要生氣了。

「我知道了，小姐。」於是他只好帶著一肚子氣離開。

「妳……妳究竟……是誰？」在旁一直默不坑聲的陰月，怯怯地出聲問沁舞。

「您想知道？」本來看著賽奇離開的沁舞，聽到陰月的問話轉頭看向她。

「……嗯。」

但沁舞得到陰月的答案之後，低頭露出為難的表情，似乎在想該怎麼回答陰月的問題。

「我……」突然沁舞抬起頭看著陰月，「以前是真夜國的公主。」

陰月聽到後驚訝地張開嘴巴遲遲未闔起來。

「這麼說……妳是……我的姐姐？」

「應該……算是吧。」沁舞難為地手支著頭向外看回答。

「為什麼……我沒聽媽媽提起過？」陰月納悶的問，既然她有姐姐，為什麼母親沒向她提起過，而且為什麼要拋棄她的姐姐？

「因為……」本來溫柔的臉現在變的很嚴肅的沁舞，盯著眼前的陰月，「我就是陰月。」

什麼？聽到這個答案的陰月……不，現在連她自己都不知道是誰的人，驚訝地看著眼前自稱是陰月的人，她還無法接受這個消息。

「這話……什麼意思？」她顫抖的問。

「以前發生一件大事……」沁舞眼裡染上一層悲傷。

那一年的真夜國的夜裡，發生了火災，地點是在陰月的寢室裡，陰月那時才六歲。火災過後陰月失蹤了，真夜國裡的所有人焦急的尋找她，有些人認為她已經死了，有些人則認為她還活著。為此，真夜國的皇后每天一直以淚洗面。

過了幾個月，真夜國的輔佐官帶了一個女孩到宮殿，皇后見到那個女孩，開心的抱住她，這女孩正是消失已久的陰月。

國王問輔佐官為什麼要隱藏，而輔佐官的回答卻是要將公主的傷勢養好。此後，這件事就了了作罷。

然而，事實並非如此，知道真相的只有六歲那年的陰月知道。

在火災發生的前幾小時，房裡有陰月和另外一個人，那個人是輔佐官。

「有什麼事嗎？輔佐官。」雖然六歲了，但接受過禮儀課程的陰月，有禮貌的溫柔問著。

「是有些私事想跟公主您談。」輔佐官露出令陰月感到不安的笑容，而他身後則站了幾個人。

「夜深了，請輔佐官改日在談。」陰月皺著眉轉身，此舉動很明顯的她不想談。

「是嗎?公主,那就別怪我了。」

「什麼……」正納悶這句話是什麼意思的陰月轉過身,發現輔佐官不知何時來到她面前。見他伸出右手往她的頭頂上放著,接著陰月感到一股力量正慢慢的奪走她的某一個東西。

「不要!」陰月害怕地推開眼前的人,無奈他一直抓著自己的頭頂,比力氣根本抵不過他,想逃也逃不了,直到她感到漸漸地疲倦,而輔佐官似乎也收取完他想要的東西後便放開陰月,任由她倒在地上。

「你對我……做了什麼?」躺在地上的陰月,疲憊的撐起眼皮,抬眼往上看輔佐官,用著虛弱的聲音問。

「這是您的記憶。」輔佐官的右手上有著像一顆球的光體,他看了一眼光球再看陰月。

「為什麼……要做……這種事……?」

「告訴您這即將要死的人也無妨。」輔佐官俯視著她,「我要得到真夜國的一切,所以必須除掉妳,製造一個聽命於我的傀儡公主。」

「我……不會……讓你得逞的……」趴在地上的陰月努力的想撐起身子,無奈身子虛弱的使她施不出力量,而且疲憊感一直湧上來。

「哼……恐怕您沒辦法活出這裡了。」輔佐官冷笑地看著趴在地上的陰月,接著轉身對著他的手下,「殺了她!」陰月看見他的手下慢慢的靠近她,她試著挪移她的身子,卻發現根本沒用,只能眼睜睜看著刀子落下,刺穿她的胸口。

等輔佐官走出房間後,有一個人用火屬性的魔法讓房間燃燒起來,很快地,房間已成一片火海。流了許多的血導致無法動彈的陰月只能這樣看著火向她襲來,耳邊傳出輔佐官的叫喊聲。

「快來人呀!失火了!」接著陰月聽到許多人的腳步聲往這裡來。

「這是怎麼回事?」其中有一個人問輔佐官。

「我剛剛跟公主談完事情後，正要出房門回自己房間時，突然聽到身後有聲音，回頭看就變成這樣了。」輔佐官焦急地說著。

不是這樣！不是這樣的！她要告訴他們事實，別被他騙了！想告訴他們事實的陰月，不放棄的想撐起身子，但隨著血的流失，力氣使不上來，意志力也快撐不住了。

疲憊的身體，鐵銹的味道，胸口傳來痛苦的感覺，周圍感到灼熱的溫度，不斷地襲擊陰月。

難道……我真的要死在這？這麼想的陰月疲憊的閉上眼，她已經撐不下去了。

突然有人闖入這裡，抱起躺在地上的陰月，陰月用最後的意識看救他的人，接著就昏迷。

在昏迷前她講了一句話，「賽奇……」

沒錯，那天是賽奇救陰月的，他將陰月帶離真夜國，到不同的國度去療傷。由於嚴重的燒傷以及胸口那被刺穿流失掉許多血的原因，讓陰月躺了好幾個月才好的。而之後由輔佐官帶進的公主則是假的，那是他複製出來的公主。

聽完沁舞的話後，假的陰月似乎無法接受這些事情，眼神空白地呆望著前面。

「為什麼要告訴我這些事？」假的陰月虛弱地問道。

「我不希望妳被他掌控著。」沁舞……不，真正的陰月公主伸出手，黑色的瞳孔看著她，溫柔地撫摸著假公主的臉頰。

「那妳……是來奪回屬於妳的東西嗎？」處於呆滯狀態的假公主，緩緩地抬頭看著這位真公主。

「這一切還要看妳……。」輕輕地撫摸著假公主的臉，真正的公主若有所思地看著她。

「我……？」假公主納悶地歪著頭看著她。

「對……。」真公主接著說道，「如果妳能勝任這個位子，這一切都是妳的。」

「但是……」真公主將手縮回來，溫柔的臉龐此時變成嚴肅的表情，「如果妳無法勝任，那麼我將奪回一切，屬於我的位子、我最愛的父母，包括……您——」

風……輕輕吹散真正公主的頭髮，聽著這一切的假公主，看著她嚴肅的表情在聽到最後一句話後整顆心被狠狠的揪住。

「您……」輕輕地叫著這個名字，這個她喜歡的人。

什麼時候，她喜歡上他的……？記憶……突然變的模糊……現在想想，大火那件事她完全不記得了，難道真的像站在她面前說的人一樣，她才是真正的陰月公主？

假公主盲目地看著眼前自稱是真正的公主，思緒已亂成一結，究竟她說的話是不是真的，她自己該不該相信她的話？

「不——」

她不相信！這一切是騙人的！這不是真的！一定是她說謊，想要騙自己奪取位子，不能相信她！她是騙子！騙子！！

「這不是真的！妳別想騙我！！」望著眼前穿著黑色外套自稱是真正公主，她站起身恐懼的不斷退後，眼淚也不爭氣的掉了下來。

「給妳幾天的時間好好想一想，三天過後我將來奪取屬於我的一切，想要證明妳自己才是真正的陰月公主，那就想辦法證明吧！」站在涼亭的黑衣女子，冷眼看著淚流滿痕的假公主。

「真夜國的守護神——鳳凰，只有真夜國的繼承人才能召喚牠，試著喚牠出來。」黑衣女子轉過身，「如果妳喚的出來，那麼妳就是真正的陰月公主了。」

聽到這些話的假公主，無力的攤坐在地上，突然一陣風從她臉頰吹過去，她抬起頭來看涼亭上的黑衣女子，此時女子的頭髮已經變成淡紫色，她驚訝地張開嘴，女子似乎知道她的反應，微微轉頭用柔黃色的眼眸看她一眼，接著一陣風將女子帶離這個地方。

＋　＋　＋

「沁舞，為什麼妳要告訴她這件事？」

等沁舞降落到一個有瀑布的地方，沁舞體內的鳳提出疑問。然而沁舞並未馬上回答，只是安靜的走到河邊蹲下身，伸手取水喝並順便洗洗自己的臉。

「沁舞！妳打算要做什麼？」沉不住氣的鳳，直接從沁舞體內現身，降落在沁舞後頭。

沁舞站起並轉身皺著眉用複雜的眼神看著眼前的鳳凰，她走向前伸手撫摸著鳳的脖子。

「鳳……」沁舞將頭靠在鳳的懷裡，低喃的叫著鳳。

「你怎麼了……？」察覺沁舞不對勁的鳳，低下頭平緩了口氣看著靠在牠懷中的沁舞。

「對不起……」輕輕的低喃著，言語中有著難過和不捨，沁舞似乎下了什麼決定。

「妳說什麼？」聽不清沁舞說什麼的鳳，牠壓低身子想再聽清楚。

「沒事。」沁舞抬起頭看著鳳，「鳳，我想睡了。」

「噢。」鳳即使想問個清楚，但沁舞想睡了牠也不多問什麼。

鳳趴在地上讓沁舞可以躺在牠的身上，而沁舞也知道鳳的意思，她就趴在鳳的身上，鳳似乎怕她著涼，將牠翅膀覆住沁舞的身子，溫暖的羽毛帶給沁舞暖和。

如果這一切能像現在這樣安祥下去就好，如果沒有那些事，或許能安靜地待在這美麗的國度，而她也不必承受那麼多痛苦的事……。

＋　＋　＋

不知道怎麼走回自己房間的假公主，恍神的呆坐在床上，呆滯的眼神望向前方，腦子裡還環繞著那位黑衣女子的言語。

究竟該不該相信那人說的話？她自己是假的公主？她自己是輔佐官複製出來的人？太多太多的疑問纏繞著她，讓她覺得頭好痛。

她究竟是誰？好煩……她抱著頭蹲下身，她不想要再想這個問題，頭好痛……。

接下來的這兩天，她一直呆在房裡不出戶，連飯也不吃，服侍公主的宮女們見狀很擔心公主的身體健康，於是稟報了國王。

這天國王來到她的房間，其後跟著悠。因為剛好悠來到真夜國跟國王討論事情，一聽見宮女稟報公主的異狀，也跟著過來看看她。

「陰月，妳怎麼了？」國王走到她的面前，蹲下看著她。

她依然呆坐在床上，幾日沒整理的面容，此時變的很憔悴。她未回答國王的問話，依舊用空洞的眼神望著前方。

「陰月。」悠上前握住她的手，呼喚的聲音滿滿都是關心。

聽見悠的呼喚，她像回神似的抬起頭看著悠。

「悠……」她低聲的叫著，突然哭了出來。

「陰月！」悠見狀擔心的抱住她，「怎麼了？」

但她卻只是搖搖頭，她害怕失去悠，她是如此的害怕，她用力緊緊地抱住悠。

「唉……讓你們獨處吧！」見陰月只需要悠，感覺自己被自家女兒拋棄的國王，帶著難過的心情起身離開這個屋子。

過了許久，陰月的心情似乎平靜了下來，悠輕輕拉離她，低下頭用溫柔的聲音問，「發生了什麼事？」

「悠……」她垂著頭，紅腫的眼睛上還掛著未乾的眼淚，「你覺得我是真正的公主嗎？」

「妳說這什麼話？」悠皺著眉伸手抬起陰月的臉，強迫她看著他的臉。

「因為……」難以啟齒的陰月，只好亂漂著眼珠子。

「要相信妳自己是真正的公主，別因為他人的話而影響妳自己。」悠稍微捏緊陰月的下巴，希望陰月的眼眸能注視著他的臉，「妳就是妳，沒有人可以取代妳。」

陰月望著他，發現他一直用溫柔的眼神凝視著她。心臟突然快速地撲通撲通的跳，臉頰也突然發熱起來。

「怎麼了？妳臉好紅。」發覺陰月突然怪怪的悠，納悶的問。

「沒、沒有。」陰月甩開頭不讓悠的手在繼續觸碰她，她低著頭不敢看他，她自己依稀可以清楚的聽到自己強烈的心跳聲。

「陰月……」突然覺得悠叫自己名字的聲音變了調，接著陰月感覺到悠用手將自己的臉對向他的臉，他的臉色變得怪怪的。

「我喜歡妳……」

突如其來的告白讓陰月不知所措，臉更是燙的嚇人。

「對、對了。」突然想到還有重要的事要做，陰月趕緊起身遠離悠。

「什麼事？」對於陰月這個反應，悠不滿地皺了眉。

「我想召喚出神聖鳳凰，你知道怎麼召喚嗎？」陰月用認真的表情看著悠。

「嗯，我知道。」看到那認真的表情，悠覺得有點好笑，輕輕地笑了出來，「我帶妳去祭堂教妳吧！」

十　十　十

祭堂是供養真夜國的守護神的地方，悠將召喚的方法告訴陰月，然而陰月卻一直無法成功，直到第三天的到來。

站在真夜國供奉神聖鳳凰的祭堂裡，沁舞抬頭看著鳳凰雕像，明亮的像月光一樣的眼睛，一瞬也不瞬的望著。

「鳳……」輕輕的呼喚，夾帶著決心。

「什麼事？」沁舞體內傳出聲音。

「我們的契約到此結束。」沁舞似乎用最大的決心才決定講出這句話。

「什麼？！」聽到這句話的鳳，立即從沁舞體內現身。

「妳這話什麼意思？！」鳳站在沁舞前面，憤怒的對她吼。

「你是屬於這裡的。」似乎習慣摸鳳的羽毛，沁舞伸出手摸著鳳身上柔順好摸的毛。

「那妳就奪回妳的位子，這樣妳也屬於這裡！」氣急敗壞的鳳怒吼的說著。

「不……。」沁舞閉上眼搖著頭，走向前將頭靠著鳳的胸，「那位公主可以撐起這個國家，到時你要好好輔助她。」

「為什麼不是妳？」鳳退後一步看著沁舞。

「我……想回人類世界。」望著鳳接著道，「而你必須待在這裡，並且拿回屬於你的記憶。」

「我可以跟著妳回人類世界呀！」鳳激動的說著，「記憶我也不想拿，我只想待在妳的身邊！！」

「別任性，鳳。」柔黃色的眼眸溫柔地看著鳳。

「那妳留在我身邊，答應我，別走……。」鳳用哀求的眼神看著沁舞，然而沁舞依然搖著頭。

「這裡太多傷感了……。」她垂下頭，眼底盡是濃愁的哀傷。

「快回去吧！鳳！」聽到外頭來了很多腳步聲，沁舞抬頭舉起手指著鳳凰雕像，示意鳳回去那。

「我不要！」鳳抵抗著。

「別再任性了！」沁舞也惱怒了。

「除非妳答應我讓我待在妳的身邊，否則我不要回去！」鳳也不管其他了，一股腦兒直接說出自己想要的願望。

「鳳……！」沁舞懊惱地瞪著鳳。

在他們爭吵時，真夜國的士兵們早已包圍住他們，而真夜國的陛下和公主以及實日國的王子也來到。見狀況已經變成這樣的沁舞無奈的轉過身面對他們。

「這是……怎麼回事？」真夜國的陛下看到沁舞不禁訝異的來回看著身旁的陰月和站在前頭的沁舞。

「陛下，站在前面的人是假冒陰月公主的不法之徒。」悠上前走一步，恭敬地向陛下解釋著。

「為什麼……神聖鳳凰在這？」在旁的陰月公主驚訝的看著站在沁舞背後的鳳凰。

「任何人都很有可能召喚牠。」沁舞笑笑的說著。

「不可能……只有繼承人才能召喚的出來呀……」國王低頭喃喃自語道。

「一定是用了不當的手段召喚出鳳來，妳這可惡的傢伙。」悠憤恨地看著沁舞。

「我不會讓任何人奪走我的一切。」在陛下身邊的陰月公主向前走了一步，有決心的眼神與堅定的話語看在沁舞眼裡。

「是嗎？」沁舞冷下眼神，笑容也漸漸地沒入，「打倒我取回這一切吧！」

「青龍！」悠召喚出實日國的守護神——青龍。

一道青藍色的光從悠的體內散發出來，一條藍色的龍在祭堂上空飛舞著。

「不行！」一直在沁舞後頭的鳳飛到沁舞前面阻止他們攻擊。

「退下！」沁舞冷聲道。

「不要！我不要在聽妳的命令了！」鳳直搖頭，如果牠離開了沁舞，那她一定會遠離自己的。

「鳳凰，你什麼時候變得不可理喻了？」低沉又威嚴的聲音，從上空的青龍嘴裡傳出。

「不管是誰，除非打倒我，不然我不會讓你們碰沁舞一根寒毛的。」眾人看到鳳決心的眼神，知道鳳的話是認真的，沒有人敢輕取妄動。

「哼……」

後頭的沁舞哼了一聲，鳳轉頭看，發現平常保持著微笑的沁舞，臉上已無有溫柔的表情，取而代之的是像似邪惡的臉。

「別在傻傻的跟著我了。」慢慢地舉起手，沁舞手上浮現類似光的球體。

接著她往鳳的方向丟，突如其來的攻擊，讓鳳一時傻住無法反應，就這樣被擊了出去。

「為什麼……？」鳳倒在地上痛苦地看著沁舞。

「……」沁舞冷眼看著牠，「沒為什麼。」

接著她再攻擊其他人，而其他人見鳳沒阻擋在前頭，直接毫不猶豫的攻擊沁舞。

「公主！」

突然來了一個人擋在沁舞前頭，他正是賽奇。

「賽奇，你……」陛下見到是賽奇，痛心的說著。

「陛下，在您身旁的不是真正的公主，我這裡的才是真正的公主！」賽奇恭敬的說著，「我知道事實的一切真相！」

眾人聽了頓時愣在地，跟在身邊的陰月不自覺的發抖，她害怕她將在這裡失去一切。

「賽奇……」在賽奇後頭的沁舞輕聲呼喚，聞言賽奇轉過頭去，卻見沁舞手上有一顆光球朝他擊去。

「公主……！」賽奇不可置信的瞪著沁舞。

「不要阻饒我。」沁舞雖然冷著臉，但賽奇可以在她柔黃色的眼眸裡看到，痛苦的悲傷與滿滿的歉意。

「賽奇……！」一直待在一旁的陰月悲痛的喚著，即使他討厭她自己，但有時候賽奇還是會對她好呀！

「我饒不了妳。」陰月抬起頭繃著臉瞪視著沁舞，眼中滿滿是燃燒的怒火，「我不會讓妳毀了這個國家。」。

看到陰月這表情的沁舞，微微牽扯嘴角，看樣子，她的目的似乎達成一半。她邪魅的一笑。

陰月舉起手，手掌周圍漸漸有雷電繞著，她一揮手，雷電朝沁舞身上襲擊過去。但沁舞只是伸手在前，一個防護壁就這樣擋住雷電。

怒氣當頭的陰月朝沁舞奔去，先是一個右直拳打向沁舞的胸口，但她微微閃過，再來一個左勾拳往她的臉部打，依然被她閃過。一直沒打重她的陰月，惱怒地抬起右腿往她側腰踢，卻被她一手抓住。

「陰月。」沁舞突然將臉靠近她面前。

這是沁舞第一次叫她的名字，她納悶地看著沁舞要說什麼。

「妳是妳，我是我，我們是不同個體的。」沁舞突然露出微笑，「希望妳記住我，我叫沁舞。」

還不了解沁舞的話而呆呆看著她的陰月，卻被她突然甩到旁邊去。

「陰月！」見陰月被甩出去的悠帶著關心的話語跑到她身邊去。

沁舞站著看陰月和悠，接著微微轉頭看著安靜立在旁邊的被布遮著的大型物體，她知道那塊布底下是一面大鏡子，是個可以穿越國家的鏡子，只要觸摸它，她就可以去她想去的地方了。

轉過身邁開腳步，沁舞恍惚的慢慢走向鏡子，她想到那個國家，她不想在待在這個國度，這裡只會帶給她痛苦，只有那邊才會感到快樂，只有那……。

「別想逃，青龍！」認為沁舞要逃的悠，命令青龍阻止。

一直盤旋在空中的青龍，由上俯下衝向沁舞，瞬間，沁舞胸口像似被劍刺穿一樣，噴出許多鮮血。

痛苦襲上沁舞的心頭，流出過多的血讓沁舞無力的倒下，熟悉的感覺慢慢映入她的腦海裡，曾經……她也這樣被人

刺穿過，但那次很幸運的被人救起，這次她還能被救起嗎？

「公主！」賽奇見倒在地上流出許多鮮血的沁舞，艱難地起身奔到她身邊。

「撐下去！公主！我帶您去療傷！」看見沁舞跟以前一樣被人刺穿胸口，著急地想扶起她帶她去治療。

「不……」虛弱的沁舞緩緩搖著頭，「就……這樣……吧……」

「我……累……了……」沁舞將頭靠在地上，眼神開始出現渙散。

「公主！」賽奇失痛地叫喊著，「不可以！別忘了另外一個世界那裡還有一個人等著您回去！您不可以就這樣拋棄他！」

聽到賽奇的話，本來想放棄存活的沁舞，用著最後的意志力，抬起頭來看向那面被布蓋住鏡子。她緩緩地朝鏡子伸出手，想到另外一頭有個人在等她，她難過的流下眼淚。

「凝夜……」

……

對不起，我可能無法回去陪在你身邊。

沁舞這麼想完，意識也漸漸地消失，手無力的放下。

「公主！」見到此狀的賽奇悲痛的喊著。

似乎聽到賽奇的喊叫聲，昏迷的鳳緩緩地睜開眼，然而眼前所入映的卻是沁舞倒在一片血泊中。牠瞪視著眼前這一切，腦袋瞬間呈現一片空白，似乎無法接受這個事實。

「沁舞！」已經失去理智而怒吼的鳳，身體瞬間發出閃耀的紅色光芒。

十　十　十

再次睜開眼睛，沁舞發現她躺在洞穴外面。霧……已經不像剛來的時候那麼濃了。

「這是……怎麼回事？」坐起身，低頭看看身體，完好如膚，沒有一絲受傷過的痕跡。沁舞納悶地歪著頭。

「沁舞……」

突然有人呼喚她，她抬起頭看向前面，走來了一個人，在陽光的照射下沁舞看不清那個人的面孔。

「我找到妳了。」直到那個人走到面前拉她起來並緊緊地抱住，低沉聲音在她耳邊響起，她才知道那是誰。見到熟悉的面孔，她嗚住嘴巴不爭氣的掉下眼淚。那位男子也不多說什麼，只是緊緊地抱住沁舞。

「走吧！回家了。」男子拉離沁舞，握住她的手，轉身準備帶她下山去。

沁舞轉頭看向洞穴，另外一邊的國度，就交給他們自己處理。而她自己以前的回憶就在這到此結束，她的生活將在這個世界重新過，新的一天將從今天開始。

決離了這個洞穴，她邁開腳步，靠在男子的懷裡，她的幸福就在這裡。

永別了……夢幻的國度……。

（陳立驤老師講評：文辭優雅，文章唯美，但主旨似亦模糊不清。）

（宇文正老師講評：異世界的傳奇，是一篇結構完整的故事，但就玄幻小說而言，驚奇度不夠。）

（謝芬英老師講評：部份情節交代不清。）

【第三屆高苑科技大學網路文學獎——散文類組】

〈道別〉

第一名／高苑科技大學／經營管理研究所／林怡吟

阿公過世的時候，我來不及見他最後一面。

那天下午，救護車淒厲的鳴笛聲劃破寧靜的天空，急迫且哀傷。

阿公從醫院回來，拔除呼吸器後，只剩下微弱的氣息。回家途中，早已陷入昏迷狀態，守在一旁的親人都明白，阿公是硬撐著身子，想多掙一些時間，好回到家裡。

阿公生前再三囑咐爸爸和阿伯，要讓他在家裡嚥下最後一口氣。在他意識清醒時，便常嚷著要回家。他知道自己來日不多，所以不希望在醫院死去。他老說人如果沒有在家裡回去，那就叫死於非命。死後的靈魂會在陰間遊盪，頭七時找不到回家的路，就不能回來看看子孫，死了心頭如果還掛著遺憾，放不下塵世的種種，便無法了結這一世的緣去投胎。是啊！老一輩的常說，人從哪裡來就從哪裡走，往生的時候，能在生根的家宅裡壽終正寢，落葉歸根，這樣人生在世才算圓滿。

為了完成阿公的心願，在醫生發出病危通知時，爸爸和阿伯當下決定把阿公帶回家。救護車上，阿公費力地睜大眼睛，以堅韌的眼神抗拒死神召喚，盼望牛頭馬面可憐他，能多通融些時間，好讓他順利回家，踏上最終的歸途。

阿公在緊要關頭不輕易妥協，直到進了家門沒多久才斷了氣，沈沈地睡去。我趕回去時，阿公已經走了。

幾片木板拼湊的板仔床，阿公的遺體就擺在上面。兩只僵硬的腳掌對著門口正前方，挺直地向眾人宣告自己的死訊。

那是我第一次看見死人，不感到害怕，也沒有熱淚盈眶。

看著跪在阿公身旁哽咽的爸爸和阿伯，面無表情的我倒像是另一具屍體。

爸爸要我跪下，在阿公耳邊大聲地喊，讓阿公知道我回來送他了。我照著爸爸的意思蹲下來，嘴湊在阿公耳朵旁用力叫著：「阿公、阿公，我返來啊！我返來送你啊！」

我搖著阿公的手，冰冷的體溫由指尖傳送而來，冷不防地顫抖了一下，迅速地將手抽離那褪去溫度的軀體。

阿公的臉上，糾結的紋路刻劃著歲月的蒼桑，削瘦的雙頰顯露出病痛的折磨。但是現在，他躺在那裡，平靜安詳地解脫了一切。

我沒有意識地盯著阿公，動也不動，腦中一片空白。不知道持續了多久，直到家人撕裂的哭聲喚醒我。那一刻，我才真的明白，躺在木板上的那個人永遠不會回來了。

阿公少年時代過得很苦，阿嬤在爸爸八歲時去世了。一個大男人獨自扶養兩個小孩，日子是咬緊牙撐下去的。那時，家裡經濟不好，阿公無力讓爸爸和阿伯繼續升學，兄弟倆國小畢業後就跟阿公去金店當學徒。為求三餐溫飽，阿公不得不斷送兩兄弟的前途，沒讀冊這件事，阿公始終耿耿於懷，覺得愧對祖先。因此，在孫子陸續出世，家裡生活環境改善後，就把所有的期望放在幾個孫女上。

媽媽和伯母像是約定好一樣，各生了三個女兒。沒有金孫，林家香火無法繼續延續，阿公雖然有點無奈，覺得造化弄人，也知道無法改變現實，只得乖乖順從老天爺的安排。

阿公從未抱怨兩個媳婦的肚子不爭氣，也不嫌棄一家子都是女孩，他依然把幾十年虧欠兒子的栽培與寄望，毫不保留地移轉到我們身上。望女成鳳，這樣的期盼與壓力，打從我有記憶來便無時無刻存在，怎麼樣也擺脫不了。

阿伯的三個女兒，從小品學兼優，和老是倒車尾的我們形成強烈對比，因此深得阿公的寵愛。同住一個屋簷下，阿公對她們的噓寒問暖，全看在我和妹妹的眼裡，縱使有千百個不識滋味，但樣樣不如人，阿公的冷眼對待也只能往肚裡吞。

無辜的爸媽也受連累，因為三個女兒讀無冊，成績差，讓阿公臉上無光。說實話，比起阿伯，爸爸真的遜色很多，頭腦不會變通，嘴巴不夠甜，不會看人臉色。更慘的是一樣都生三個女兒，竟然沒有一個比得上人家，被冷落是理所當然，因此我們一家統統被打進了冷宮。

當然，阿公的偏心爸爸也看得出來。除了對我們加倍疼惜及物質上的補償外，仍不時耳提面命要我們學會包容及寬恕。再怎麼樣，阿公使終是他的爸爸，是我們的長輩，只要我們喊他阿公一天，就要善盡為人子孫的應有的孝道。

叛逆的我很討厭聽到爸爸這麼說，總愛頂撞地回應他那叫做愚孝，之後就會換來爸爸一陣白眼和冗長的訓話。

童年成長過程中，阿公和我們就像是巧遇的陌生人，簡短的打聲招呼，便形同陌路，很難有交集。但對待阿伯的三個女兒，態度硬是三百六十度的大轉變。

阿伯的女兒，兩個碩士，一個博士，都在學校裡當老師。十幾年前，老師可是神聖崇高的工作。樸實的小鎮裡，家裡出了三個高學歷又從事教職的孫女，阿公走在路上都有風，逢人便誇讚他這三個寶貝孫女，十足出盡了風頭。

至於我們三個，阿公則絕口不提，偶爾有人問起才會冷冷地說：「文隆仔那三個，憨慢啦！讀無冊！」

阿公的冷嘲熱諷，我們早已習以為常，不太會放在心上。加上爸爸時常告訴我們別太計較，做人處事盡力就好，過程最重要。至於結果他要求不高，只要我們三姐妹能平安健康，乖巧孝順，那就夠了。

我常想，要不是有這麼好、這麼疼我們的父母，否則在這種差別待遇下，搞不好會心理不平衡。還好老天爺是公平的，給了我們這樣的父母，讓我們一家人更團結，情感如同銅牆鐵壁，沒有任何武力可以擊潰。

話說回來，倒不是我們不想替爸爸出口氣，只是人的資質不同，我們不是唸書的料，強人所難只會更痛苦。因此，三姐妹唸完專科後都不打算繼續升學，上大學是個遙不可及的夢想，明知這個決定會讓爸爸失望，卻也無能為力。

阿公也說既然唸不上去就去找工作，早點踏入社會賺錢，能夠減輕家裡的開銷，而且光是供我們唸專科就花了不少

錢。原來在阿公眼裡，他看不到我們的努力及付出，不管做什麼，我們只是賠錢貨。

專科畢業那一年，不知是突然開竅還是受了什麼刺激，我告訴爸爸要考插大，為他出口氣。爸爸聽了後臉上老淚縱橫，贊同我的決定，媽媽和妹妹也全力支持，一家人把平反的機會放在我身上。我知道自己身負重任，為了不辜負眾人的期望，為了不讓阿公看輕我們，於是卯足全力拼命讀，只要是能考的學校都報名，總共考了十一家大學，南征北討的好不辛苦。

然而，阿公對我的努力依然視而不見，還悻悻地說會考取報一間就上了，竟然花了那麼多錢考了十幾所，真的是無采工又討債。所有的冷言冷語一一化為助力，再加上老天有眼，我幸運地考上北部一所大學，全家歡天鼓舞，就要出頭天了。

成為名副其實的大學生後，阿公對我有些刮目相看，說話語氣裡也多了股熱絡，但沒有縮短我和他之間的距離。我開始愛理不理，驕傲起來，因為我厭惡這種轉變的阿公。

七十九歲那年，阿公得了攝護腺癌，幸好發現得早，病情即時控制，沒什麼大礙。只是生病後的他話不多，不再四處串門子，誇獎他三個寶貝孫女。一早起來就在躺椅上，默默地看著店裡往來的人，看著一家子的生活起居，看著日出日落，晚上用過飯後便早早就寢。

一天夜裡，阿公如廁時在浴室裡摔了一跤。老人家禁不起摔，身子更是虛弱，連下樓的氣力都負荷不起，不得已只能成天待在房裡，望著四面牆發呆，從早到晚，日覆一日。

二樓樓梯口的旁就是阿公的房間，牆上的窗戶可以看見上樓的人。家裡的浴室就在阿公房間的隔壁，每回上廁所一定要經過那扇窗，沒有別的路可走，又不可能憋著不上。只要腳步聲響起，窗口內阿公的眼睛像遊魂似的，不時地窺探著是誰上來了，盯著上來的人能進去和他說說話，或叫叫他也好。

我總是故意忽視阿公熱切的眼眸，倔強地走過那扇窗，閃躲著那雙年邁及悔恨的眼睛。

阿公活了很久，在八十四歲那年去世，算是長壽了。

在他生病後這幾年，醫院進進出出的好幾回，最後那幾個月，甚至以院為家。他的身體日漸衰竭，需要人整天看著，媽媽和伯母只得輪流到醫院陪伴阿公，照料著阿公。

每次，媽媽從醫院回來，總要我們三姐妹撥空去看看他。她說阿公嘴上老掛著我們三人，有一句沒一句地唸給媽媽聽：「靜慧仔她三個哪會攏嘸來病院看我？我等袂那麼久，來看一下仔嘛好。」

靜慧是我以前的名字，小時候我改過名。二十多年了，阿公還記得我小時候的名字，我感到有些惶恐，害怕這是不是人家說的迴光返照，快要死的人都會記起過去的事？阿公是不是不行了？

這樣的警覺鞭策著我們走了趟醫院。

不過那個時候，阿公已經不太清醒，大半的時間陷入昏睡狀態，我和妹妹只能看著病床上的阿公，不敢靠他太近，遠遠地、安靜地凝視那張生疏又熟悉的面孔。

就這樣，阿公走了，我沒有和他說再見。

作法事的那些天，誦經聲不絕於耳，師公伯仔口中唸著超渡的經文，嘴巴一刻也沒有停過。全家人照著師公伯仔的指令，跪了又拜，拜了又跪，每個人的膝蓋跪得又紅又腫。

爸爸和阿伯請人糊了樓房、汽車、紙紮偶，也準備了不少紙錢，要燒給阿公，希望他在陰間也能住好用好，不愁吃穿。

火化前一晚，師公伯仔要我們把準備燒給阿公的東西擺好，一家人手拉手團團圍住，再三叮囑著我們千萬不可以鬆手，不然外頭的孤魂野鬼會趁隙搶走阿公的「庫錢」，這樣阿公在下面會很淒慘，沒有過路費好通行。

我緊緊拉著妹妹的手，片刻也不敢放手，不停地繞著火堆走啊走。

「阿公啊！您可要好好看著這些錢，不要被孤魂野鬼給搶走了。」我心底不停地喊著，希望阿公能聽見，滾燙的淚水從眼眶中流下，火光中只祈求阿公在陰間的日子能過得舒適，無憂無慮。

出殯那天，往火化場的路上，我的眼淚沒停過。

哀戚的樂聲，每個音節重重打在心裡。送葬的隊伍拉得好遠，披麻帶孝，我的視野變成白茫茫一片，多希望眼前看到的都不是真的，所有的一切可以重頭來過。

火葬場裡，阿公的棺木，平放在輸送帶上，緩緩地向火化爐推進，漸漸地的消失在面前。

爸爸要我們忍住淚水，緊閉雙唇，不能哭，不能叫，這樣阿公才不會捨不得離開人世，眷戀陽間種種，才能心無牽掛地前往西方極樂世界。

我止住了淚水，這是我唯一能為阿公做的……。

火葬場的煙囪吐出縷縷白煙，爸爸說那是阿公的魂魄升天了，我的眼淚又再次地宣洩下來。

細煙裊裊，隨著風消散在湛藍的天空。我多年的悔恨，也伴著揚起的塵沙，飛逝得無影無蹤。

（郭寶元老師講評：與阿公道別，往事歷歷卻也雲淡風輕，作者溫潤的情感就凸顯出來了。）

（邱淵惠老師講評：祖孫關係，文字流順）

（宇文正老師講評：寫阿公、以及家族的愛恨，從許多細節勾勒出複雜微妙的親情與人性，文筆乾淨、節制。）

〈爸爸與香菸〉

評審推薦獎／高苑科技大學／資訊管理系／許德勇

記得我小時候的每個夜晚都期盼著爸爸工作完後返家，然後盼著他點燃一支香菸，一支能帶給我樂趣的香菸。

每次看望著爸爸從嘴裡吐出的一圈圈白煙，看著看著，那樣子正好像極了天空中的浮雲在我的眼前輕飄著，然後慢慢地淡化掉、消失。每當爸爸和我玩開了的時候，他的嘴角就往上揚，他知道我開心著，有一次他趁著我笑開懷的時候，吐出了一道長長的白煙，那陣煙撲向了我的臉，都還沒能來得及反應時，我就深吸了一大口，那味道聞起來好不是滋味，我咳的連眼淚都流了出來，還因此大哭了一場。

一年一年地過去了，我察覺到爸爸的頭髮逐漸泛白，皮膚逐漸地出現一段一段的皺摺，我告訴他說：「你的頭髮像極了抽菸時嘴裡吐出的白煙」，他聽見我這麼說時，只有笑笑地說我別再嘲弄他了；不過他終究是老樣子，嘴裡抽著一支香菸，一支帶給我鬱悶的香菸。

一歲一歲地長大了，爸爸已經不再對我吐煙了，菸灰缸裏抽完的香菸是我在替他倒，眼看著垃圾桶裡面裝著的不是飲料罐子、紙張，而是衛生紙堆中參雜著抽剩的菸頭，於是每次我都擺著一張苦臉給他看，就像在埋怨著甚麼事情一般。我算一算爸爸也年過半百了，依舊是抽著他的長壽菸，有一次我終於按捺不住了，我告訴了他一句很沉重的話：「抽一支菸或許是你放鬆的來源，但是你點燃了一支菸也就是點燃了全家人性命的安危。」

不曉得這一句話是不是打擊了爸爸，他在家裡的笑容少了許多，回到家後再也沒有抽過菸了。於是我偷偷地翻開他的抽屜找著長壽菸盒，果然發現平時出門在外工作的爸爸抽菸的數量增多了，我明白這不能怪爸爸，因為我責備了他，責備了一個為了打拼工作維持家裡生計的爸爸。我不能怪爸爸，因為他背負的是家庭的重擔，是一家之主。

一天一天流走下，每到了假日我就會趁著閒暇之餘上網找著戒菸的方法，看著螢幕、敲著鍵盤、點著滑鼠，我甚至覺得滑鼠已經被我反覆的按到停擺；看似一切的方法都不適合套用在爸爸的身上，於是我想到了在偉大的爸爸節來臨前我或許能策劃點事情。我在文具店我特地選購卡片和包裝紙，而禮物則是我必須仔細費思量的重要環節。

到了爸爸節的當晚我和爸爸相約在頂樓上看夜景，仰望著天空中沒有一絲絲的浮雲，在此際我送了他一份禮物，是裹著美麗包裝的禮物；爸爸拆開禮物後向我展了一個大大的笑容，我還來不及說那樣子像極了高高掛在夜裡的月亮時，爸爸就給了我一個緊緊的擁抱。我知道、我知道，在夜深深時，情更深時，一旁沾著我倆幸福滋味的是那長壽菸盒子，一包本來該裝著滿滿香菸但卻是空著的------長壽菸盒子。

（邱淵惠老師講評：空菸盒的啟示。）

（宇文正老師講評：很可愛的一篇小品，細節自然、生動，但可以更放手去寫父親與香菸之間的依存關係，不必因吸菸的道德問題而受到束縛。）

〈言父〉

佳作／高苑科技大學／企業管理系／王崇峰

他沉默地看著電視上這樣一則新聞：「高雄警方接獲一間寺廟持錄影檢舉，一吸毒男子因為身無分文，毒癮發作，竟大膽拿塑膠長條尺，以尾端黏住咀嚼過的口香糖，黏起香油錢，所盜取的贓款盡數供吸毒所用，該名男子日前已從錄影所擷取的車牌號碼，循線捕獲………」

記憶像無聲空間裡的某蚊蠅，在僅有的電腦桌與床鋪之間嗅尋一抹腥的胭脂紅，他微瞇著基因遺傳下的內雙眼，企圖從某蚊蠅無序軌跡下捕抓它搖擺的弧度，奢想雙手一揮，某蚊蠅便盪著弧度癲狂出落地窗，無奈竊子狡猾，依舊歹意，他決下狠心，某蚊蠅噗哧一聲，成為掌心裡本自一體，今為竊子遺腹。

他懊惱著憶起這跟他父親遭遇即為類似的新聞，或許還該穿插進一個小配角：「該男子經常交給自己兒子一包口香糖，要其兒咀嚼完之後，妥善包裹，交給父親，稚子年幼無知，依言照辦………」

啊——他的罪孽與許已被判官在生死簿上撇下一筆，連某蚊蠅都徘徊在判官身旁嬉言諷齧，似預言他的遺腹子必延續公平正義。

他早該明白誰才是十二門徒的猶大，不讓行蹤洩漏給稚幼同窗，原以為坦誠相對，必得緊懷擁抱，不曾想猶大如此狠心：「他的爸爸被關了，在吸毒的啦。」

他的父者該是領他一逕冷暖的披風袍，如今成為飽滿雨水的緊縮黑雲。

父者，你底下的黃金稻穗，必將承受或重、或輕的濕潤滴答。

他囁嚅：「蚊蠅不遮我眼。」

※※※

他矮身匐匍至樓梯旁，連馱著生命之重的蟻也不曾驚惶。「確定是肝癌啦，目前還很小，可以切除，他還不知道，瞞著。」他所僭越的是那些所隱藏的。

他的手裡滿是數據流的排列，不是希冀，連遺忘都不曾。自此開始倒數，在空白的一頁，抹上一碼，續上一行，接著一千八百二十四，之後徬徨。

他與父親不曾相擁，父親被蟻馱著，體察不微，不曾知曉，父親高聲朗誦：「多活一天也是一天，還是想再多活一天。」父者之大智慧，是否早已明視，不遮一絲瑕垢。

他悲泣：「不是已戒毒，不是早已不喝酒，怎會怎會，怎還會？」卻連哽咽都不透窗簾，斑斕也不進，唯蟻角落踽行。

※※※

父親何辜，已進陋室，蟻進陋室。

他於平地高喊：「想飛，不為任何人停留。」

在桌上或街邊進食，在書店與電腦前閱讀，思維都已下一秒虛擬。他眼眶含血淚，連斷羽都汩汩嫣紅。

早餐吃全麥水果三明治是幸福的、親手翻頁小說結局是幸福的、一首不知名的歌曲在便利商店播放，他恰巧在櫃台結帳，這些都是幸福的，卻不足以抵抗越來越清晰虛擬的下一秒。

再次：「想飛，不為任何人停留。」

※※※

父親，你已如此虛弱，助行器與輪椅悄悄地成為你的老繭：「要吃水果嗎？」、「要吹冷氣嗎？」、「上樓熱了可以開冷氣。」啊——何必再對他如此慈悲，他不是你的老繭，他以背影捨棄，他對你憤怒相向，甚至唾棄，切莫再讓他自離開你的眼裡後，耳聞冷氣關閉。

木匠在哪裡？這斷脊之梁該當若何？他化身海東青，不敵梁裡啄木鳥。無助的人在哪裡？在祈求木匠的禱言裡。不為任何人停留的海東青也鎩羽，在這裡，在佝僂的父親身上。

※※※

五月，他攬下二十年的十六夜，雙手合十首次虔誠許願：「我願相信，我願信妳所言，必會實現。」他繳械所有防備，跪伏流淚。

他的心開始屬於黑夜了，在父親的臉上始於黃昏時。膽汁在父親的腹腔裡蜿蜒，連瞳孔都植了大漠荒原。孤狼在泣血，狼嚎引起左近幾頭老狼，「呼呼」的喘息聲如此迫近，連草原都為他們鋪蓋床被。他也渴望一床，在父親身旁，在被窩裡彎曲如蝦米、如嬰孩，耽溺臨近的夜。

那些被輾過的記憶碎片如此銳利，冽著一抹冷鋒，他親眼見證，父親如此嘶吼：「把鑰匙給我。」他沒鑰匙，他不知鎖孔，他只持手機。

手機為他帶來二十年的十六夜，他傳唱：「我們回家好不好？」歌聲從父親腳底的強心劑孔流瀉，連血小板都不願下休止符。

他捧著盛滿白米飯的碗，左手與右手朝天一揚，拋物線的軌跡按照眾人預定的路線砸落：「你的病都好了哦。」像籤言、似準則，連旁人都瑣碎叨唸。

※※※

他的眼睛該追尋忘川與奈河，他在人間跪伏，匍匐過仿橋的板凳，伴隨身著七彩華麗衣裳女子的歌舞，連悲泣都由白衣女子代替：「過橋喔，你的腳都好了嗎，過橋喔，有沒有聽到，你的腳、你的病，都好了喔。」他的喘息在彼岸，他渾身顫慄，身體泛起窒息感，連承諾都該由未曾蒙面的老嫗應答：「我很好，你們自己照顧好就行。」這是旨意，他必忠誠。

那天深夜，也許凌晨，他睡意朦朧，在廳堂守最後一夜，被哽咽聲驚醒，搜索聲源，一黑影趴伏於父親最後居所：「我們夫妻這麼多年了，不要說斷就斷，要記得回來看看。」這一次，他當了逃兵，轉身假寐，連眼淚都批奏他的退伍。

父親必得善果，連葬儀社都跟老祖母勸解：「等一下要出去會給妳一根棍子，妳可以打他，說他不孝，不過最好不要啦，他也沒幾歲，丟下老母、老婆、孩子，好好走嘛。」一定有甘美的處所靜待父親。

「火來了，走開喔，火來了，要躲喔。」他回憶起五月燃燒到六月：「死人瑣事多。」

※※※

他鑽研比較靜態分析，企圖在內生變數下維持均衡，面對供給曲線的向左偏移，他的需求曲線往右無限延伸，無力面對超額需求，他在無異曲線中走頭無路，辨認不出東北角：「一隻看不見的手。」他如此恍然。

連電話帳單都不學會遺忘，姓名欄上所載早該學會過去式。他需要去電信局、鄉公所、職業工會、國泰人壽，各棟

邊邊角角的房子，也都一如父親後來居所。

他在夜裡都不寂寞，他頻繁噩夢，似下墜於沒有終點的高空，渴望一雙翅膀，全身卻被綑綁，他在夢裡驚覺：「這是夢、這是夢，我要睜開眼。」他爬起身子，印入他眼簾的是一個更寂寞的夜與更真實的夢：「這是夜、這是笙歌，連街道都受恫嚇。」

這樣的後續，他的身體開始搖擺、旋轉，他乘著風，風箏都欲以比肩：「我所造就的一切、父親所造就的一切，都該加諸與我。」這是他能承受的，他樂意之至，連熱浪都歡聲鼓舞，夏季就該這樣宣布。

※※※

他說過，他必忠誠旨意：「大量吸氣、均衡吐氣、二進二出，繼續操場上不為人知的戰役。」他為自己的身體架構堡壘，他改善日常作息：「給我一個禮拜，一個禮拜之後不是逃兵。」

父親生前希望他有個好工作，不要像他一樣，辛辛苦苦一輩子，凌晨就要出門。他聽見了，他大量閱讀，他要重返校園，找一條自己的路。一個金牛座必吝嗇：「我要賺回學費，這學期必定在圖書館租回同等學費的書；上課睡覺太不舒服了，他不怕曠課，要睡不如在家暖床上；選修的課不上太浪費曠課的節數，他懂得節儉；必修的課不上，連助學貸款都會催繳。」他勢必打贏每一場與自己的內戰。

他手持三炷香，拜三拜，接著合掌呢喃：「我會有一個健全的身體，以自己的學識獲得一份甘美的工作，我必貫徹你所指的，也忠誠你所言。」

「我如此愛我父，父者也如此愛我。」

（宇文正老師講評：以濃稠的文字描寫微妙的父子關係，送別一位吸毒、罹病、早逝的父親，卻並不灰暗，仍有著溫暖的信念。）

〈獲得救贖〉

佳作／高苑科技大學／資訊傳播系／杜欣旻

那　天，得到救贖。

我依然記得那天，難得我又如以往一樣到了學校，想要假裝那些事情都沒發生過已經不可能了，但是至少我可以學著忽略身旁那些人的感受。

如果這時候有人問我感覺如何，我大概會回答，去他的感受。

我把身上紫色的襯衫穿好，那是昨天剛買的，還記得姊姊昨天神秘的笑著對我說，這是變態的顏色。我回他是啊是啊，愛上男人的我就是變態，你又奈我何。她還是掛著她那幅詭異的笑容回房間，有個腐女的家人該說是幸還是不幸？幸的是當自己的事情曝光後第一個站出來為我力挺的，就是她。但是不幸的是，姊姊總愛拿這件事說嘴，真想大聲斥責她說我也是愛女人的，是個正常男人。

大學生活還是一樣照過，進了教室門，其實有一半的人也不會有興趣知道我發生了什麼事，這就是大學，一個不管你做了什麼別人也不會認真去看待你的地方。避開那些人八卦的目光，不想去看到別人的嘴臉，所以我刻意挑了看不到其他人只看的到教授的位子，不同於以前乖巧上課的坐在後面努力聽取和同學討論，如今的自己，只有一個人，而以前陪伴在自己身旁的幾個好友，也不在了，只有自己一個人。

「今天我們要上到資訊管理的實際應用……」

****

今天好像該是歡樂的禮拜三，我卻高興不起來。

上了早上兩三節的科技資訊課，都快打瞌睡了，結果下午還有通識課要去上。那是一堂神奇的課，我還記得剛開學去上時，老師教了我們很多，說什麼要找到自己的價值什麼的，之後發生了那些事情後索性課也不去上了，所以我也算

是假藉著生病曠課了很多節。

看到滿滿都是人的教室，心裡撲通的跳了一下，怎麼期中考都過了，學生還是那麼多？我吞了吞口水，在門口處的點名表上勾上自己的名字，看到名字後面的未到標記，著實讓我嘴邊漾了一股冷笑。曠課，真是個美好的字樣，這是以前的自己沒有想過的事情，以為自己從不會穿的紫色格子襯衫，以為自己從來不會翹課，以為自己還可以忍耐的下去，以為自己沒有脾氣不會揍人，以為自己……不會愛上同性。

想到這裡，我嘆了口氣。我刻意走到了最後面的位置，因為這堂課的學生都不認識我，所以我可以很安心的在這裡喘口氣。

難得老師不講課，他放上了影片。

那是個讓我現在回想起來也會感嘆的影片。

其實內容很平凡無奇，是些多重障礙孩子的紀錄片，裡頭孩子殘缺的殘缺，甚至不會說話眼睛全盲，卻有著出乎意料的絕對音感的小鋼琴家和小作家，坐在我前面的台客群學生還學著影片裡的孩子說話，模樣奇形怪狀的。以前的我絕對會嗤之以鼻，並且對影片裡的內容無法感同身受，但是我看完了，心卻漸漸酸了，我突然可以體會到父母有這種孩子的感受，也突然體會到就算自己不在意別人的眼光，還是會被自己以為的殘缺給傷害得淋漓盡致，最後老師又放了個影片，是關於她到外國的志工服務，老師捨得放下身段到落後的國家只為了幫助那些人，這是多麼偉大的情操，而那些有著殘缺孩子的父母親也還是無微不至的照顧著子女，如果自己也這麼努力過人生，那麼爸媽和朋友們是不是會諒解我？是啊，一直無法想開的事情，就在此刻獲得救贖。

那些影片裡的孩子那麼努力的想活下去，而我自私的心卻把自己困在泥沼裡走不出來，從來都不向外求救，還自憐自艾的認為已經到了盡頭，認為世界就這麼虧待我，什麼不好的事情都發生在我身上。

其實很簡單的，發生這些事情的出發點，只是因為想要人愛我而已。

真正的愛我、看著我而已。

下課時我帶著微紅的眼框，去了老師的身旁，輕聲的道過謝謝，她問我發生了什麼事，我說沒事只是感觸太深，讓我想到以前的障礙朋友，當然後面這句是騙人的。老師難得的沒有說很多話，她只是更憐憫的，用她肥胖寬厚的手掌拍了拍我的肩膀說。

「笑一下嘛，這是值得開心的事情，這表示你有感情啊。」

對，我還有感情，這句話在我腦中迴盪了許久。

我不知道我怎麼回的家，家人都出了門，這種孤寂的情緒傾瀉而出，閉著眼睛也無法阻止流出的淚水，只知道女人的淚像珍珠，不知道男人的淚珍不珍貴。

腦中的回憶不斷回籠，痛苦是有的，但是為了以後，我必須這麼殘忍的對自己。

「啊……」

我無力的跪倒在地上，用雙手搥打著地板，奮力的，直到打出了血我也不想停，碰碰碰的一下又一下，到底打在地上痛的是我的手，還是我的心，黏呼呼的血和淚都混雜在一起，直到精疲力盡才停下。

只要今天，過了今天，就讓我在最後的這天盡情悲傷。

我會忘記，忘記過去對別人的傷害，去彌補，去接納別人對我的關懷。

所以，我可不可以再自私的悲傷一次。

痛苦已經不能代表什麼，我獲得救贖的那剎那，才是真正把我的心血淋淋的剖開放在陽光下，那樣的熾熱卻又直接的痛。

我想我，還需要一點時間去走出來，走出我在這個社會所受的鳥氣，別人的異樣眼光，家人的冷潮熱諷，還有，無

法接受我愛意的同性朋友。

是的，不管逆境多麼的艱困，我還是沒把我以前那種樂觀的個性拋棄。

我依然相信只要我肯向前，那麼前方雖然不知道對不對，但至少算是我的一條路。

起身，上衣脫掉後，把自己關進了浴室裡，打開冷到極點的水龍頭，現在是冬天，而我洗著冷水。

「手，很痛啊……」

看著自己那雙髒污的手，血啊肉啊都模糊在一塊，可是只要再一點時間，就會全好了是吧？是吧？趁自己還沒有放棄人生的念頭時，回頭吧。

回頭，至此再也不輕易的放棄生命，好嗎？

跟自己這樣約定後，摸了摸手腕旁已經結疤的痕跡，那是我曾輕生卻被救回來的痕跡，自認為是老天爺恨我而給我的烙印，卻忘了是不是因為有人愛我而被召喚回來的記號。

我破涕為笑。

明天我依然要穿紫色的衣服去學校。

再讓姊姊笑我也沒關係，再讓朋友笑著打我說你終於回來了，再讓老師用她溫暖的手拍拍我，再讓躺在病床上的朋友，繼續相信我。

因為我知道關心我的人，其實一直在身後，只是我不願意去看，沒有仔細認清。

趁自己墮入黑暗之前，再相信一次光明吧。

只要這樣，就還有走下去的力量。

因為明天永遠在那裡啊，不會走的，是吧？

（邱淵惠老師講評：同性之愛）

（宇文正老師講評：尋找救贖的過程，很真摯，其中姐弟相處的對白、語調很有時代感，可再發揮。）

〈雨季〉

佳作／高苑科技大學／資訊傳播系／丁雨欣

回家三天，但是卻沒跟媽說到很多話。最近的她看起來好累，為了不讓她更加煩心，想家的眼淚和在外的委屈都被自己好好的藏在笑容裡。昨天，我們一起做了餅乾、做了布丁、做了壽司，媽的壽司好好吃。她說秘訣就是在飯裡加一點蘋果醋，淡淡的酸和蘋果好香的氣味，還有滿滿的餡料，花壽司、芝麻壽司，下次試試蛋皮吧！媽說可以在餅乾裡加進杏仁粉和杏仁粒，好讓餅乾更香。

杏仁的味道遠遠撲鼻而來不用咬下就知道，很多人說不喜歡杏仁，但對我來說那是小時候的大半部，因為爸媽工作忙碌，我們相處的時間不多，最開心的時刻就是在星期六晚上和媽媽坐在電視機前面一起吃著薄薄的杏仁餅乾。有一種幸福又懷念的紮實感。

巧克力口味的餅乾也好香，濃濃的巧克力可是不苦也不太甜，手工餅乾的厚實感是外面吃不到的，媽媽的味道花再多錢也買不走，忙了一下午的我們確實是腰痠背痛，但卻因為做出好吃的東西而開心，就像愛吃美食的饕客遇到了新鮮的生魚片一樣。很難得會有這樣的閒情逸致一起下廚，不知道甚麼時候開始，我們都有了一些自己的小秘密，也許是怕對方擔心、怕對方心疼，所以都不願開口，可是卻成了彼此之間的阻隔。

不過這些隔閡奇怪的好像隨著我離家三百多公里的距離而慢慢消失了，電話裡的我們談天說地就像好久不見的老朋

友，我在電話裡抱怨著為什麼找不到好男人來愛，媽卻叫我眼睛睜大一點，而她則偷偷透露弟弟被狗咬到屁股的丟臉事。

十月三十一日早上8:45的自強號要離開台北，媽在七點進房叫我，坐在床邊的她，紅了眼眶。直說：我捨不得妳，我會擔心。

鼻子痠痠的，要好努力憋住呼吸才能忍住淚水，我知道媽媽一個人的辛苦，多希望我在她身邊，也許今天就能為她分擔點什麼。

這讓當初堅決去高雄的我是為了甚麼而堅持的呢？但我卻也感激，要不是這段想念的距離至今我應該還是個讓人放不下又自我中心的固執孩子。

哪個異鄉的孩子不想家？

總是要裝做很無情的沒回家也沒差，是怕自己軟弱的陷入想念的漩渦裡，其實有多希望吃到媽媽做的飯，多希望吃到媽媽做的點心、蛋糕、餅乾，多希望喝到媽媽現打的果汁，那是再高級的餐廳都比不上的。

以前天天在家卻想逃離這個束縛自己的地方，覺得做什麼都會被阻止。現在才真懂所謂身在福中不知福的滋味。8:49向南駛的火車，爸爸煎了蛋餅，卻已經沒有味道了。吃進嘴裡的……是場突如其來的大雨，和另一個雨季。

（邱淵惠老師講評：母子情）

（宇文正老師講評：從食物寫親情，平易中有真味。）

【第三屆高苑科技大學網路文學獎——新詩類組】

第一名／高苑科技大學／建築系／張語虔

〈禪〉

荷葉蓮蓮
漣漪起波波蛙鳴
在蟬身殞落之前
盪漾　漾盪
繁花細雨落風賞
落呀落呀
落
下
片片
呢喃鳥語
在耳中環遊了半晌
繚繞　繞繚
似曾美好

流沙般地
在青蔥間滑落
滑呀滑呀
滑
向
一個良辰美景
在我最後一個哆嗦前
滿足知足

滾滾蒸氣
瀰漫幻化成朦朧

掬水間的步　伐
已優雅
倒茶時的姿　態
已韻律

縷縷茶柱染鼻香
啊！

請容我砌一杯回甘
載浮載沉的葉兒
彷彿　漂泊人生
清清澈澈的茶色
彷彿　旅途終點
在手中看透了這杯世界

柴米油鹽醬醋茶
有　無憂
喜怒哀樂
有　無慮

一坐轉
坐轉了世世的輪
一盤動
盤動了代代的迴

眸

微閉
身
放空
在星宇間
一如往常地
吐
納
一息生命

（張宏宇老師講評：以禪為題入詩，自然景象、人生七件大事為詩體骨幹。語言風格類似席幕蓉，敘述不落俗套。）
（莊永清老師講評：此詩以組詩寫禪味，詩思新穎，但未見小標，以致結構鬆散。另擬題亦宜更貼切詩意。）
（宇文正老師講評：很有想法，也頗有佳句，如「倒茶時的姿　態　已韻律」詞性轉換得妙；「在手中看透了這杯世界」則做了視野的轉換。作者有很好的潛質。）

評審推薦獎／高苑科技大學／行銷與流通管理系／黃善敏

〈2012 到 2009〉

時空穿梭　2012 排山倒海　向我襲來
時間流逝　高塔的沙漏不停的奔跑著
在絕望那天　2012 把我宇宙的大門輕輕的帶上　告別

來不及挽回太陽的餘暉　眼睜睜看著她走在海平面的波光
山河大地默默的低頭　淹沒眼眶的淚水在夢中　潰決
於是我　神遊在天堂的不歸路上
張望著馬雅文明的金字塔　時光之輪啊
誰寄一張麥田圈的郵票給我　那是奢華的門票
引領著大地的光芒及南飛的倦鳥
回家

2009 年 12 月 21 日的南台灣
天依舊藍　地還是圓　而我在那裡發現自己呢
一百零一個路口　該左轉還是右轉搞不清楚
眼前上萬個窗口　最熟悉身影會在哪裡
高尚的靈魂　全給了虛榮無比的天真
一道光隱隱約約　述說世界末日那天的到來
似乎在提醒著　有怪物正在侵襲和攻擊
漸漸黯淡的光環　2012 預演著
沒有生命的地球　將會是如何呈現
期待

（張宏宇老師講評：以最熱門的「2012」世界末日為題材，詩中處理時間的手法從未來冥思回歸到現實世界，爾後再冥思至未來。全詩隱喻性敘述手法貫穿，佳句頗多。）

（莊永清老師講評：此詩詩思有光和熱，意象緊湊、繁複。惟結構稍嫌匠氣，亦有冗字贅詞，擬題則宜更貼切詩意。）

（宇文正老師講評：題材很吸引人，「誰寄一張麥田圈的郵票給我」耐人尋味，有想像力！）

評審推薦獎／高苑科技大學／資訊管理系／葉仕文

〈歌頌〉

輕輕的走過
走過那幽暗的森林
我的心在何處
是否在那深藍的回憶裡
歌頌著那偉大的艾爾藍之劍
我的心是否在你那深藍的回憶裡
輕輕的走過
走過那被歌頌的土地
兒時的記憶
父母的過去
尋找的那已失去的回憶
輕輕的離去

離去那幽暗的森林
離去那被歌頌的土地
展開永垂不朽的傳奇

星辰閃爍
寂寞的旅途無人相伴
穿過無數的沙場
思念故鄉的感情一一湧現
故鄉中的農田是否已結滿了金黃色的稻穗？
慈愛的父母是否正在揮灑著汗水努力收割？
青梅竹馬是否已成長為美麗動人的女子？
無聲的回憶在心中構成隻美麗的蝴蝶
隨風飛舞
將心中的思念傳達給遙遠的故鄉

星辰墜落
黑夜降臨
永夜的王者舉起幽黑的斗篷

帶走無數的生命
遮蔽了無數的光芒
永夜的王者拿起幽黑的鐮刀
斬斷了無數的希望
帶來了無數的悲傷與爭奪和背叛
永夜的王者啊
當黑暗來臨時
我們對你感到黑夜般恐懼
黑夜的王者啊
稱頌你的詞語是黑夜般的詛咒
尊敬你的感情是恐懼的化身
當你降臨時我們對你感到深深的懼怕

站起！站起！撐起你那沉重的身軀
拾起命運的手杖
尋找你的心
站起！站起！撐起你那疲憊的身軀
拾起你的心
與永夜對抗

與命運對抗
偉大的艾爾藍之劍啊
請祝福我
請支持我
偉大的艾爾藍之劍啊
請保護歌頌你的人
當希望墜落時
運用你那無上之力

永夜墜落
新的章節
一切的回憶
歸回於那深藍的記憶之中
偉大的艾爾藍之劍啊
我已失去的心是否是已尋得?
星晨落下
朝陽升起
新生的生命

展開新的旅程

（張宏宇老師講評：以歌頌為主題，但在詩中難以看清頌讚主題為何。整體敘述流暢，然詩中重要形象「艾爾藍之劍」則難以憶測為何。詩中第三段處理為全詩最佳之處。）

（莊永清老師講評：此詩結構佳，文字流暢可讀，詩思浪漫，是一篇長詩佳作。惟有錯別字，擬題亦不能完全貼切詩意。建議：（一）各段可設數字小標（二）小標內再斟酌語意，分小段處理（三）題目則可改成「艾爾藍之劍的頌歌」。）

〈指抵唇・秘密〉

佳作／高苑科技大學／財務金融系／吳世勳

當記憶轉動
月色掠影
浮現的……
是誰的笑容

雙手的指尖
觸擊在陳舊的琴鍵上
一個音符
一個小節
一首曲子

譜出了情感的旋律
圍繞　旋轉……

然而……
妳的笑容
妳的模樣
卻隨著觸擊而來的旋律
融進了劃過臉龐而滴落的淚
逐漸地　渲染開來……

一把時間的鑰匙
能夠拉回多少錯過的遺憾
能夠撿回多少記憶的碎片

而當時間再度的跳躍
是否能夠勾住彼此的手指
緊握那　剎那間的相聚
是否能夠伸出彼此的雙臂

擁抱那　僅存的一點溫熱

在這碎散的記憶裡
我的問句
妳的回答
卻被唇前的指頭阻擋了
成了無聲的　祕密……

（張宏宇老師講評：以愛情為主題，語句敘述無太大新奇之處，全中詩最後一段處理頗佳。）
（莊永清老師講評：此詩結構佳，文字流暢可讀，詩思新穎，是一佳作。惟刪節號不具意義，擬題亦宜更貼切詩意。）
（宇文正老師講評：形象鮮明，尤其最後一段很生動！）

〈背影的滋味〉

佳作／高苑科技大學／應用外語系／王湘菁

寒冬
月台
父親的背影
只見蹣跚的步履
裹著那棉袍裡的

朱紅橘子
那滋味是
酸澀的

天空
海洋
大鐵鳥的倒影
浮沉在
悠悠的海浪上方
家鄉的背影
那滋味是
苦鹹的

喜怒
哀樂
家的背影
宛如一盞
鵝黃色燈火

永遠
閃耀著
包容著
那滋味是
幸福的

（張宏宇老師講評：對家與親情的思念為詩中主題，第一段巧妙的與「背影」結合，整體敘述簡潔有力。）
（莊永清老師講評：此詩結構佳，文字流暢可讀，詩思新穎，是一佳作。惟末兩句畫蛇添足，擬題則宜更貼切詩意。）
（宇文正老師講評：以飛機的倒影、燈火等意象寫家、親人很好，末尾點出「那滋味是幸福的」反而失去想像空間了。）

〈高苑四部曲〉

佳作／高苑科技大學／行銷與流通管理系／吳昕旖

春天
插秧的季節
一株小草正慢慢發芽
等待灌溉
等待呵護
需要陽光需要水
期盼萌芽的那天

大清早的春天
正是鳥兒的天下
排排站的在高苑樹上
看著來來往往的人群
嘰嘰喳喳的聲音
彷佛唱著歌謠同樂著
清晰
在我心

誰能和我一起邂逅這場相遇
共同哼起歡樂的歌曲
很愉悅很自在很輕鬆
與鳥兒合唱樹葉伴舞腳步聲打節奏
合諧

夏天
豐盛的季節

逐漸茁壯的成長著
血氣方剛的青少年
憑著一股熱情向前邁進
一路狂奔直達理想的國度
是一份歸屬
入場券就是責任

一群活潑的年輕人
同在一個領域
準備譜下美好的一曲
有高音
有低音
陰陽頓挫的合聲交織在裡頭
完美

誰能隨我一塊作詞作曲
一字一句寫下樂章
是真實而不虛假
痛痛快快的高歌一曲

瀟瀟灑灑的自由填詞
豁達

秋天
收穫的季節
在高苑也是
成長的驚喜
化成一輪長虹的晚霞
在天際
在遠端
在想像的傍晚中

傍晚的秋天很美
夕陽黃璨璨的光芒照映在清澈的高苑湖上
照映在高苑城堡的鐘樓上
閃爍在高苑每個人的心上
大夥兒歡笑的臉龐
串起一橋歡樂聲音的波浪

搖盪在我心

誰能與我一同捧起晚霞的一端
共同搭起夢想的橋樑
讓彼此的夢彼此的心彼此的愛
與晚霞相應相遇與相知
走過
夢中的國度化作腳上的泥
真實

冬天
寒冷的季節
獨自一人遠離他鄉
沒有支柱
沒有依靠
只有自己和一顆堅強的心
蕭條

一縷寒風從隙縫穿進我的衣襟中

眼裡的蕭颯在耳邊響起陣陣的呼嘯
誰到這裡叫囂
只因為那個清寒的夜
空虛

獵戶座的三星在天
指引著歸鄉的路
城堡的冬天
也是如此淒冷在心中
漂泊

誰能牽我漫步在星辰點綴的樹下
回憶談心看未來
所有氛圍僅存溫暖
望著天
數著星
這一秒心是寧靜的
無法容下半句話

高苑四部曲
一個季節一個心情
有歡笑有淚水
有吵鬧有孤寂
在城堡中

（張宏宇老師講評：四季情景反應內心感受，但仍不脫一般人常用處理手法。）

（莊永清老師講評：此詩結構尚可，但未見小標。擬題討喜，詩思亦可欣賞。惟文字較散文化，部分斷句、分行亦欠周慮。末五句則為畫蛇添足之句。）

（宇文正老師講評：很認真的作品，但寫得太工整、四平八穩。）

【第三屆高苑科技大學網路文學獎——小說類組】

〈布農鎮老怪物〉

第一名／高苑科技大學／應用外語系／傅敏容

「喂！你真的要進去嗎？」瓊斯畏縮著身體拉著站在前方的男人。

男人兇惡的回瞪瓊斯一眼，「你沒長腦子啊！你沒聽到剛才那個老人說的話，只要找到萊茵洞穴，那就要什麼有什麼了。」語落，男人臉上的笑意不斷的擴大。

聽完男人的話，瓊斯依舊抖著瘦弱的身軀不敢往前。

「可那個老人也說過，森林裡有著可怕的怪物在。」

「要是你怕的話，你就待在這裡吧！到時候我拿到寶物的話，你可別怨我不給你。」男人冷笑一起，故我的走進阿爾曼森林。

瓊斯雖是害怕，但之前的窮日子過怕了，深怕再回到之前的生活，抖著身子也跟著男人進阿爾曼森林找尋萊茵洞穴。須臾，一聲聲淒厲的尖叫聲從森林的深處傳了出來。

從那之後過了數十年，阿爾曼森林的傳言更是繪聲繪影，傳言只要進入阿爾曼森林找到萊茵洞穴向它說出你的願望，就能得到你想要的東西，但相對的，你也得付出相當大的代價。

鈴—鈴—鈴—

門上的鈴噹隨著門一前一後鈴鈴的作響。

「阿姆，照舊。」威克坐向吧台上的友人。

「安瑟斯，你也來啦！」威克拍拍安瑟斯的肩膀。

安瑟斯對威克一笑，和威克是不同類型的人，威克較粗礦大剌剌的，相較之下安瑟斯體型略小威克一號，屬於文弱型的。

「安娜呢？怎麼沒一起來？」安瑟斯看向好友，眼神閃過一絲異樣的神情。

威克沒注意安瑟斯眼中一閃而逝的神情，朝著安瑟斯咧嘴一笑。

「她說待會再過來。」眉眼之間透露出剛新婚的甜蜜。

安瑟斯嫉妒的看著威克，安娜和他們是從小一起長大，威克和安瑟斯同樣喜歡著安娜，最後安娜卻選擇了威克。

安瑟斯心中掙扎著，一方面和威克是好朋友，但他的心中卻放不開對安娜的感情，為此，安瑟斯做了個決定。

「威克，你聽過布農鎮吧？」

威克瞪大了雙眼，不可思議的看著安瑟斯。

布農鎮是位於阿爾曼森林邊界的城鎮，沒有人知道這個城鎮是從什麼時候出現的，只知道偌大的布農鎮裡只住著一位老人，鄰鎮的人都叫他『老怪物』，為什麼這樣說呢？老怪物長得非常的恐怖，五官全都扭曲移位，身體像是駝背般彎曲得異常，老怪物非常的神秘，像是阿爾曼森林的管理者，只有他才知道萊茵洞穴的所在地。

「你該不會想去那個恐怖的森林吧？」

安瑟斯彎起嘴角，「你不用用這麼可怕的表情看我吧！我是想去那個地方沒錯。」

威克依舊是驚訝的臉龐，「那你不怕森林裡的怪物嗎？」

「怕是怕，但我有想完成的願望。」安瑟斯苦笑的看著威克。

我想真正祝福你跟安娜，我快受不了一直嫉妒你們的自己。

威克更訝然了，「你有願望，我怎麼不知道？」

「難道我就得什麼事都告訴你嗎？我也是有自己的願望啊！」安瑟斯白了威克一眼，笑著說道。

威克紅著臉搔搔頭，「可你一個人去太危險了吧！」擔心的表情毫不掩飾的映在威克的臉上。

安瑟斯失笑道，「還是你也跟我一起去？」

「好。」

沒料到威克會這樣回答，換安瑟斯訝然了。

「我是跟你開個玩笑，你還真要跟我去啊！」安瑟斯想笑著帶過。

威克堅決的看著安瑟斯，「我也沒在說笑，我是真的要跟你去。」眼中隱約透露出不容改變的固執。

「你不怕安娜傷心嗎？」安瑟斯想藉此打消威克的念頭。

「安娜那邊我會跟她說的。」威克以為安瑟斯是在擔心他跟安娜，熟不知安瑟斯是要他打消和他去的念頭。

安瑟斯看到威克眼中的堅定，知道自己無法改變威克的想法。

「那就這樣吧！我們後天出發。」

互相道別後，兩人各懷著不同的心事回家。

很快的，安瑟斯和威克便踏上阿爾曼森林的旅途。一路上，兩個人都互相幫忙，終於到達傳說中的布農鎮。

「這就是布農鎮啊！」威克像是沒見過世面般，驚奇的看著眼前的城鎮四處的張望。

「嗯！真的就像傳言中般，沒有半個人。」

安瑟斯走入店家四處看看，「威克。」安瑟斯丟了一瓶酒瓶給威克。

「沒想到布農鎮也有好貨啊！」威克開啟酒瓶大口的喝了起來。

安瑟斯白了威克一眼，「你真是一點都不緊張。」

「我們得快點找到那個老怪物，只有他才知道要怎麼到萊茵洞穴。」

「說得也是。」威克傻笑的搔搔頭。

「老怪物——」

「老怪物，你在哪裡？」

「老怪物——」

「你這樣鬼吼鬼叫的，人家要出來才怪。」

威克撇撇嘴，「不然你說要怎麼辦？」

「聽說，老怪物住在靠近阿爾曼森林的房子裡。」

「那不早說，害我白叫了。」

安瑟斯莞爾，「誰叫你一股腦的亂叫一通。」

「好了，快走吧！」

推著威克的肩膀，安瑟斯的心中湧上一股明朗。

越來越靠近老怪物的房子，兩個人不免有些緊張，站定在門口前，威克吞了一口口水，伸手開啟眼前的門。

映入眼中的是一間很普通的擺飾，就和平常見到的房子沒兩樣，不一樣的是，有個人安靜的坐在客廳的沙發上。

安瑟斯心想，這應該就是老怪物了。

「我想請問一下，萊茵洞穴該怎麼去？」

坐在沙發上的人一動也不動，安靜的像是沒人在那。

安瑟斯壯著膽子走進屋內，威克跟在後頭。

走到老怪物的面前，安瑟斯又再一次問，「我想請問一下，萊茵洞穴該怎麼去？」

老怪物抬起頭來，安瑟斯和威克嚇得退後一步，雖然聽過老怪物長得非常的恐怖，但今天一看才知道真的很可怕，老怪物的臉被燒得面目全非，臉上都是數不清的燒燙傷，臉部的五官全部扭曲，完全無法看出原來的面容。

老怪物朝著安瑟斯詭異的一笑，笑得安瑟斯感覺背椎一陣涼意，安瑟斯又再問一次。

「我想知道萊茵洞穴怎麼去。」

「夜晚了。」老怪物說完，便走進房間中。

安瑟斯皺了眉頭，緊追上前，再開門便看不到老怪物了，老怪物就這樣消失在屋子內。

威克走到安瑟斯身旁，「什麼意思？」

「不知道。」安瑟斯看著窗外景色漸晚，「我們先在這邊休息一晚好了。」

「真的要嗎？」

「不然呢！」

不理會威克的叫喚，安瑟斯就著沙發休息，威克見安瑟斯不理他，摸摸鼻子也在一旁的沙發上休息，不久安瑟斯就聽到威克傳來的打呼聲。

安瑟斯想著剛才老怪物說的話及那古怪的笑容，似乎是透露著一些訊息。

越想安瑟斯就越覺得奇怪，尤其是那詭異的笑容讓人不寒而慄，想著想著，安瑟斯不知不覺的睡著了。

夢到了他小時候辛苦的生活，認識威克、安娜結為朋友，還有長大後，最終安娜選擇了威克兩個人幸福的結婚，安瑟斯憤恨的看著眼前幸福甜蜜的兩人。

（是他，你的好朋友，搶走了原本屬於你的安娜。）

是誰？誰在說話？安瑟斯轉著頭，想找尋說話的人。

威克和安娜幸福的樣子直逼著安瑟斯，安瑟斯搖著頭，越搖越大近乎瘋了似的。

（看吧！看看他們再看看你自己。多可笑啊！）

不要，我不要看，不要——

雖然安瑟斯說不要，但威克和安娜親密的模樣還是不斷的進入他的眼中。

（看吧—看吧！你成全他們，他們有感激你嗎？）

（反倒是一直在你的面前表現很愛對方，完全沒考慮你的心情。）

沒有，他們是真的互相喜歡。安瑟斯在心底吶喊著，像是要說給自己聽似的。

（威克怎麼可以搶你的安娜呢？你們不是好朋友嗎？）

（怎麼可以？）

威克沒有搶，我跟他是好朋友。

（真的是好朋友？）

（不是吧！你只是因為你是孤兒，所以你下意識的跟隨他，其實你心裡根本就沒有把他當朋友。）

不是的，我沒有。安瑟斯失口否認。

（你也想從威克的手中把安娜搶回來，你覺得安娜是喜歡你的，只是不得已選擇了威克，對不對？）

安娜、安娜是喜歡我的，是威克，都是威克。安瑟斯激動的抓著頭。

（要是沒有他就好了。這樣安娜就是你的了。）

心頭一緊，安瑟斯稍稍恢復理智。你別再說了，別再說。

「別再說，別再說。」安瑟斯冒著冷汗，不斷的囈語揮動雙手，像是要趕走什麼似的。

威克擔心的搖搖安瑟斯，「醒醒，安瑟斯。」

「安瑟斯。」

安瑟斯驚恐的睜開眼睛，瞪大雙眼看著天花板，最後眼神落至身旁的威克。

威克一臉擔憂的看著安瑟斯，「作惡夢了嗎？」

恢復冷靜，安瑟斯向威克微笑，「沒事。」

但剛剛的夢卻深深的在安瑟斯心裡烙下痕跡。

「我們去阿爾曼森林吧！」安瑟斯起身步出門外。

威克跟上安瑟斯，「那老怪物呢？」

「不管了，進去看看吧！」安瑟斯急步的往阿爾曼森林走去。

他實在一刻也不想待在那間屋子裡，那會讓他一直想起剛才的夢，觸動著他內心深處的黑暗。

看著走在前方的安瑟斯，威克雖覺得納悶，但不知道安瑟斯心思的威克，也不明所以的跟著走進阿爾曼森林。

安瑟斯不斷的想著夢中那個人說的話，雖然逼自己不要去想，但那個聲音卻像是刻在心底般，不停的作響。安瑟斯的表情愈來愈陰沉，雙眼直瞪著前方。

威克也發覺安瑟斯的不對勁，拍了拍安瑟斯的肩膀。

「沒事吧?安瑟斯。」一臉擔心的表情看著安瑟斯。

安瑟斯頓了一下，看著威克臉上的擔憂，我是在想什麼啊!威克這麼關心我，我怎麼一直在想著那個人說過的話，那根本不是真的啊!他是真的把威克當成他的好友。

朝威克一笑，「我沒事啦！」

（他是真的關心你嗎？）

安瑟斯瞪大了雙眼，那個聲音怎麼又出現了。

（而你又真的當他是好朋友嗎？）

你別再胡說了。

「安瑟斯，你是怎麼了？」威克看安瑟斯從剛剛醒來就不對勁。

像是沒聽見威克的叫喚聲，安瑟斯直瞪著前方動也不動的。

（你根本沒把他當作朋友，你只是因為他高你一等，你那卑微的心態讓你不得已的跟他作朋友。）

（因為你是孤兒，而他過得比你幸福美滿，你其實一直都嫉妒著他。）

「我沒有，沒有。」安瑟斯歇斯底里的朝著一臉錯愕的威克吼叫。

（嫉妒他有好的出身，嫉妒他擁有安娜，他有的你通通都沒有。）

「別再說了，別再說了。」

安瑟斯怒吼的往前衝，以為這樣就能擺脫那個聲音。

而那聲音像是不放過安瑟斯，不停的在安瑟斯的耳邊迴響著。

威克不明所以的追著情緒極不穩定的安瑟斯。

（你本來就是這樣子的人，你根本不希望威克存在在這世上，只要沒有他就好了。）

（你總是在想著這件事，卻又不得已跟威克做朋友。）

（現在你可以實現你的願望了。）

（來，殺了他。殺了他，你就擁有你一直以來想要的東西。）

（快殺了他，殺了他。）

安瑟斯眼神越發的深沉，對，只要沒有他，安娜就是我的了。沒有他，我也不會再覺得自己總是比不上他。

他為什麼要存在呢？他不該存在在這世上，沒錯。

安瑟斯發狂的笑，笑得陰沉、笑得歹毒，臉上的陰慄佈滿在安瑟斯的臉上，使得他的臉孔扭曲得可怕。

終於追上安瑟斯的威克，擔心的看著像是發瘋似的安瑟斯。

「你到底是怎麼了？」

安瑟斯回過頭。

「殺了你。」

嗜血的眼睛，陰狠的神情，威克看到安瑟斯臉上的表情。

一股涼意從腳底冷上威克的身體，他知道，眼前的這個人不是他所認識的安瑟斯。

「殺了你，安娜就是我的了。」

「你不該存在在這世上。」

安瑟斯一步步的逼近威克，瘋狂的笑著。

「安瑟斯，快醒過來。」威克害怕的往後移。

「我要殺了你、殺了你。」

威克被逼至山洞裡，無路可逃。

「安瑟斯，我是威克，快醒過——」

「殺了你所有的一切都是我的了。」

每唸一句，安瑟斯手中的尖刀就不停的往威克身上砍，每砍一刀，從威克身上噴出的鮮血直落在安瑟斯的身上，安瑟斯的臉上全都佈滿威克噴出來的鮮血。

威克的血像是火般，啃食著安瑟斯身上的肌膚，瘋狂的安瑟斯不停的砍殺早已失去生命的威克，久久不停止。

突然，安瑟斯像是醒來，看著自己身上佈滿的鮮血，轉過頭去竟發現威克不可置信的神情和散佈在洞穴裡不完整的屍塊。

安瑟斯不停的狂叫，「我竟然殺死威克，我竟然殺了他。」

倏地，老怪物出現在安瑟斯的眼前。

「殺了他不就是你心裡的願望。」

安瑟斯憤恨的看著老怪物。

「是你，是你不停的說著。」安瑟斯不停的揮舞著雙手。

「我說的都是你心底的想法，和你想要做的事。」老怪物閃著安瑟斯的揮動的雙手。

「我沒有。」

「沒有，威克就不會躺在這了。」老怪物冷笑的看著地上的威克。

「你看看你自己，現在變得跟我一樣了。」隨著老怪物的話語，地上出現一灘水窪。

安瑟斯低下頭，不敢相信水中的自己竟跟老怪物一樣的醜陋。

「人一有貪婪的念頭臉就會越變越醜陋，不屬於你的東西就絕不會是你的。」

老怪物像是嘲笑一般。

「是你自己選擇了貪念，殺了你的好友威克，而你殺了威克的鮮血，將會是你身上一輩子的詛咒。直至你找到下一個人為止，你才能死去。」

「為什麼是我？」安瑟斯痛苦的朝著老怪物喊著。

「不是因為是你，而是你選擇了貪念。」

說完，老怪物慢慢消失在安瑟斯的眼前，安瑟斯似乎看到了老怪物進阿爾曼森林的事。

原來老怪物叫瓊斯，他為了自己生存而將他的朋友殺害吃進肚裡，苟延殘喘的活在這世上，日日夜夜都聽到朋友在詛咒自己的聲音。

安瑟斯笑了一下，走出阿爾曼森林，坐著老怪物之前坐的沙發上，嘴中喃喃自語的說著萊茵洞穴的傳說，等著下一個人出現。

（陳立驤老師講評：一、成功將佛洛依德的人格結構理論應用在文學上。二、全文扣緊主題，首尾呼應，結構完整。三、「老怪物」會喚醒，不，根本就是「本我」中的「破壞(死的)衝動」，它主要是嫉妒他人與毀滅他人的動機。四、本文中安瑟斯的本我戰勝了超我。）

（謝芬英老師講評：故事結構完整緊湊，主題明確。）

（宇文正老師講評：布局有巧思，文筆流暢，是一篇好看的小說。）

〈來自天堂的花〉

評審推薦獎／高苑科技大學／資訊傳播系／杜欣旻

『——　曼珠沙華，又稱彼岸花。一般認為是生長在三途河邊的接引之花。花香傳說有魔力，能喚起死者生前的記憶。春分前後三天叫春彼岸，秋分前後三天叫秋彼岸，是上墳的日子。彼岸花開在秋彼岸期間，非常準時，所以才叫彼岸花。』

在這片廣闊的墓園裡，只有幾顆高聳的大樹陪伴，剩下的，也只有滿滿的曼珠沙華盛開著。

清晨，風輕輕的吹過那片鮮紅的花圃，墳上墓碑的字印，依然清晰，可見有人定期照顧和打掃，才不讓這些墳邊的

雜草和花等等過度生長，破壞了人們所愛之人的沉眠之地。

在這大片的墓園裡，最靠近邊界的地方圍著柵欄，柵欄的另一邊，是清澈見底的小河流，過去又是一大片的曼珠沙華花圃，不過通常柵欄就是圍著不讓人過去的，而且是設在墓園最裡面的地方，所以也很少人會願意去看看裡頭還有什麼花或者動物之類的，換句話說，那裡是鮮少人知道的另一片花圃。

最靠近出口處的地方，有條小石子鋪成的道路，早上的陽光和鮮草的露水，互相交映成閃爍的地面，而在遠遠的那頭，有個綁著馬尾的女孩子，正幹練的拿著掃帚和畚箕，勤奮的把落葉給掃起來，不時的伸出白嫩的手背擦著額頭上因為工作勞累而滴下的汗。

「早，今天還是老樣子嗎？」

那女孩開口說話了，她望著眼前不遠的男人，因為太專注於工作，以至於那男人走到自己跟前都不曉得，所以比往常動作還慢了點。

「嗯，黛亞，謝謝。」

男人叫做迪斐，還是老樣子的，他話不多，臉上總是擺著冷峻的面孔，若不是一大早的寒冷讓他凍紅了臉頰，只怕現在的表情就跟律師要打官司似的一樣嚴肅。

「哪裡，不會。」

黛亞進去自己粉紅色車子的後車箱裡，拿了一把百合花，灑上了點水，就快速的往這邊送來。

她是這個墓園的管理人，打從一出生開始，這職業就從曾曾祖母傳承下來直到她手上，雖然她年紀輕輕二十出頭，卻對人的生死禮儀等等，都已經明瞭的很徹底了，加上這樣陽光又充滿幹勁的管理員，使得來這緬懷已故親人的家人們，都對她很有好感，應該說，是黛亞總會很貼心的拿出一束清香的百合花，給來人放在墳上的動作讓人對她讚許有加。

「今天的彼岸花，還是開的很漂亮啊。」

迪斐在黛亞不遠處的一座新墳站定，他的手撫著墳上的名字，是他這輩子最愛的女人、他的未婚妻，蒂娜。

春天，是結婚的好季節，迪斐和蒂娜本就決定要在春天完婚，然後度蜜月到秋季再回來工作，誰知道一場不幸的意外，竟把這對神仙眷侶給硬生生拆開。當時迪斐還在工作，而剛下班的蒂娜看到了街上有間育幼院失火，見救火員還沒到，就不顧眾人的反對，執意進去火場救人，眾人看著她來來去去的救出許多小孩，直到她再也沒出來為止。

迪斐只來得及看到她的最後一面，那焦黑不成型的遺體，使得他當場放聲大哭。

直到現在入秋了，事情也過去了四、五個月，他依然放不下，每個禮拜都會固定兩三次來這裡看看蒂娜。

所以他才跟黛亞算是有點小交情。

「是啊，要秋天了，它們當然要開得漂亮。」

黛亞望著迪斐，為他的癡情動容，其實，來這片墓園管理也好一陣子了，癡情、怨恨、不願意相信、不解、痛苦的大有人在，甚至於是每天上演於這座墓園，但是到最後這些情緒失控的人們，也放的下過去，而選擇平靜的懷念已失去的親人、朋友。

這是必經的過程，要會懂得接受過去，才能獲得新的事物和見解。

生與死之間要看的明的人很少，就像自己也會害怕死亡的降臨一樣的無能，但是當死亡來臨時，卻不得不去接受，並且使自己可以過的更好，甚至於要讓活下來的人也要過的很好，這樣當親人思念起他們時，都是充滿好回憶的，至少她是這麼想的。

「黛亞，我好像、好像看到了蒂娜。」

就當她沉浸在自己的思緒裡時，迪斐急忙的跑過來扯住黛亞的袖子，大手一拉就把她往裡面走去。

「蒂娜？你別說笑了。」

話一說出口就後悔了，他根本沒開玩笑的意思，臉上的表情此刻充滿著濃厚的希望和眷戀，就像是自己盼了幾個月的寶貝終於得手出現在面前一樣的開心。

「真的，我剛剛看到她對我笑，然後跑進裡頭去了，對，就跟以前要我去追她一樣。」

他們跑到了最裡面，彼岸花開的最紅最鮮豔的地方、柵欄的附近，迪斐焦急地望了望四周的墓園，卻不見剛剛看到的人，又憤恨的又失望的睜大眼睛四處搜尋，最後不甘心的咬緊下唇，渾身散發出沮喪和絕望的氣息，低下了頭放棄尋找，拉緊黛亞的手也漸漸的鬆開。

跑就跑何必拉這麼大力，黛亞咕噥了幾句。

但是看到迪斐這樣的表情，身為朋友和管理員的她，必須要教給他正確的觀念，哪怕再後悔和思念，人死不能復生的，要節哀啊。

於是她拍上他的肩頭時，卻發覺到他全身頓時一震，渾然被電擊到似的頭也不回打算就往柵欄那邊爬。

「天啊，你在做什麼！」

黛亞看到他想要跨越柵欄，於是使出她吃奶的力氣也要把他拉住，雖然說這小河流是淹不死人的，但是對於未知的領域，人類的心中還是充滿著驚懼的，於是她更扯的緊緊的不讓他過去。

「讓我去、讓我過去！蒂娜在那裡等我！」

黛亞本想大聲斥責他，但是發現迪斐的眼神直直的盯著柵欄後的地方，使得黛亞皺著眉凝睇起那邊的方向。

她什麼都沒看到。

「迪斐，那裡什麼都沒有啊！」

黛亞雙手扯緊了迪斐的手臂，到最後拉扯到緊抓住他的腰，但是男人的力氣總是比女人大了些，所以在迪斐更加大力的擺動下，黛亞就像個破布娃娃般的跌倒在地。

迪斐的臉猛地變得陰沉森寒，彷彿不像他自己一樣，口中吐出了酷寒的話語。

「蒂娜明明就在那裡！」

她望著已經失控的迪斐，覺得他根本不是平常認識的那個和藹可親的男人。

就在黛亞發愣的同時，迪斐瞪了她幾眼後，還是堅決的往柵欄旁走去，就在他的手剛攀上去時，又見他望著對面的花圃地，不停的喊著蒂娜蒂娜。

「夠了！」

這樣下去不行，於是黛亞望著自己身旁努力栽培的曼珠沙華，狠了下心連根拔起，猛力的站起身後，快步往迪斐後頭跟上，並且用力拉過他的肩頭，那捏在手裡已經不成型的花，因為揉碎的關係花香更濃郁，黛亞豪不遲疑的就往迪斐的臉部抹。

趁他被分神的狀態下，抬起右腳順勢的往他的小腿骨踹下去。

「噗哇、妳想……」

迪斐被突如其來的花香嗆了鼻，也分了神，正想破口大罵時，黛亞不留情的腳就這樣踹了過來，當場使得他痛到跪了下來，只差沒滴幾滴眼淚來表明自己真的很痛而已。

「好痛……」

他兩手撐起自己的膝蓋，被黛亞踹中的地方酸軟的叫他沒力再起身。

「我媽媽說過，出門在外要學點防身術，踹小腿骨是最痛的，可以讓人瞬間倒地喔！」

她拍了拍手中花朵的殘渣，微微喘著氣向他解釋著。

「冷靜點沒？」黛亞背對著陽光，俯身下向迪斐伸出手，想要扶他起來。

他望著黛亞，背著陽光的她有點看不清的朦朧，卻又像是溫和的煦陽般，刺激著他的神經。

「嗯……」

「你到底怎麼回事？」

黛亞拉他起來後，雙手插腰，渾然一付想吵架的感覺，反觀迪斐，垂頭喪氣的，身上名貴的西裝也因為剛剛跌倒在地而皺巴巴的。

「……對不起，黛亞。我只是看見了蒂娜，不，該說是我的幻影。」說到蒂娜，他不免的抬頭想要看剛剛的地方，視線卻被黛亞給擋住，迪斐失落了起來，又繼續坐在地上毫無意識的用雙手撥弄著花草。

「我什麼都沒看到啊迪斐，如果我也看到的話我才會相信的。」

她埋怨的說著，其實也是希望自己真能看見所謂靈魂什麼的，但是她從來都沒看到過，不知道該說是幸還是不幸。

黛亞搖了搖頭，把迪斐硬從地上拉起來，拍拍他的肩膀並把那昂貴西裝上的髒污給弄去，輕聲說道。

「好吧，你再看一次，假設蒂娜真的在的話，答應我，不要貿然的跑過去。」

她轉身離開擋住他視線的那個位置，讓他能清楚的看向柵欄裡的那塊園地。

迪斐聞言抬起頭，無神的雙眼漸漸的聚焦，在那叢花草中尋找著那香消玉殞的芳蹤，卻發現剛剛在的蒂娜已不在那個位置上了。

「啊啊……果然是幻覺。」

迪斐微微的笑了，可是眼淚卻鎖不住他悲傷的情緒，直往下掉落，一滴兩滴，清澈的深情。

「別哭了。」

她拍拍他的肩頭，打氣似的想要他振作，卻發現此時的安慰會更讓人脆弱。

黛亞思考了一會，嘴邊堆滿笑容，用很輕柔的語氣，好像連哄帶騙的對他說一個故事。

「別哭了，我給你說一個故事好嗎？」
也不管迪斐到底有沒有在聽，她逕自說起她認為已經遺忘卻還清晰的故事。

****

女人被發現的時候，身著白色洋裝眼睛無神的躺在諾塔森林裡，她的身旁散落了許多的紅色花瓣，是那血紅的玫瑰花瓣。發現她的一名登山者說，女人對任何事情或者聲響都不為所動，不如說像是完全與外界隔絕般的躺在那裡，若非報警處理調查身分送到醫院後，要不然他也會以為那女人是縷幽魂，對人世間上有眷戀而徘徊不去。

她的家人陸續趕到醫院，坐在床上的她對著家人微笑著，示意叫他們不要擔心。

「米洛，妳沒事吧？」她母親擔心的直望著她，從以前開始米洛就是不讓家人操心的類型，無論發生什麼事情都自己承擔，這樣活潑開朗又堅毅的她，如今卻不說半句話。

「米洛，怎麼不說話？媽咪很擔心妳呀。」她緊張的握著米洛的手，企圖在米洛眼裡找到些什麼蛛絲馬跡，卻發現裡頭全是層濛濛的迷霧，她更加不安的把視線移往在附近站著的主治醫師。

「我們替米洛全身檢查過了，沒有被施暴的痕跡，更沒有任何地方有傷口。以你女兒呆滯的情形看來，她可能因為一些私人問題，導致精神上受到衝擊，自己把自己封閉住了，不願開口說話，或許這就要家人和她自己的努力吧，畢竟就醫院檢查她的身體是完全沒問題的。」

還記得那天，外面下了雪，一朵，兩朵，飄然落下，絢爛美麗，米洛望著窗外，想起森林裡的玫瑰花瓣，笑了。她身後的母親不禁為此而流淚，父親輕輕的搭著母親的肩，臉上哀傷的神情令整個病房的氣氛更加凝重。

米洛返家休養後，雖然身體無大礙，但是父母也不放心再讓她回去工作，照常生活的她仍然沒開口。

甚至感覺少了一點什麼，沒有生氣，像是機械般，對，就是感覺少了靈魂。

最後在親戚的建議下，米洛父母把她送離都市到了老家的鄉下，家人認為她受到大自然的薰陶，讓自己度個假，或許她就會願意對他們提及不肯說話的緣由，雖然這是需要時間來等待的，不過家人依然期望著。

想起家鄉，她很喜歡水道彎渠的小河流，以及蕭瑟的樹葉聲，還有外婆後院那片廣大又綠油油的農田，隨著風吹過而有了彎腰的姿勢，柔美又帶著強勁，這是她最喜歡的，最接近上帝的地方。

雖然是回老家，但是她是十歲時就已經離開那裡，舉家搬遷到了都市，只剩下外婆獨自居住在那棟房子裡，可是裡頭的溫暖卻不會令人感到寂寞。

外婆給了久違的她一個擁抱，招呼著她坐下，遞給她一杯熱可可讓她暖暖身子，並幫米洛把行李搬上樓上那間有著獨特可是令人懷念氣味的房間，外婆下樓時那老舊的樓梯嘎吱嘎吱響著，似乎在抗議著她的沉重。

小鎮裡面雖然傳聞著皮爾斯一家的孫女回來的原因是因為被男人甩了，她在醫院待那麼久，男朋友卻沒來看她，種種景象看來看來就是失戀而導致米洛現在這樣，但是鄉下人的關心依然是那樣真切濃厚著，畢竟不管是誰，只要米洛她那頭棕色短髮和那張清秀帶點雀斑的白皙面容，湛藍的雙眼朝你一望，就會想要保護她。

「沒事吧？」

「那種男人就不要理他了！」

「是不是工作不順心呀？湯姆叔叔幫你去討回公道。」

大家你一言我一語，米洛感激的用微笑向大家致謝，她依然端坐在那木頭製的椅上，享受著午後的茶點。

「你都來陣子了，這裡交給我，你去晃晃吧，就是別待在這。」外婆對著她眨眨眼，就像是要執行祕密任務的駭客互相交換訊號一樣的俏皮，準備讓自己大顯身手般，轉身就朝那群喧鬧的人們開戰。

米洛走出了門口，到了屬於自己的秘密基地，那是一塊很大的石頭，它躺在平靜無波的小河流上，就位在于外婆後院的農田附近。

她把自己的洋裝撩了起來，踩著平底的清爽涼鞋也被她暫時丟到一旁，嘩啦嘩啦的踩過清涼的水，任由那些溜滑又濕冷的液體沾濕自己的腳，她輕巧的坐上那塊大石頭，仰著頭向天上望。

「欸，你是誰啊？」

米洛循聲把頭顱轉回正常位置，瞇起眼睛看著前方兩位小陌生人。

「沒看過你，你是新搬來的嗎？」是大概年約十歲的男孩和八歲的女孩，手牽著手帶著點敵意的瞪視著米洛。

她搖了搖頭，手舉起指向遠方的那棟洋房，外婆的家。

「喔，是皮爾斯太太，那個常給我們餅乾的老婆婆。」他們兩個的敵視消失，取而代之的是陌生的親切感。

他們告訴米洛，男孩的名字是亞比，女孩叫做安，他們是對小情侶，說到這時米洛還睜大眼不可置信的從亞比身上瞧瞧又看看安，又瞧瞧亞比，這樣來回巡禮，對於年輕人的成長速度她算是領略到了。

孩子們問她名字，她用手指沾濕底下的水，把名字寫在乾硬的石頭上。

「米……洛？」

米洛點點頭，嘴角彎起的弧度剛剛好，孩子們想跟她玩，她也微笑以對點頭說好。

「米洛，你不會說話嗎？」

安羞紅著一張乾淨的蘋果臉，身上奶味還香香的，靠近著米洛。

她想了想，搖了搖頭。

「那你為什麼不說話？」

亞比接著發問，不修邊幅的頭髮被剛剛的水戰給弄得服服貼貼的，活像是個小紳士。

米洛用手支撐著下顎，有點苦惱的皺著眉頭，最後又用手指了自己的腦袋和位於身體左胸裡頭活蹦亂跳的心臟。

「是得病嗎？」米洛搖頭，「那是心事？」安小小的聲音傳進了米洛耳裡，她笑著點了點頭。

米洛和他們成為了朋友，鄉下的小小朋友讓米洛感到生命回來了，而這個都市來的大姐姐也令小倆口感到著迷，每天就準時到這塊石頭報到等著玩新遊戲。

安和亞比很疑惑，為什麼米洛不肯說話，他們找過皮爾斯太太，但是她也說她不清楚。

這更令孩子們好奇了，於是他們去問了坊間那些愛八卦的姑婆和老人，找出來的結果是，米洛——被男人甩了的可憐的米洛。

他們正苦惱著要怎麼去問這個令人尷尬的問題時，在他們要去找米洛的路上突然冒出了一個人，他戴著頂帽子遮住強烈的太陽，穿著黑色的皮夾克外套，下面是破爛又花炫的牛仔褲。

「小朋友，你們今天還會去跟大姐姐玩嗎？」

「誰？大姐姐？」亞比明知故問，因為他不知道這個來路不明的人是誰，說不定是哪個隔壁鎮過來要抓走小女孩的變態男子，想到這裡他牽著安的手更加的緊了。

「米洛，美麗的米洛。」男人的臉露出溫柔的笑顏，他把左手的玫瑰花遞給亞比。

「希望今天你們的問題能獲得解答，記得這是送給米洛的禮物。」說完又把右手握著的彼岸花放在安的小手中。

「不管如何也把這個給米洛，跟她說雖然見不到面，可是依然彼此思念。」

男人道謝後，不給孩子們反應就轉身走遠，他腳下的皮鞋踏著泥土的芬芳，聲音聽起來格外的遙遠。

啪的一下，米洛把手搭在亞比和安的肩膀上，讓他們嚇了一跳。

「米洛，你嚇到我了。」米洛笑笑著，眼睛瞇成一條線，很像是狐狸。

「姐姐，今天我們想問你個問題。」安把花藏在身後，亞比見狀也跟著做，雖然不知道剛剛的男人到底為何而來，但是手中的花是這樣的美麗，他打算照著剛剛的男人話做，絕對不是因為他順從那陌生男人，而是因為花很美，花很美這樣而已。

米洛擺著頭，表示自己在聽的意思，她拉著他們走到了外婆後院的草地坐下，就隔著河流沒幾步遠。

「米洛，為什麼過這麼久你還是不願意跟我們說話呢？」亞比道出他自己心中的疑問。

米洛稍嫌意外的楞了一下，隨即換上平常的笑容搖著頭，就像在說沒有這回事。

「既然不是不願意，那到底是什麼原因讓你不想開口？」亞比像是緊跟著敵人的警察，步步為營不肯放過讓敵人喘氣的機會。

她苦笑著，不知道這樣的原因小孩到底懂不懂時，她看見了亞比手上的玫瑰花，她指了指。

「喔，這個是剛剛路上遇到的陌生男人給的，他要我送給你。」他遞給她，盡量忽略安責怪的視線。

米洛拿出她最近常用的紙和筆，寫著，陌生男人，長怎麼樣。

「嗯……等你回答我的問題我再跟你說。」亞比學聰明了些，他不希望米洛每次都用類似方式轉移話題。

她假裝生氣的打了亞比的頭一下，發現安很認真的看著自己，期待給她個真正想聽的答案。

於是米洛深思後，緩慢的在紙上寫下，她不想說話的原因。

其實她早就知道鄰居傳聞說她是被男人甩了，其實並沒有，她和他男朋友布羅．蓋曼本來打算要結婚了，約會完的那天他騎著他最愛的摩托車，細心的為她戴上安全帽，把她安全的送回家，並且說明天要去諾塔森林玩，米洛還記得他給了她熱切的一吻，堅定的愛意是那樣不移，他走了，但是米洛卻覺得有些不安。

或者相愛的人是互相有心電感應的，那晚，布羅被酒醉駕車的人撞個正著，據說人飛了三尺高，頭向下重重的著地，

鮮血染紅了一片，布羅的眼睛是閉上的。

米洛寫到這裡，手已經顫抖得不能自己，她看著身旁的玫瑰花，硬逼著自己不要流下淚。

又寫到，每次見面，他都會送我喜歡的玫瑰花，雖然他老說這種花很浪費錢又沒新意。

白紙上，一滴兩滴的滾燙液體暈了顫抖的字跡，亞比和安都不說話，年紀小但是心智卻比平常小孩大上許多的兩人，知道米洛正在經歷她要過的關卡。

靜默一會，亞比開了口。

「所以，你不說話是因為失去了大哥哥嗎？」

米洛的睫毛混著淚水，輕輕眨著，點了點頭，又像忽然想起什麼搖起了頭。

她寫上，是因為，我的靈魂也隨他而去了吧，沒有靈魂的軀體又何必需要語言。

米洛閉起雙眼，感受風吹過的滋味，鹹鹹的，帶點草腥味。

「姐姐，我們不知道什麼叫做生離死別，但是我只知道在死亡分開我們之前，我最愛的都會是亞比。就算分開後，我最愛的人還是不會變，雖然會有些感傷，但是我依然很幸福，因為我知道我是被深深愛著的，愛情，難道不是這樣嗎？」

安看著米洛蒼白的臉龐，好像天真的發表她的宣言，又好像是在對亞比訴說著愛意。

亞比點了點頭，握住安的手更加暖和些。

米洛猛地睜開雙眼，不解的看著安，那略帶責備的眼神又像是在說，你們兩個加起來甚至不到成年人該有的年紀，談什麼愛情，但是過了幾秒又被這樣迂腐的自己給嚇壞了，愛情是不分國界年齡的，兩個孩子間的愛情反而更能坦蕩蕩更加的堅定乾淨。

她不知道該說什麼，但是她知道心中某塊缺陷，雖然永遠都不會回來了，但是此刻卻像是梅子口味的棉花糖在裡頭充斥著，甜蜜著又暖又鹹的，下腹起了陣溫熱的騷動，她撫著自己的肚子。

米洛摸了摸他倆的頭，用著唇型說，做得很好。

安發現他們的問題米洛已經回答，而且還被誇讚做得很好，雖然她不知道自己到底有沒有幫到忙，但是她還是高興的把身後藏了許久的彼岸花給拿出來送給米洛。

「這也是剛剛那個男人送的，他說，他說了什麼？」安轉頭求助。

「他說雖然見不到面，可是依然彼此思念。」亞比接了下去。

米洛不可置信的，眼淚一滴滴再度落下，這句話是這麼熟悉，布羅最喜歡的花就是彼岸花，因為這種花代表著彼此思念卻又見不到面的哀傷，很淒美所以他很喜歡，為此他常常挨她的罵。

雖然見不到面，可是依然彼此思念，這不是最真的愛情是什麼啊？布羅傻笑著，每次他笑時眼睛都會瞇成一條縫，像隻偷了蜜糖的狸貓。

「姐姐不要哭了，我們告訴你剛剛問的，那個人帶著頂帽子，穿著皮夾克外套，穿了牛仔褲，啊，對了，他還穿了很奇怪的皮鞋呢。」

「對啊，那個大哥哥笑起來很像狸貓，很可愛呢。」安和亞比安慰著米洛。

米洛忍不住用雙手掩面哭泣，她的哭聲伴隨著些許笑聲，像是領悟到什麼又像是等到了什麼，真真切切的哭了，嘶啞的直接哭了出來就像是剛出生那樣，面對布羅冰冷的身體時，她都未曾這樣哭過，卻在懷念的土地溫暖的微風親切的環境下赤裸的道出自己真正的感情。

「謝、謝謝你們。」久未說話的她，聲音稍嫌乾裂。

她更加劇烈的哭著，身體的抖動幅度極大，導致米洛常戴著的手鍊框啷一聲掉了下來，手鍊是銀製的，中間有個小圓弧蓋子，打開來看裡面有對親密的戀人微笑著，是那麼樣的幸福。

****

「原來這個故事的主角也跟我一樣，失去最愛的人啊？」

迪斐迷濛的眼神，像是在確認故事的真實性。

「她都走了過來，經歷了過來，我想她也不希望被他所愛的自己是那樣不振作。」

黛亞拍了拍身上的灰塵，看著微暗的天空就像打燈般，漸漸的明亮起來，看來閒聊的過程中已經過了這麼久，肚子都餓了呢。

「黛亞。」

「嗯？」

「謝謝你。」迪斐真誠的訴說著，看得出來他與剛剛已經有些不同了。

「不客氣，只希望你可以別這麼患得患失。」黛亞幫迪斐拍了拍身上的殘渣。

「不過，我還真是好奇，圍欄過去到底是什麼樣子呢……」他眼神望著那些花，思緒飄遠了起來。

「等你哪天能笑著談起蒂娜時，我會帶你去看。」她微笑著，那弧度似乎有些過於牽強。

「抱歉，拖延你這麼久時間，希望你不會向我索取諮詢費。」迪斐打起了精神，開起了平時的小玩笑。

「這可難說，我可是很貴的呢。」

黛亞說快已經不早了，要他早點離開，於是兩人互道再見後，黛亞就回到了她的車子旁把工具收一收。

她像是想起還有什麼事情沒做，快步走向位在那柵欄旁的大樹下最角落的兩個墓碑，蹲下來碎碎唸著。

「媽咪呀，我今天可是有好好照顧彼岸花喔，你可別跟爹地講我的壞話喔，而且呀我今天又用……」

風輕輕吹過，在那些美麗的花朵駐留又遠走，花的香氣隨著飛揚，靜靜的落在這大地上。

由於是在大樹旁，墳上的名字被過度生長的花和草遮住，有些細微的看不清，可是只要撥開的話還是能看得到；上頭刻的名字分別是米洛・皮爾斯，還有她的隔壁，是布羅・蓋曼。

傳說，彼岸花是開在黃泉之路的花朵，人就踏著這花的指引通向幽冥之獄。

但是另一說法，葉子和花一樣長在一起，卻永遠見不到面，就像是很深的思念著已過世的人般，是思念之花。

不管說法是什麼，據黛亞的回憶，彼岸花對米洛而言，是天堂來的花。

（陳立驤老師講評：對浪漫唯美、穿越生死的愛情，描述得令人感傷。文字優雅、敘述流暢，達到小說一定的藝術水準。全文扣緊主題，首尾呼應，結構完整。）

（謝芬英老師講評：美麗的故事 文字優美，但有些人物交代不清或不夠有說服力。）

（宇文正老師講評：從失去中尋找救贖，很有想法；不過兩段故事的銜接不夠自然。）

傳遞文學創作的能量——評審老師心得之一／鍾美玲（高苑科技大學通識教育中心）

在評閱作品過程中，心裡總是滿懷欣喜但不忘帶著虔敬謹慎，欣喜的是看到這麼多親近文學的學子，表達了多樣的風格內涵與屬於自己青春歲月的情思；虔敬謹慎的是想必每一份作品的誕生，必定是出自作者苦心竭力、謀篇布局後的成果，怎能不謹慎專注的評閱！若因一時的疏失或過於主觀的評斷，而就此錯失了一篇優秀的作品，豈對得起投稿者在遞送作品當下，那顆滿懷期待盼望的心靈呢！

不管得獎與否，我覺得每位參與文學獎的作者，在投稿的當下，都得到了一個獎，這個獎來自於自己與生命及周遭環境的深刻對話，來自於對心靈感受的深刻剖析，更來自於敏銳覺察力對真善美世界的發掘與感動，那是個人獨特的體會收穫，無法真正言傳予他人共享，正如莊子所言「天地有大美而不言」，而只有你——文章的主人得到了。

如果能夠多看看別人的作品，相信也是一種很難得的學習，必定能看出他人的長處及自己的短處。以新詩為例，可以發現愛情詩是投稿件數最多的一類，但其實也是最難寫的一類，因為要避免流俗、肉麻、哀怨，又要動人、含蓄、發人所未言，還真不是一件簡單的事。其中又有詩歌意象的融鑄、節奏韻律的掌控等技巧的培養訓練，不是一朝一夕可成。但若能視寫作為生活的一部份，讓靈感自然從呼吸律動中湧現，以慧眼明心處處照見盎然生趣，又何嘗不是一件欣喜快樂的事。欣見這本文學作品集的出版，除了給予創作者最大的肯定與鼓勵，更期待藉此激發更多燦爛的創作能量與優秀作品，相信這是所有文學獎的工作同仁，最期待看到的事。

（附錄一） 第一屆全國高職學生網路文學獎實施辦法

⊙活動主旨：為提升全國高職學生現代文藝創作的能力，以及培植優異的文化素養與增進對社會的關懷，結合數位時代網路學習與交流的功能，以創造新時代文藝的價值。

⊙主辦單位：高苑科技大學

⊙協辦單位：國文天地雜誌社、萬卷樓圖書股份有限公司

⊙徵稿類別：分為「散文」、「新詩」與「部落格」（網誌）等三大類。

⊙徵文主題：

(1)散文：主題不拘，自訂題目，自由創作。

(2)新詩：主題不拘，自訂題目，自由創作。

(3)部落格（網誌）：以描寫高職學生日常生活為主，自訂題目，自由創作，文圖並茂為佳。

⊙參加資格：凡 2010 年 1 月 1 日至 2 月 28 日期間，就讀於全國各高職（含綜合高中各組各科）在校的學生，不論任何學制科系年級班別皆可報名參加。

⊙投稿期限：2010 年 1 月 1 日起至 2010 年 2 月 28 日止。

⊙投稿路徑：http://chinese.kyu.edu.tw/

⊙活動期間：2010 年 1 月 1 日起至 2010 年 5 月 5 日止。

⊙獎勵內容：所有得獎者皆可獲得獎狀乙幀。 （單位：新台幣）

獎項名稱	散文	新詩	部落格
第一名	20,000	20,000	20,000
第二名	10,000	10,000	10,000
第三名	5,000	5,000	5,000
佳作取 5 名	3,000	3,000	3,000
優選若干名	獎狀乙幀	獎狀乙幀	獎狀乙幀
各類第一名、第二名、第三名與佳作得獎者，將獲贈「國文天地」雜誌月刊一年份。			

⊙活動方式：

(1)「散文」、「新詩」與「部落格」（網誌）等三大類皆為網路投稿與線上審查。

(2)分為初審、複審與決審三階段，全程作者匿名審查。

(3)投稿者必須於投稿網站中先行註冊，方能上傳投稿作品。

(4)部落格的網站，建議利用現存系統，如無名、YAHOO、udn、痞客邦、天空 yam……等網站皆可。投稿者應將個人部落格的該篇受審文章的內容與網路路徑上傳到註冊後相關的頁面，在部落格中可以公開自己的姓名，亦可隱名，並且將部落格的代表文章在網站中置頂，評審委員將以此篇為主要評分對象，佔整體成績百分之五十。決審評審委員亦將審查投稿者的部落格網站，以該網站整體設計、圖文或影音並茂為重點，亦佔整體成績百分之五十。

⊙預定時程：

(1)投稿階段：2010 年 1 月 1 日起至 2010 年 2 月 28 日止。

(2)初審階段：2010 年 3 月 1 日至 2010 年 3 月 31 日。

(3)決審階段：2010 年 4 月 1 日至 2010 年 4 月 30 日。

(4)公告得獎：2010 年 5 月。（預訂於 5 月 5 日於網路公告得獎者名單）

⊙投稿須知：

(1)類別限制：每人於同一類別限投稿一篇，可以跨投其他類別。

(2)字數限制：限以中文寫作，各類字數規定如下：（未按規定者，無法進入決審）

A.散文類——1,000 字以上，3,000 字以內。（含標題、字元數、空白與標點符號）

B.新詩類——10 行以上，50 行以內。（空白段落不計行數）

C.部落格——代表作品 100 字以上，其他篇數字數皆不限，不受審文章可設悄悄話功能。

(3)嚴禁抄襲：凡投稿作品皆不得抄襲他人著作或網路文章，其中標準為不得抄襲他人文章一段連續 7 字以上，亦不得剽竊他人特殊創意或主題結構。若參考他人作品而改寫者，一律視為抄襲，請秉持獨立創作的精神，以維護智慧財產權。

(4)標點符號：標點符號必須使用全形，數字使用半形，同時不得使用注音文或火星文。若不符合規定者將在初審時淘汰而不得提出異議。

(5)尊重法律：若內容涉及不當言論、人身攻擊或違反政府法律之言辭，一律退稿，不得異議。

(6)自行備份：為避免網路資料庫遭受駭客入侵或其他故障情形，敬請務必備份投稿之稿件。

(7)驗證身分：凡投稿者必須於第一次註冊時，登錄真實姓名、就讀學校名稱、學號、國文老師姓名與連絡方式等資料，若資料不全或錯誤時，主辦單位將不推薦該篇作品進入決審。凡公告入圍決審者，必須郵寄繳驗身分證影本與學生證影本。凡公告獲得佳作以上的得獎者，須在兩週內郵寄或傳真繳交郵局存摺正面影本，獎金在公告得獎名單後將匯入得獎者本人的郵局帳號。以上未繳驗相關證明文件者，主辦單位將撤銷其得獎名次與獎金等權益。

(8)網路分享：2010 年 5 月在公告得獎名單後，得獎作品將上傳在網路上供讀者公開閱覽。若有抄襲他人著作或網路文章者，讀者可以線上檢舉。若抄襲作品經調查屬實，將專函通知當時就讀學校並追回獎金、獎狀，若已畢業，將以現行法律處理。

(9)評分標準：以文字寫作技巧、修辭、結構、創意、主題與思想等綜合內容為評審標準。

(10)凡公告入圍決審者，應填寫書面「無抄襲保證書」與「授權出版同意書」兩項，並由出版社選錄優秀作品無酬出版專集，或由主辦單位推薦至「國文天地」雜誌刊出。評審結果後將結集佳作以上之作品正式出版，作者可獲贈兩本專集。

⊙其他事宜：若有其他修訂或補充事項，皆於網路公告之。

⊙主辦單位：高苑科技大學

821 高雄縣路竹鄉中山路 1821 號（高苑科技大學通識教育中心）

專線連絡電話：07-6077121　連絡人：何珮甄助教　傳真號碼：07-6077122

專屬網站：http://chinese.kyu.edu.tw/　專屬郵箱：kyunew@gmail.com

⊙協辦單位：國文天地雜誌社、萬卷樓圖書股份有限公司

106 台北市羅斯福路二段 41 號 6F 之 3　TEL：02-23952992　傳真：02-23944113

（附錄二） 第一屆全國高職學生網路文學獎評審辦法

2010 年 3 月 1 日修訂

第 1 條：初、複、決審評審委員會組織與運作

(1)分為初、複與決審委員會，委員名單可以重複。高苑科技大學（以下簡稱為本校）國文專任教師為當然評審委員。

(2)本校通識教育中心主任、指導顧問、國文組召集人與執行長等為初、決審列席委員。

(3)評審委員為校內推舉之委員與禮聘校外之委員等若干名，從事創作形式與內容評審。另考慮投稿篇數與品質，主辦單位可增或減聘任評審委員人數。

(4)擔任某類初或複審委員則不得擔任該類決審委員，校內委員不在此限。

(5)初審稿件必須經過三位以上委員推薦方得進入複審，複審稿件亦必須經過三位以上委員推薦方得進入決審，進入決審名額由決審委員會開會決定。

(6)初、複、決審委員以曾獲得國內外文學獎得獎紀錄與實際創作出版相關專集者為優先聘任。

(7)初、複、決審委員名單應經過評審委員會開會討論議決通過。

(8)複、決審委員應聘任非高職或綜合高中的老師或作家或專家學者，且以具創作實際經驗與出版專集的老師或作家、專家、學者、教授為優先。

第 2 條：初、複審委員評審方式與標準

(1)本校校內初審委員負責投稿類別、文學體裁、文字限制與內容評審等相關考評。

(2)初、複審委員應給予每篇文章實際評分，60 分以下為不予推薦，60 至 69 分為尚可，70 至 79 分為普通，80 至 89 分為佳選，90 至 100 分為極優推薦。以上五區段的每一區段比率應在百分之二十五以內。若初審成績經兩位委員評分皆在 60 分以上，其兩位委員評分差距在 20 分（含）以上者，必須經由第三位評審委員評分並將三位委員成績平均之。

(3)任兩位初審委員給予 60 分以下的評分時，該篇作品即不推薦進入複審。任兩位複審委員給予 60 分以下的評分時，該篇作品即不推薦進入決審。

(4)初審委員可於評審時，評定優異成績的作品惠賜評語若干，以示對學生創作之指導與鼓勵。

第 3 條：決審委員評審方式與標準

(1)決審委員應給予每篇文章實際評分，60 分以下為不予推薦或評分欄空白，90 至 100 分為極優推薦，其他自由評分。以上標準僅供參考，尊重決審委員之評定。同時決審委員評審時應同時投票選出優異的文章，每篇應給予 0 至 10 票（最高為 10 票）的評定。

(2)決審委員得為評分 90 分以上或給予 9 票評定成績的作品惠賜評語若干，以示對學生創作之指導與鼓勵。

(3)決審委員評審後給予實質的分數與票數的統計，並交由決審委員會開會確定得獎名單。

(4)本校以外決審委員評定的成績平均，佔總成績比率百分之七十五。本校決審委員評定的成績，佔總成績比率百分之二十五。

(5)校外決審委員每人可特別推薦一篇作品為最優，三位委員中若有兩位委員推薦該篇作品，該篇作品則列為首獎第一名。

(6)限於經費與交通問題，若決審委員不克參加公開評審座談與決審委員會開會時，可以書面意見或評分表向主辦單位陳述評審意見。

（附錄三） 第一屆全國高職學生網路文學獎每日統計表（累計）

	登錄日期	星期	點擊人數	註冊人數	投稿散文	投稿新詩	投稿部落格	投稿總數
001	99年1月1日	五	2687	78	6	22	17	45
002	99年1月2日	六	2917	126	12	32	30	74
003	99年1月3日	日	3150	172	18	44	38	100
004	99年1月4日	一	3450	228	21	61	48	130
005	99年1月5日	二	3720	286	32	77	66	175
006	99年1月6日	三	4030	343	35	94	75	204
007	99年1月7日	四	4461	393	40	106	85	231
008	99年1月8日	五	4735	446	42	118	95	255
009	99年1月9日	六	4940	485	49	131	99	279
010	99年1月10日	日	5170	542	58	143	118	319
011	99年1月11日	一	5364	595	67	158	135	360
012	99年1月12日	二	5566	637	70	172	145	387
013	99年1月13日	三	5760	656	75	182	150	407
014	99年1月14日	四	5930	681	79	190	157	426
015	99年1月15日	五	6070	706	82	196	162	440
016	99年1月16日	六	6215	724	86	201	165	452
017	99年1月17日	日	6346	743	90	208	169	467
018	99年1月18日	一	6447	756	95	212	173	480
019	99年1月19日	二	6596	782	100	223	176	499
020	99年1月20日	三	6756	825	107	239	181	527
021	99年1月21日	四	6953	874	119	250	186	555
022	99年1月22日	五	7157	914	123	257	189	569
023	99年1月23日	六	7278	941	128	271	191	590
024	99年1月24日	日	7440	970	132	281	198	611
025	99年1月25日	一	7590	986	134	288	201	623
026	99年1月26日	二	7694	1012	145	299	207	651
027	99年1月27日	三	7857	1039	151	305	211	667
028	99年1月28日	四	8000	1105	160	319	213	692
029	99年1月29日	五	8115	1120	164	324	215	703
030	99年1月30日	六	8198	1134	166	329	217	712
031	99年1月31日	日	8324	1152	170	333	220	723

032	99年2月1日	一	8437	1161	174	338	224	736
033	99年2月2日	二	8560	1198	178	345	227	750
034	99年2月3日	三	8708	1221	182	353	231	766
035	99年2月4日	四	8852	1241	186	360	233	779
036	99年2月5日	五	8927	1263	193	369	242	804
037	99年2月6日	六	9258	1277	196	375	246	817
038	99年2月7日	日	9386	1305	200	383	252	835
039	99年2月8日	一	9564	1330	204	392	255	851
040	99年2月9日	二	9703	1354	219	397	262	878
041	99年2月10日	三	9893	1387	231	415	275	921
042	99年2月11日	四	10078	1421	243	432	279	954
043	99年2月12日	五	10225	1457	254	452	284	990
044	99年2月13日	六	10304	1474	260	462	288	1010
045	99年2月14日	日	10404	1497	267	473	292	1032
046	99年2月15日	一	10505	1518	275	483	299	1057
047	99年2月16日	二	10616	1534	277	495	303	1075
048	99年2月17日	三	10671	1546	283	498	306	1087
049	99年2月18日	四	10874	1573	290	514	318	1122
050	99年2月19日	五	11060	1602	298	531	328	1157
051	99年2月20日	六	11299	1637	315	551	338	1204
052	99年2月21日	日	11595	1684	327	583	350	1260
053	99年2月22日	一	11853	1736	336	607	369	1312
054	99年2月23日	二	12110	1789	344	615	378	1337
055	99年2月24日	三	12392	1836	350	693	408	1451
056	99年2月25日	四	12720	1902	420	754	423	1597
057	99年2月26日	五	13150	2017	517	811	479	1807
058	99年2月27日	六	13970	2209	558	931	512	2001
059	99年2月28日	日	15056	2412	651	1130	559	2340

（附錄四） 第一屆全國高職學生網路文學獎各校投稿統計表（99/1/1—2/28）

學校地址	統編	學校全名	註冊人數	投稿散文	投稿新詩	投稿網誌	投稿篇數
基隆市	001	國立基隆高級商工職業學校	15	5	4	3	12
基隆市	002	國立基隆高級海事職業學校	7	3	2	0	5
基隆市	003	基隆市私立光隆高級家事商業職業學校	0	0	0	0	0
基隆市	004	基隆市二信私立高級中學	54	13	35	7	55
基隆市	005	基隆市私立培德高級工業家事職業學校	0	0	0	0	0
基隆市	006	基隆市聖心私立高級中學	0	0	0	0	0
台北市	007	台北市私立協和高級工商職業學校	0	0	0	0	0
台北市	008	台北市私立稻江高級護理家事職業學校	8	0	3	4	7
台北市	009	台北市私立滬江高級中學	2	0	1	1	2
台北市	010	台北市私立華岡藝術學校	4	2	3	2	7
台北市	011	台北市立松山高級商業家事職業學校	53	7	26	13	46
台北市	012	國立台灣戲曲學院高職部	6	1	3	3	7
台北市	013	台北市私立惇敘高級工商職業學校	3	0	2	2	4
台北市	014	台北市私立景文高級中學	5	2	4	2	8
台北市	015	台北市私立強恕高級中學	1	0	0	0	0
台北市	016	台北市私立開平餐飲職業學校	0	0	0	0	0
台北市	017	台北市私立開南高級商工	4	2	1	2	5
台北市	018	台北市立木柵高級工業職業學校	0	0	0	0	0
台北市	019	台北市立士林高級商業職業學校	18	6	6	2	14
台北市	020	台北市私立東方高級工商職業學校	0	0	0	0	0
台北市	021	台北市立松山高級工農職業學校	20	8	12	4	24
台北市	022	台北市私立金甌女子高級中學	4	1	3	0	4
台北市	023	台北市私立十信高級中學	2	0	2	0	2
台北市	024	台北市私立大誠高級中學	0	0	0	0	0
台北市	025	台北市立大安高級工業職業學校	23	13	9	3	25
台北市	026	台北市私立稻江高級商業職業學校	2	0	0	0	0
台北市	027	台北市立內湖高級工業職業學校	7	4	1	4	9
台北市	028	台北市私立育達高級商業家事職業學校	80	15	34	32	81
台北市	029	台北市私立喬治高級工商職業學校	4	0	2	3	5
台北市	030	台北市立南港高級工業職業學校	6	4	4	0	8
台北市	031	台北市立大同高級中學	0	0	0	0	0
台北市	032	台北市私立泰北高級中學	3	0	3	0	3
台北市	033	台北市立成淵高級中學	0	0	0	0	0
台北市	034	台北市私立靜修女子高級中學	5	2	1	3	6
台北市	035	台北市立大理高級中學	0	0	0	0	0
台北縣	036	台北縣私立莊敬高級工業家事職業學校	18	3	15	3	21

學校地址	統編	學校全名	註冊人數	投稿散文	投稿新詩	投稿網誌	投稿篇數
台北縣	037	國立三重高級商工職業學校	0	0	0	0	0
台北縣	038	台北縣私立穀保高級家事商業職業學校	5	0	3	3	6
台北縣	039	台北縣私立能仁高級家事商業職業學校	0	0	0	0	0
台北縣	040	台北縣私立豫章高級工商職業學校	0	0	0	0	0
台北縣	041	台北縣中和市私立竹林高級中學	0	0	0	0	0
台北縣	042	台北縣私立中華高級中學	0	0	0	0	0
台北縣	043	台北縣私立復興高級商工職業學校	195	45	69	72	186
台北縣	044	台北縣私立中華商業海事職業學校	0	0	0	0	0
台北縣	045	國立淡水高級商工職業學校	13	3	7	2	12
台北縣	046	台北縣私立開明高級工業商業職業學校	1	0	0	0	0
台北縣	047	國立瑞芳高級工業職業學校	15	5	6	3	14
台北縣	048	台北私立南山高級中學	1	0	1	0	1
台北縣	049	國立泰山高級中學	5	2	3	2	7
台北縣	050	三重市私立東海高級中學	7	4	4	1	9
台北縣	051	台北縣私立智光高級商工職業學校	3	0	2	0	2
台北縣	052	台北縣立鶯歌高級工商職業學校	6	1	2	2	5
台北縣	053	台北縣私立樹人女子高級家事商業職業學校	0	0	0	0	0
台北縣	054	台北縣私立清傳高級商業職業學校	0	0	0	0	0
台北縣	055	台北縣私立南強高級工商職業學校	1	0	0	1	1
台北縣	056	台北縣私立醒吾高級中學	2	0	0	1	1
台北縣	057	台北縣私立崇義高級中學	0	0	0	0	0
台北縣	058	台北縣私立格致高級中學	0	0	0	0	0
台北縣	059	國立海山高級工業職業學校	27	10	10	8	28
台北縣	060	國立華僑實驗高級中學	1	1	1	0	2
台北縣	061	台北縣立石碇高級中學	1	0	1	1	2
台北縣	062	台北縣立雙溪高級中學	8	3	5	1	9
台北縣	063	台北縣立金山高級中學	1	0	1	1	2
台北縣	064	台北縣私立淡江高級中學	0	0	0	0	0
宜蘭縣	065	國立頭城高級家事商業職業學校	1	1	1	1	3
宜蘭縣	066	國立宜蘭高級商業職業學校	2	0	2	0	2
宜蘭縣	067	國立羅東高級商業職業學校	4	0	2	0	2
宜蘭縣	068	國立蘇澳高級海事水產職業學校	1	0	0	0	0
宜蘭縣	069	國立羅東高級工業職業學校	0	0	0	0	0
宜蘭縣	070	宜蘭縣立南澳高級中學	0	0	0	0	0
桃園縣	071	桃園縣私立成功高級工商職業學校	0	0	0	0	0
桃園縣	072	桃園縣私立永平高級工商職業學校	1	0	1	0	1
桃園縣	073	國立中壢高級家事商業職業學校	6	2	3	2	7
桃園縣	074	桃園縣私立復旦高級中學	4	2	2	2	6
桃園縣	075	桃園縣大興高級中學	0	0	0	0	0

學校地址	統編	學校全名	註冊人數	投稿散文	投稿新詩	投稿網誌	投稿篇數
桃園縣	076	桃園縣私立至善高級中學	0	0	0	0	0
桃園縣	077	桃園縣私立泉僑高級中學	1	0	0	0	0
桃園縣	078	國立楊梅高級中學	0	0	0	0	0
桃園縣	079	桃園縣私立方曙高級商工職業學校	0	0	0	0	0
桃園縣	080	桃園縣私立育達高級中學	6	0	1	2	3
桃園縣	081	桃園縣私立治平高級中學	11	2	5	3	10
桃園縣	082	桃園縣私立啟英高級中學	71	4	19	4	27
桃園縣	083	桃園縣私立清華高級中學	3	1	1	2	4
桃園縣	084	國立龍潭高級農工職業學校	6	3	1	0	4
桃園縣	085	國立中壢高級商業職業學校	13	5	9	2	16
桃園縣	086	桃園縣私立六和高級中學	0	0	0	0	0
桃園縣	087	桃園縣私立振聲高級中學	7	0	6	2	8
桃園縣	088	桃園縣私立新興高級中學	1	0	0	0	0
桃園縣	089	國立桃園高級農工職業學校	24	4	15	4	23
桃園縣	090	桃園縣私立光啟高級中學	0	0	0	0	0
新竹市	091	國立新竹高級工業職業學校	13	4	6	3	13
新竹市	092	國立新竹高級商業職業學校	9	2	6	0	8
新竹市	093	新竹市私立磐石高級中學	3	0	1	2	3
新竹市	094	新竹市私立世界高級中學	1	1	0	1	2
新竹市	095	新竹市私立曙光女子高級中學	15	5	7	2	14
新竹市	096	新竹市私立光復高級中學	0	0	0	0	0
新竹市	097	新竹市立香山高級中學	6	1	4	1	6
新竹縣	098	國立關西高級中學	4	1	1	0	2
新竹縣	099	新竹縣私立內思高級工業職業學校	0	0	0	0	0
新竹縣	100	新竹縣私立義民高級中學	1	1	0	0	1
新竹縣	101	新竹縣私立東泰高級中學	0	0	0	0	0
新竹縣	102	新竹縣私立仰德高級中學	0	0	0	0	0
新竹縣	103	國立竹北高級中學	1	0	1	0	1
新竹縣	104	新竹縣立湖口高級中學	2	0	2	0	2
新竹縣	105	新竹縣私立忠信高級中學	8	2	5	2	9
苗栗縣	106	國立苗栗高級商業職業學校	11	3	3	2	8
苗栗縣	107	苗栗縣私立中興高級商工職業學校	4	2	4	2	8
苗栗縣	108	苗栗縣私立賢德高級工商職業學校	0	0	0	0	0
苗栗縣	109	苗栗縣私立君毅高級中學	6	3	2	0	5
苗栗縣	110	國立大湖高級農工職業學校	4	1	4	0	5
苗栗縣	111	苗栗縣私立育民高級工業家事職業學校	0	0	0	0	0
苗栗縣	112	苗栗縣私立龍德家事商業職業學校	0	0	0	0	0
苗栗縣	113	國立竹南高級中學	5	1	1	0	2

學校地址	統編	學校全名	註冊人數	投稿散文	投稿新詩	投稿網誌	投稿篇數
苗栗縣	114	國立苗栗高級農工職業學校	7	3	3	0	6
苗栗縣	115	苗栗縣立苑裡高級中學	11	1	5	0	6
苗栗縣	116	苗栗縣立興華高級中學	43	17	19	8	44
苗栗縣	117	國立苗栗高級中學	0	0	0	0	0
苗栗縣	118	苗栗縣私立建台高級中學	6	1	4	1	6
苗栗縣	119	苗栗縣私立大成高級中學	3	0	1	3	4
苗栗縣	120	國立卓蘭實驗高級中學	2	1	1	0	2
台中市	121	國立台中高級家事商業職業學校	76	15	34	17	66
台中市	122	國立台中高級工業職業學校	23	5	11	1	17
台中市	123	台中市私立宜寧高級中學	27	5	2	2	9
台中市	124	台中市私立嶺東高級中學	0	0	0	0	0
台中市	125	國立台中高級農業職業學校	19	4	9	2	15
台中市	126	台中市私立光華高級工業職業學校	2	2	0	0	2
台中市	127	台中市私立明德女子高級中學	1	0	1	0	1
台中市	128	台中市私立新民高級中學	0	0	0	0	0
台中縣	129	國立豐原高級商業職業學校	15	4	6	2	12
台中縣	130	國立東勢高級工業職業學校	4	1	0	1	2
台中縣	131	國立霧峰高級農工職業學校	8	5	7	3	15
台中縣	132	國立台中啟明學校	1	0	1	0	1
台中縣	133	台中縣私立僑泰高級中學	2	1	1	0	2
台中縣	134	台中縣私立慈明高級中學	17	1	15	2	18
台中縣	135	台中縣私立大明高級中學	11	4	8	4	16
台中縣	136	台中縣私立玉山高級中學	1	1	1	1	3
台中縣	137	國立大甲高級工業職業學校	3	1	1	0	2
台中縣	138	國立沙鹿高級工業職業學校	15	5	10	4	19
台中縣	139	台中縣私立致用高級中學	2	2	0	0	2
台中縣	140	台中縣私立青年高級中學	0	0	0	0	0
台中縣	141	台中縣私立明台高級中學	0	0	0	0	0
台中縣	142	台中縣私立嘉陽高級中學	1	0	0	0	0
台中縣	143	台中縣私立明道高級中學	102	23	54	29	106
台中縣	144	台中縣立新社高級中學	0	0	0	0	0
台中縣	145	國立大甲高級中學	1	0	0	0	0
彰化縣	146	國立員林崇實高工	19	7	9	4	20
彰化縣	147	國立彰化啟智學校	0	0	0	0	0
彰化縣	148	國立二林高級工商職業學校	6	1	3	2	6
彰化縣	149	國立彰化高級商業職業學校	1	1	0	0	1
彰化縣	150	國立永靖高級工業職業學校	1	0	1	0	1
彰化縣	151	國立鹿港高級中學	8	2	4	1	7

學校地址	統編	學校全名	註冊人數	投稿散文	投稿新詩	投稿網誌	投稿篇數
彰化縣	152	彰化縣私立正德高級中學	0	0	0	0	0
彰化縣	153	國立員林高級農工職業學校	15	7	11	1	19
彰化縣	154	國立員林高級家事商業職業學校	21	6	9	5	20
彰化縣	155	彰化縣私立達德高級商工職業學校	0	0	0	0	0
彰化縣	156	國立秀水高級工業職業學校	3	2	3	1	6
彰化縣	157	彰化縣私立大慶高級商工職業學校	1	0	0	0	0
彰化縣	158	國立北斗高級家事商業職業學校	121	45	62	25	132
彰化縣	159	國立和美實驗學校	0	0	0	0	0
彰化縣	160	國立彰化師範大學附屬高級工業職業學校	8	2	4	0	6
彰化縣	161	國立溪湖高級中學	15	3	3	7	13
彰化縣	162	彰化縣私立文興高級中學	6	3	6	1	10
南投縣	163	國立草屯高級商工職業學校	3	1	3	0	4
南投縣	164	南投縣私立同德家事商業職業學校	9	1	5	5	11
南投縣	165	國立暨南國際大學附屬高級中學	4	0	3	0	3
南投縣	166	國立南投高級商業職業學校	5	0	3	0	3
南投縣	167	國立水里高級商工職業學校	4	2	3	0	5
南投縣	168	國立仁愛高級農業職業學校	0	0	0	0	0
南投縣	169	國立埔里高級工業職業學校	1	0	1	1	2
南投縣	170	南投縣私立五育高級中學	1	0	1	1	2
南投縣	171	國立竹山高級中學	1	1	0	0	1
南投縣	172	國立南投高級中學	7	4	5	1	10
雲林縣	173	國立土庫高級商工職業學校	1	0	1	0	1
雲林縣	174	國立斗六高級家事商業職業學校	3	0	0	1	1
雲林縣	175	雲林縣私立大成高級商工職業學校	2	1	1	0	2
雲林縣	176	雲林縣私立義峰高級中學	1	1	0	0	1
雲林縣	177	國立西螺高級農工職業學校	25	1	5	10	16
雲林縣	178	雲林縣私立大德工業商業職業學校	6	3	2	3	8
雲林縣	179	國立北港高級農工職業學校	0	0	0	0	0
雲林縣	180	國立北港高級中學	0	0	0	0	0
雲林縣	181	國立虎尾高級農工職業學校	18	4	9	3	16
雲林縣	182	雲林縣私立永年高級中學	2	1	2	1	4
雲林縣	183	雲林縣私立巨人高級中學	0	0	0	0	0
嘉義市	184	國立嘉義高級工業職業學校	11	2	7	4	13
嘉義市	185	嘉義市私立東吳高級工業家事職業學校	0	0	0	0	0
嘉義市	186	國立華南高級商業職業學校	21	4	10	5	19
嘉義市	187	嘉義市私立興華高級中學	13	3	4	3	10
嘉義市	188	國立嘉義高級商業職業學校	22	8	12	3	23
嘉義市	189	嘉義市私立大同高級商業職業學校	1	0	1	0	1

學校地址	統編	學校全名	註冊人數	投稿散文	投稿新詩	投稿網誌	投稿篇數
嘉義市	190	國立嘉義高級家事職業學校	5	2	0	1	3
嘉義市	191	嘉義市私立仁義高級中學	0	0	0	0	0
嘉義市	192	嘉義市私立立仁高級中學	0	0	0	0	0
嘉義縣	193	國立民雄高級農工職業學校	0	0	0	0	0
嘉義縣	194	嘉義縣私立協志高級工商職業學校	15	4	6	5	15
嘉義縣	195	嘉義縣私立協同高級中學	2	0	1	1	2
嘉義縣	196	嘉義縣私立萬能高級工商職業學校	0	0	0	0	0
嘉義縣	197	國立東石高級中學	2	1	1	0	2
嘉義縣	198	嘉義縣私立弘德高級工商職業學校	2	1	1	0	2
台南市	199	國立台南高級商業職業學校	20	7	9	9	25
台南市	200	台南市亞洲高級餐旅職業學校	0	0	0	0	0
台南市	201	台南市私立長榮女子高級中學	4	2	4	1	7
台南市	202	台南市私立六信高級中學	0	0	0	0	0
台南市	203	台南市私立長榮高級中學	5	1	2	4	7
台南市	204	國立台南高級海事水產職業學校	50	11	23	17	51
台南市	205	台南市私立南英高級商工職業學校	3	0	0	0	0
台南市	206	國立台南家齊女子高級中學	7	0	7	3	10
台南市	207	台南市私立光華女子高級中學	15	4	5	5	14
台南市	208	台南市私立崑山高級中學	2	0	0	1	1
台南市	209	台南市私立慈幼高級工商職業學校	0	0	0	0	0
台南市	210	台南市私立德光高級中學	17	2	10	7	19
台南縣	211	國立新營高級工業職業學校	22	4	13	4	21
台南縣	212	國立台南高級工業職業學校	5	1	3	1	5
台南縣	213	台南縣私立育德工業家事職業學校	9	7	1	2	10
台南縣	214	國立曾文高級農工職業學校	6	0	2	3	5
台南縣	215	台南縣私立天仁高級工商職業學校	0	0	0	0	0
台南縣	216	國立新化高級工業職業學校	9	4	4	1	9
台南縣	217	台南縣私立南光高級中學	1	0	1	0	1
台南縣	218	國立曾文高級家事商業職業學校	30	8	16	7	31
台南縣	219	國立玉井高級工商職業學校	0	0	0	0	0
台南縣	220	台南縣私立華濟永安高級中學	1	0	1	0	1
台南縣	221	國立白河高級商工職業學校	3	1	3	1	5
台南縣	222	台南縣私立新榮高級中學	2	0	0	0	0
台南縣	223	台南縣私立陽明高級工商職業學校	18	3	12	2	17
台南縣	224	國立新營高級中學	14	6	8	3	17
台南縣	225	國立北門高級農工職業學校	7	4	5	0	9
台南縣	226	國立新豐高級中學	13	8	5	4	17
台南縣	227	國立台南大學附屬高級中學	19	4	11	2	17

學校地址	統編	學校全名	註冊人數	投稿散文	投稿新詩	投稿網誌	投稿篇數
台南縣	228	國立後壁高級中學	1	1	0	0	1
高雄市	229	高雄市私立國際商工職業學校	0	0	0	0	0
高雄市	230	高雄市立中正高級工業職業學校	14	4	8	1	13
高雄市	231	高雄市立高雄高級商業職業學校	36	12	24	11	47
高雄市	232	高雄市立高雄高級工業職業學校	16	2	3	6	11
高雄市	233	高雄市私立立志高級中學	15	13	2	0	15
高雄市	234	高雄市私立明誠高級中學	4	2	2	0	4
高雄市	235	高雄市私立樹德高級家事商業職業學校	50	9	21	15	45
高雄市	236	高雄市私立三信家事商業職業學校	12	4	10	2	16
高雄市	237	高雄市立海青高級工商職業學校	7	3	5	0	8
高雄市	238	高雄市私立中華高級藝術職業學校	2	1	1	1	3
高雄市	239	高雄市私立高鳳高級工業家事職業學校	1	0	1	1	2
高雄市	240	高雄市私立復華高級中學	11	1	5	2	8
高雄市	241	高雄市私立大榮高級中學	0	0	0	0	0
高雄市	242	高雄市立三民高級家事商業職業學校	11	6	7	1	14
高雄市	243	高雄市立楠梓高級中學	8	0	2	1	3
高雄市	244	國立中山大學附屬高級中學	1	0	0	1	1
高雄縣	245	高雄縣私立高英高級工商職業學校	13	5	10	2	17
高雄縣	246	國立旗山高級農工職業學校	8	2	7	2	11
高雄縣	247	高雄縣私立華德高級工業家事職業學校	1	1	1	1	3
高雄縣	248	高雄縣私立樂育高級中學	0	0	0	0	0
高雄縣	249	高雄縣私立中山高級工商職業學校	25	8	15	3	26
高雄縣	250	國立鳳山高級商工職業學校	7	4	2	1	7
高雄縣	251	高雄縣私立高苑高級工商職業學校	4	2	1	0	3
高雄縣	252	高雄縣私立旗美高級商工職業學校	0	0	0	0	0
高雄縣	253	國立旗美高級中學	1	0	0	0	0
高雄縣	254	高雄縣私立普門高級中學	0	0	0	0	0
高雄縣	255	國立岡山高級農工職業學校	2	1	1	0	2
屏東縣	256	國立恆春高級工商職業學校	0	0	0	0	0
屏東縣	257	屏東縣私立華洲高級工業家事職業學校	0	0	0	0	0
屏東縣	258	國立屏東高級工業職業學校	12	3	4	2	9
屏東縣	259	屏東縣私立日新高級工商職業學校	3	0	2	1	3
屏東縣	260	屏東縣私立美和高級中學	1	0	1	0	1
屏東縣	261	國立東港高級海事水產職業學校	2	1	0	0	1
屏東縣	262	屏東縣私立民生高級家事商業職業學校	0	0	0	0	0
屏東縣	263	國立內埔高級農工職業學校	16	4	9	2	15
屏東縣	264	屏東縣私立新基高級中學	0	0	0	0	0
屏東縣	265	屏東縣私立屏榮高級中學	6	2	2	1	5

學校地址	統編	學校全名	註冊人數	投稿散文	投稿新詩	投稿網誌	投稿篇數
屏東縣	266	國立佳冬高級農業職業學校	0	0	0	0	0
屏東縣	267	國立屏北高級中學	1	0	0	0	0
花蓮縣	268	國立花蓮高級農業職業學校	0	0	0	0	0
花蓮縣	269	國立花蓮高級工業職業學校	2	0	2	1	3
花蓮縣	270	國立花蓮高級商業職業學校	11	1	7	3	11
花蓮縣	271	花蓮縣私立國光高級商工職業學校	0	0	0	0	0
花蓮縣	272	花蓮縣私立中華高級工商職業學校	0	0	0	0	0
花蓮縣	273	國立玉里高級中學	1	0	1	0	1
花蓮縣	274	國立光復高級商工職業學校	16	9	1	0	10
花蓮縣	275	花蓮縣私立四維高級中學	1	1	1	0	2
花蓮縣	276	花蓮縣私立海星高級中學	2	1	2	0	3
台東縣	277	國立台東高級商業職業學校	0	0	0	0	0
台東縣	278	國立成功商業水產職業學校	0	0	0	0	0
台東縣	279	國立台東專科學校	7	2	3	4	9
台東縣	280	台東縣私立公東高級工業職業學校	0	0	0	0	0
台東縣	281	台東縣立蘭嶼高級中學	0	0	0	0	0
台東縣	282	國立關山高級工商職業學校	1	0	1	0	1
台東縣	283	國立台東女子高級中學	6	1	3	1	5
台東縣	284	國立台東高級中學	4	1	2	2	5
澎湖縣	285	國立澎湖高級海事水產職業學校	6	3	3	3	9
澎湖縣	286	國立馬公高級中學	11	7	5	3	15
金門縣	287	國立金門高級農工職業學校	0	0	0	0	0
連江縣	288	國立馬祖高級中學	18	15	6	1	22
		未登錄學校者	4				
		全部統計	2412	651	1130	559	2340

（附錄五）第一屆全國高職學生網路文學獎評審委員名冊

	評審委員	服務單位與職稱	備　註
1	陳滿銘教授	台灣師範大學國文系教授 中華章法學會理事長 萬卷樓圖書股份有限公司董事長 國文天地雜誌社總編輯	評審團主席兼總指導 決審評審委員
2	賴賢宗教授	台北大學中文系教授兼系主任	決審評審委員
3	李翠瑛教授	元智大學中語系副教授	決審評審委員
4	卓福安教授	文藻外語學院應用華語文系助理教授	決審評審委員
5	鄭瑜雯主任	聯合報副刊主任	決審評審委員
6	顏艾琳老師	全國優秀詩人獎得主	決審評審委員
7	李靜雯老師	桃園縣內壢國中國文教師	複審評審委員
8	朱秋鳳老師	國立屏東女中國文教師	複審評審委員
9	洪美雀老師	國立陽明高中國文教師	複審評審委員
10	楊雅貴老師	台北市育成高中國文教師	複審評審委員
11	蒲基維老師	台北市西松高中國文教師	複審評審委員
12	涂玉萍老師	台北市南港高中國文教師	複審評審委員
13	簡蕙宜老師	國立內壢高中國文教師	複審評審委員
14	周慧華老師	台北市景美女中國文教師	複審評審委員
15	汪惠蘭老師	國立屏東女中國文教師	複審評審委員
16	許　婷老師	國立新竹女中國文教師	複審評審委員
17	蘇秀玉老師	國立林口高中國文教師	複審評審委員
18	柯玫妃老師	高雄市新莊高中國文教師	複審評審委員
19	陳立驤老師	高苑科技大學通識教育中心副教授	初、複審評審委員
20	莊永清老師	高苑科技大學通識教育中心講師	初、複審評審委員
21	林童照老師	高苑科技大學通識教育中心講師	初、複審評審委員
22	郭寶元老師	高苑科技大學通識教育中心講師	初、複審評審委員

23	鍾美玲老師	高苑科技大學通識教育中心副教授	初、複審評審委員
24	郭正宜老師	高苑科技大學通識教育中心副教授	初、複審評審委員
25	邵長瑛老師	高苑科技大學通識教育中心講師	初、複審評審委員
26	陳靖文老師	高苑科技大學通識教育中心講師	初、複審評審委員
27	巫淑如老師	高苑科技大學通識教育中心講師	初、複審評審委員
28	孫鳳吟老師	高苑科技大學通識教育中心講師	初、複審評審委員
29	黃慶雄老師	高苑科技大學通識教育中心講師	初、複審評審委員
30	黃連忠老師	高苑科技大學通識教育中心助理教授	初、複審評審委員

（附錄六）第一屆全國高職學生網路文學獎【散文類】得獎名單

序	得獎名稱	文章名稱	就讀學校校名	姓名
1	第 1 名	外婆家的後院	國立新竹高級工業職業學校	謝怡萱
2	第 2 名	秘密	高雄市立高雄高級工業職業學校	呂瑋倫
3	第 3 名	那些我和桂花一起飄落的日子	台北市立士林高級商業職業學校	葉亭妤
4	佳作	繆思女神的右腦	國立淡水高級商工職業學校	陳品燁
5	佳作	鋼筋與紅磚牆	國立員林高級家事商業職業學校	盧竣堂
6	佳作	愛是一把鑰匙	高雄市私立立志高級中學	陳冠蓁
7	佳作	我的媽媽是新移民	國立台東專科學校	林怡君
8	佳作	呼喊	台北縣私立復興高級商工職業學校	李湘筠
9	佳作	聽海	國立馬公高級中學	尹民丰
10	優選	我的太極哥哥	國立台東專科學校	黃富煜
11	優選	二月的北風	國立豐原高級商業職業學校	莊博凱
12	優選	五葉幸運草	國立溪湖高級中學	陳晏婷
13	優選	鵬舉	台北市立士林高級商業職業學校	葉姵瑜
14	優選	一天	台北市立松山高級工農職業學校	陳宗群
15	優選	夏之外一章	彰化縣私立文興高級中學	張念慈
16	優選	貓在作夢？	國立員林崇實高工	蔡柏逸
17	優選	以玫瑰盛海	國立新竹高級工業職業學校	陳晏暄
18	優選	埋藏在木盒中的祕密	台北市立內湖高級工業職業學校	彭少麒
19	優選	與家鄉之旅	國立馬公高級中學	夏翊翔
20	優選	饕餮	國立淡水高級商工職業學校	郭岳穎
21	優選	詠花	國立員林高級家事商業職業學校	胡家禎
22	優選	牆	高雄市私立樹德高級家事商業職業學校	盧韋志
23	優選	港都與墾丁	國立虎尾高級農工職業學校	莊雅淑
24	優選	那一夜，我們相遇	台北市立大安高級工業職業學校	劉　為
25	優選	我親愛的未來的孩子	基隆市二信私立高級中學	顏君帆
26	優選	窗外的藍天	台北市私立景文高級中學	林韋華
27	優選	童年印象	高雄市私立立志高級中學	邱欣湄
28	優選	憶秋	國立台南高級工業職業學校	王逸禮
29	優選	那一夜，我想起你	苗栗縣私立君毅高級中學	羅育辰
30	優選	久違了的土地	國立台南大學附屬高級中學	涂穎萱
31	優選	來不及的擁抱	台北市立松山高級商業家事職業學校	陳詩涵
32	優選	詠四季	國立嘉義高級商業職業學校	蘇豈蒂
33	優選	童年印象	高雄市私立立志高級中學	王淑涵

序	得獎名稱	文章名稱	就讀學校校名	姓名
34	優選	用心感受身邊的美好	高雄市立三民高級家事商業職業學校	林瑩琪
35	優選	那一天，末夏	基隆市二信私立高級中學	簡碩亨
36	優選	打開心內的一扇窗	台北市立士林高級商業職業學校	李怡葶
37	優選	美的發現	高雄市私立立志高級中學	董璦華
38	優選	人的極限	國立霧峰高級農工職業學校	劉玠旻
39	優選	有你真好	高雄縣私立中山高級工商職業學校	陳佳吟
40	優選	人人都是自己命運的主宰	國立台南高級商業職業學校	陳品雅

第一屆全國高職學生網路文學獎【新詩類】得獎名單

序	得獎名稱	文章名稱	就讀學校校名	姓名
1	第 1 名	睡了	高雄市立中正高級工業職業學校	賴俊豪
2	第 2 名	時間	苗栗縣立興華高級中學	劉芸均
3	第 3 名	新婚晚宴	台北市立大安高級工業職業學校	項紀夫
4	佳作	冷漠	台北縣立雙溪高級中學	陳致嘉
5	佳作	秋心賦	國立羅東高級商業職業學校	謝靖怡
6	佳作	漢朝睡美人	國立北斗高級家事商業職業學校	吳品萱
7	佳作	味道	花蓮縣私立海星高級中學	吳昱瑩
8	佳作	十八號公車亭	國立台南高級商業職業學校	黃懿純
9	佳作	口罩	台北市私立滬江高級中學	周晏
10	佳作	木棉	國立淡水高級商工職業學校	陳怡安
11	優選	月	國立花蓮高級工業職業學校	吳昱輝
12	優選	靠岸	國立水里高級商工職業學校	陳琨銓
13	優選	深藍色的座椅	台北市私立華岡藝術學校	張瑋哲
14	優選	淡雲	國立北斗高級家事商業職業學校	陳意婷
15	優選	傀儡	國立北斗高級家事商業職業學校	卓欣穎
16	優選	藍色雨點	國立土庫高級商工職業學校	李元傑
17	優選	播放清單	雲林縣私立永年高級中學	劉晉廷
18	優選	啡我莫屬	國立北斗高級家事商業職業學校	許伶玉
19	優選	茶思	國立馬公高級中學	夏翊翔
20	優選	夾心餅的糖	高雄市立海青高級工商職業學校	王鼎文
21	優選	姬別王霸	國立北斗高級家事商業職業學校	王俐臻
22	優選	觀	台北市立大安高級工業職業學校	黃威淳
23	優選	公車司機	國立沙鹿高級工業職業學校	吳靖棻
24	優選	地球儀	高雄市立海青高級工商職業學校	郭緯諺

序	得獎名稱	文章名稱	就讀學校校名	姓名
25	優選	給教練	雲林縣私立大德工業商業職業學校	楊凱琦
26	優選	釀	國立虎尾高級農工職業學校	陳俞蓁
27	優選	公車	國立台灣戲曲學院高職部	李承達
28	優選	與影隨行 — 影之歌	新竹縣私立忠信高級中學	麥凱柔
29	優選	當你回來的時候	台南縣私立陽明高級工商職業學校	郭家宜
30	優選	達達馬蹄	台北市立松山高級商業家事職業學校	邱惠卿
31	優選	《輓歌》	花蓮縣私立海星高級中學	徐珮芸
32	優選	傭兵	國立員林高級農工職業學校	黃彩綾
33	優選	反觀	台北市立士林高級商業職業學校	葉亭妤
34	優選	鹿港小鎮	國立新豐高級中學	湯子萱
35	優選	焚書懷古	國立台南高級商業職業學校	陳少囷
36	優選	碎詞	國立新營高級中學	翁靖雅
37	優選	夜・訪美術館	台中縣私立明道高級中學	楊欣蓓
38	優選	話謫仙	國立嘉義高級商業職業學校	蘇豈蒂
39	優選	涼州詞	國立北斗高級家事商業職業學校	孫以哲
40	優選	追尋，夢的那端	台北市立松山高級商業家事職業學校	牛怡婷
41	優選	繭	國立台東專科學校	李俊穎
42	優選	天橋	台北縣私立復興高級商工職業學校	劉又瑄
43	優選	向日葵	高雄市立楠梓高級中學	李培君
44	優選	時間，循環	國立台中高級家事商業職業學校	林雯婷
45	優選	升學戰役	國立虎尾高級農工職業學校	李昀珊
46	優選	惋	國立二林高級工商職業學校	蕭旻萱
47	優選	向日葵	高雄市立楠梓高級中學	葉芳羽
48	優選	冬天	新竹市立香山高級中學	呂佳欣
49	優選	生與死	國立台南大學附屬高級中學	林俐怡
50	優選	心田	國立澎湖高級海事水產職業學校	陳怡萍

第一屆全國高職學生網路文學獎【部落格類】得獎名單

序	得獎名稱	文章名稱	就讀學校校名	姓名
	第 1 名	從缺	從缺	從缺
1	第 2 名	小魚	台北市私立惇敘高級工商職業學校	潘彥廷
2	第 2 名	盒	台中縣私立明道高級中學	王玉青
3	第 3 名	安全帽上的天空	高雄市立三民高級家事商業職業學校	洪珮昀
4	佳作	夏，日子。	台北縣私立復興高級商工職業學校	洪晨芳

5	佳作	買，快樂。	台北縣私立復興高級商工職業學校	陳亭宇
6	佳作	侵蝕	台南市私立崑山高級中學	王樂慈
7	佳作	生命由高中轉捩起	國立馬公高級中學	夏翊翔
8	佳作	回到宋朝當皇后	台北縣私立穀保高級家事商業職業學校	蔡惠雯
9	優選	2009 的黃昏	國立台中高級家事商業職業學校	張佑廷
10	優選	天作不合	台北市立內湖高級工業職業學校	白玹
11	優選	高職中最棒的運動會	國立西螺高級農工職業學校	林廷珊
12	優選	曾經	台北市私立育達高級商業家事職業學校	簡佩亭
13	優選	風在哭	台北縣私立復興高級商工職業學校	林奕秀
14	優選	朋友	國立基隆高級商工職業學校	吳宛庭
15	優選	調音師	台中縣私立大明高級中學	張廖怡萍
16	優選	罌粟花之後	國立淡水高級商工職業學校	洪若瑜
17	優選	太陽・鞋子與足球的悲情相戀	國立台南家齊女子高級中學	陳乃綺
18	優選	知足的擁有	台北市私立育達高級商業家事職業學校	李珍貞
19	優選	愛上流星	彰化縣私立文興高級中學	林宜儒
20	優選	我這輩子最感謝的人*	高雄縣私立中山高級工商職業學校	胡芷菱
21	優選	開始懂	台北市立大安高級工業職業學校	黃琪文
22	優選	用心過生活	高雄縣私立高英高級工商職業學校	黃亭慈
23	優選	迷失	台北市私立喬治高級工商職業學校	魏筱軒
24	優選	微月	國立中壢高級商業職業學校	楊惠婷
25	優選	時間	國立華南高級商業職業學校	羅三信
26	優選	提筆一寫卻不知情子如何絕	國立台東專科學校	李俊穎
27	優選	讓地球多活一分鐘	高雄縣私立中山高級工商職業學校	劉智文
28	優選	骨頭們傷心（上篇）	台北市私立景文高級中學	溫雅瑄
29	優選	簡單生活	南投縣私立同德家事商業職業學校	廖致豪
30	優選	或許因為青少年	國立馬祖高級中學	林雨嬙

跋──城堡風華之歌／黃連忠（高苑科技大學通識教育中心）

2010/6/25

在南非世界盃足球賽熱烈進行中的六月天裡，這一本文學集子已經完稿成書，靜默無言，不知能否為台灣的學生文學獎另奏新聲？但是對於企劃主辦並主編這本集子的筆者而言，內心的激動，絕不亞於世界盃足球賽最後關鍵進球時全場驚呼的吼叫聲。

懷想筆者於一九七九年在台北復興高中唸高一的時候，一位教授國文的女老師曾經在辦公室中，涕淚縱橫的建議筆者將來要唸中文系，至今仍令我感念不已。高中生涯是筆者一生最為懷念的時節，那時信手塗鴉，在大屯山城的榕樹下，年少輕狂，勝事自知。轉眼間，白髮蒼蒼，筆者竟然主辦完成了「第一屆全國高職學生網路文學獎」，吸引了二千四百位同學的參與，紙上心靈，文壇競場，誰是宇中手握大筆如椽的第一勝手？誰是推舉時代巨輪的風流騷客？且看此書，便知分曉。

筆者在淡江中文系就讀大學部與碩士班階段，當時也參與了「五虎崗文學獎」，也寫作了不少的小品散文或新詩之類的作品，但是總覺得意境淺陋，無甚文華，而且熱愛寫作的心，逐漸轉向學術論文與佛學研究，到了就讀台灣師範大學國文所博士班期間，專心致力於學術專業的探討，於是中斷了文藝的創作。博士班畢業以後，輾轉來到高苑科大任教，後來接任國文組召集人，接手一個網路資料庫「國語文學習網」的管理工作，筆者在四年前大膽的提出舉辦「第一屆高苑科技大學網路文學獎」的構想，得到校方強力的支持，於是筆者放開手腳，以學生時代舉辦社團活動的熱情，全心全力投入在活動的設計與執行，透過網路向本校學生徵稿，也讓評審老師們在網路中評閱，最後設計一個簡單隆重的公開講評與頒獎典禮，完美的劃下句點。有了第一屆的經驗，筆者又提出舉辦第二屆與第三屆的構想，也得到本校國文組全

體老師的支持與協助，最後也能順利的完成。其中，特別是本學年也是本校創校二十週年慶，筆者同時舉辦了高職文學獎與高苑文學獎，雙獎並呈，願能略現高苑這座美麗城堡校園的風華，為二十週年校慶註解一個文學時代的傳奇。

本書收錄了第一屆高職文學獎與第一至三屆高苑文學獎的優異作品，作品的主題包羅萬象與含攝諸方，各擅勝場，有散文之雅，有新詩之妙，亦有小說之奇詭幽深，文章雖雜，卻有可觀之處，可謂「非一時一人所作」，正如司空圖《詩品》中「落花無言，人澹如菊，書之歲華，其曰可讀」之意。

筆者雖為以上四項活動的企劃主辦人，但是才華疏拙，能力有限，幸賴校方全力支持，許多國文組同仁們鼎力相助，特別是陳立驤主任的義氣相挺，都帶給筆者溫暖與力量。另外，台北大學中文系主任賴賢宗教授長期關懷筆者的研究與動向，在百忙期間仍替我們評閱作品，實令筆者感動不已。聯合報副刊主任宇文正老師全程參與了本書所錄四項文學獎的校外決審工作，不厭其煩，詳審細評，雖然至今仍未謀面，但是筆者深心表示敬意與感激之情。還有校內許多同學也參與本書的編輯過程，尤其是本校大學部一年級賴怡伶同學認真校稿與超時工作的付出，都令筆者銘感在心。最後，筆者也要感謝萬卷樓圖書股份有限公司的梁錦興總經理真誠的支援，彭秀惠副總經理全力的協助。更要感謝母校恩師陳滿銘教授，他號召了十數位優異高中國文老師參與了煩瑣的評審工作，因此得到最大的支柱力量，才有本書的問世。

二十一世紀是數位網路的時代，筆者淺見以為具備三個原則、三項特徵：第一原則是非線性紙本的數位化，第二原則是整合與分享的數位化，第三原則是自由創作與多元重疊開展的數位化；三項特徵，第一特徵是以精確的數位傳播代替封閉類比閱讀的模式，第二特徵是數位化研究的保存與超越時空知識網的無限連結，第三是數位化的建構整合與客觀規範通用平台格式的無限擴展。本書是二十一世紀初期台灣一所大學結集網路文學創作的作品集，初試啼聲，畫眉深淺，祈願海內外讀者在文學天空與網路中，能夠給我們批評指正的意見，也給我們鼓勵與信心，支持我們不斷的繼續努力。

國家圖書館出版品預行編目資料

城堡風華錄：全國高職與高苑網路文學獎專集
／黃連忠編 -- 初版. –臺北市：萬卷樓,
2010.07　面；　公分
ISBN 978－957－739－683－9 (平裝)

830.86　　99011665

城堡風華錄——全國高職與高苑網路文學獎專集

編　　者：黃連忠
發 行 人：陳滿銘
出 版 者：萬卷樓圖書股份有限公司
臺北市羅斯福路二段 41 號 6 樓之 3
電話(02)23216565・23952992
傳真(02)23944113
劃撥帳號 15624015
出版登記證：新聞局局版臺業字第 5655 號
網　　址：http://www.wanjuan.com.tw
E－ mail ：wanjuan@seed.net.tw
定　　價：400 元
出版日期：2010 年 7 月初版

ISBN 978－957－739－683－9